Francis Durbridge
Das Messer

(The Knife)

Originaldrehbuch

aus dem Englischen übersetzt von
Marianne de Barde

mit einem Vor- und Nachwort von
Dr. Georg Pagitz

– Williams & Whiting –

Coverdesign: Timo Schröder

ISBN 9781915887313
Williams & Whiting (Publishers)
15 Chestnut Grove, Hurstpierpoint,
West Sussex, BN6 9SS, England

Inhalt

Das Messer –
Geschichte eines Straßenfegers

Vorwort
von Dr. Georg Pagitz

Der dreiteilige Krimi *Das Messer* von Francis Durbridge, gedreht und ausgestrahlt im Jahr 1971, war die zehnte deutsche Verfilmung eines Drehbuchs des britischen Autors. Starbesetzung, Dreharbeiten in London und Wales, eine packende Inszenierung, ein Hitsoundtrack. Ganz Deutschland (sowie Österreich und die Schweiz) im Rätselfieber! Durbridge war immer noch die meistgesehene Sendung des Jahres.

Trotz all dieser sich wiederholenden, bekannten und erwarteten Faktoren war es hinter den Kulissen nicht immer einfach. Wenn man sich nämlich die Originalkorrespondenz zwischen dem Autor und dem WDR (auf der viele Informationen in diesem Vorwort beruhen) durchliest, wird klar, dass die Fortsetzung der Durbridge-Reihe mehr als einmal auf der Kippe stand – oder dem Titel dieses Buches entsprechend besser gesagt: auf Messers Schneide.

In diesem 21. Band der Durbridge-Edition von Williams & Whiting, der das Originaldrehbuch zu *Das Messer* beinhaltet, werden wir auf diese Probleme hinter den Kulissen ebenso eingehen, wie auf die Geschichte des Mehrteilers.

All jenen, denen der Autor nicht so vertraut ist, sei hier jedoch eine kurze Übersicht über Leben und Werk gegeben.

Francis Henry Durbridge (25. November 1912 – 10. April 1998) gilt als einer der erfolgreichsten Kriminalautoren des 20. Jahrhunderts. Der Durchbruch gelang dem glühenden

7

Bewunderer von Edgar Wallace, der als Fünfzehnjähriger mit *The Great Dutton* sein erstes Theaterstück verfasste, im Alter von nur 25 Jahren mit einem achtteiligen Hörspiel, das den Amateurdetektiv Paul Temple zum Protagonisten hatte. Durch seine geschickten Wendungen und Cliffhanger am Ende jeder Episode bannte Durbridge die Zuhörerinnen und Zuhörer wochenlang vor die Radiogeräte. 1968 ging die letzte mehrteilige Paul-Temple-Reihe auf Sendung, die Hörspiele wurden erfolgreich in viele Sprachen übersetzt und in viele Dutzend Länder verkauft. In Deutschland gelangten sie mit der Stimme von René Deltgen zum Kult. Der Autor selbst hatte seine Figur ab einem bestimmten Zeitpunkt »satt«, wie er in mehreren Interviews in den 1970ern bestätigte, und wollte sich mit anderen Stoffen profilieren.

Nach Etablierung des Fernsehens war Francis Durbridge ab 1952 derjenige Autor, der das Potential von serieller Erzählweise erkannte. Insgesamt 20 TV-Mehrteiler gehen auf sein Konto, die ersten wurden auch für das Kino verfilmt.

In Deutschland, wo er mit Reißern wie *Das Halstuch*, *Melissa*, *Tim Frazer* oder *Das Messer* besonders populär war, wurde durch und für ihn der Begriff ›Straßenfeger‹ geprägt.

Die letzte Folge von *Tim Frazer,* Anfang 1963 in der ARD ausgestrahlt, erreichte die nie wieder gemessene Einschaltquote von 93%. Zwischen 1959 und 1988 entstanden im deutschsprachigen Raum insgesamt 18 Fernsehkrimis und zwei Kinofilme nach Durbridge.

In den 1970ern wandte sich der Autor mehr und mehr dem Theater zu und wurde zu einem erfolgreichen Dramatiker. Wie bei all seinen anderen Werken agierte er auch hier nach seinem Leitmotiv »Jeder lügt – nichts ist, wie es scheint«.

Als er 1998 nach schwerer Zuckerkrankheit starb (er verlor dadurch beide Beine), hinterließ er ein aus über 200 Werken bestehendes Œuvre, darunter 21 Paul-Temple-Hörspiele, 41 Romane, 20 mehrteilige Fernsehspiele, 12 Theaterstücke sowie unzählige weitere Hörspiele, (unverfilmte und verfilmte) Drehbücher, Kurzgeschichten und zahllose Paul-Temple-Comicstrips.

Um die Geschichte von *Das Messer* zu verstehen, ist es notwendig, kurz auf eine andere Mehrteilerserie von Francis Durbridge einzugehen.

Als die BBC 1960 beschloss, erstmals eine längere Fernsehreihe zu produzieren, war es nur logisch, dass Francis Durbridge die Bücher dafür liefern sollte (Immerhin hatte er 1952 mit *The Broken Horseshoe* die allererste europäische Fortsetzungsserie überhaupt geschrieben und seither jedes Jahr mit einem neuen Sechsteiler die britischen Straßen leergefegt). Auf diese Art entstand *The World of Tim Frazer*. Titelheld war ein Ingenieur gleichen Namens (der in der Planungsphase noch David Marquard hieß), der in einen mysteriösen Fall mit persönlichem Bezug verwickelt wird. Nach dessen Aufklärung wird er für eine geheime Abteilung der Regierung tätig. Die Serie umfasste achtzehn Folgen, so viele wie noch nie zuvor in der BBC-Geschichte. *The World of Tim Frazer* bestand aus drei in sich abgeschlossenen Abenteuern, die sich stets über mehrere Episoden zogen: Fall 1 von Folge 1 bis 7, Fall 2 von Episode 7 bis 13 und Fall 3 über die Teile 13 bis 18. Der Übergang von einem abgeschlossenen Fall zum nächsten erfolgte immer innerhalb einer Episode, so dass die Zuseherinnen und Zuseher dazu »gezwungen« waren, gleich in das nächste Abenteuer einzutauchen. Mit Jack Hedley in der Titelrolle avancierte *The World of Tim Frazer* zu einem Straßenfeger und fuhr eine Einschaltquote von 91% ein, bis heute ein BBC-Rekord.

In Deutschland war Durbridge zur selben Zeit schon mit seinen Paul-Temple-Hörspielabenteuern extrem erfolgreich. Mit den Verfilmungen seiner Drehbücher avancierte er jedoch zum Krimigott und Straßenfeger. *Der Andere, Es ist soweit* und *Das Halstuch* hatten die Krimination schon in Atem gehalten, als 1962 auch das erste Tim-Frazer-Abenteuer in der BRD mit Max Eckard und Konrad Georg in den Titelrollen verfilmt wurde. 1963 ausgestrahlt, wurde die Serie zu einem Riesenerfolg, woraufhin man im selben Jahr in London, Amsterdam und in den Kölner Studios das zweite Abenteuer *Tim Frazer – Der Fall Salinger* produzierte.

Der dritte Fall wurde jedoch nicht realisiert, aus Gründen, die wir uns nun ansehen werden.

Das Drehbuch zu *Das Messer* stellt eine Bearbeitung des dritten Tim-Frazer-Abenteuers dar, das 1961 mit Jack Hedley in der Titelrolle in der BBC auf Sendung gegangen war. Der Titelheld ermittelte darin im mysteriösen Todesfall einer Agentin in Wales. Diese Grundhandlung ist auch in *Das Messer* erhalten geblieben, allerdings wurden neue Erzählstränge eingeführt und viele Teile der Handlung bis hin zum Ende und zur Auflösung verändert. Auch die Titelfigur ist nicht mehr Tim Frazer, sondern Jim Ellis.

Wie kam es dazu? Francis Durbridge war in seiner Heimat erfolgreich, in der Bundesrepublik Deutschland (und in den anderen deutschsprachigen Ländern) war er jedoch derart populär, dass sein Name zum Inbegriff für Spannung wurde und seine Serien zum Erfolgreichsten gehörten, das für Fernsehen und Radio je produziert wurde. Über Jahre hinweg war Durbridge immer die erfolgreichste Fernsehsendung im TV. Die gigantischen Einschaltquoten brachten dem Autor die bekannte Bezeichnung ›Straßenfeger‹ ein, weil das ganze Land stillstand, wenn ein Durbridge auf Sendung ging. Die Straßen waren menschenleer, Theater und Kinos beklagten leere Säle, kulturelle und politische Veranstaltungen wurden auf andere Abende verlegt. Nur jene Gaststätten waren voll, die auch über einen Fernseher verfügten. Später, als das ZDF auf Sendung ging, wurde an Durbridge-Abenden nur altes Programm und Wiederholungen ausgestrahlt – in der Gewissheit, dass ohnehin niemand zusehen würde, wenn auf dem anderen Kanal eine Durbridge-Serie lief (im Fall von *Das Messer* waren das eine Episode von *High Chaparral*, eine Wiederholung und ein uralter Spielfilm).

Das Durbridge-Fieber schwappte in den 1960ern in

10

Deutschland auch auf andere Medien über, so veranstaltete die Zeitschrift *Bild und Funk* eine Mörderjagd mit dem Fortsetzungsroman *Die gelbe Windmühle* (als Band 5 dieser Edition erschienen), bei dem unzählige Preise zu gewinnen waren, wenn man den Täter richtig erriet. Ganze Firmenbelegschaften, Familien und Schulklassen rieten mit und so war Durbridge abseits des Fernsehens und des Radios auch durch seinen Fortsetzungsroman Tagesgespräch.

Bei dem Stellenwert, den Durbridge in Deutschland hatte, ist es verständlich, dass der Autor auch auf gezielte Wünsche der deutschen Produzenten einging. So änderte er auf Wunsch des WDR, jenes Senders, der seine Paul-Temple-Hörspiele und Fernsehserien hauptsächlich produzierte, das Ende von *Ein Mann namens Harry Brent* (1967) und erweiterte *Wie ein Blitz* (1969/70) um zahlreiche Szenen.

Auch *Das Messer* stellt eine solche Bearbeitung dar, allerdings unter anderen Vorzeichen.

Wie erwähnt, lief *The World of Tim Frazer* in Großbritannien als achtzehnteilige Serie, die aus drei Abenteuern bestand. Die ersten beiden wurden 1963 als *Tim Frazer* und 1964 als *Tim Frazer – Der Fall Salinger* mit großem Erfolg verfilmt. Max Eckard als Tim Frazer spielte sich unter der Regie von Hans Quest in die Herzen des Publikums und fuhr enorme Einschaltquoten ein. Diese Popularität war auch ein Grund, warum das dritte Frazer-Abenteuer nicht unmittelbar im darauffolgenden Jahr (also 1965) verfilmt wurde. Francis Durbridge begründete dies in einem Brief an seinen Agenten Harvey Unna wie folgt: »Ich bin nicht bereit, Köln [wo der Westdeutsche Rundfunk seinen Sitz hat] die dritte Tim-Frazer-Geschichte zu verkaufen, wenn sie nicht die feste Zusage geben, innerhalb einer bestimmten Frist nach der Ausstrahlung von *Tim Frazer II* eine Nicht-Tim-Frazer-Serie von mir zu produzieren. Ich denke, du wirst mir zustimmen, dass ich dieses Seriengeschäft – und die Gefahr, zu sehr mit einer einzigen Figur wie Tim Frazer und Paul Temple identifiziert zu werden – besser kenne als die meisten Leute. Daher ist es aus meiner Sicht zwingend erforderlich, dass Köln zustimmt, zu einem späteren Zeitpunkt eine Nicht-Tim-Frazer-Serie von mir zu produzieren.«

Durbridge schlug vor, *The Desperate People* als nächstes und vor *Tim Frazer III* zu verfilmen, was auch geschah: Paul May inszenierte diese Serie als Dreiteiler unter dem Titel *Die Schlüssel* im Jahr 1964.

In einem Brief vom 23. Februar 1963 an seinen Agenten Harvey Unna deutet Francis Durbridge außerdem an, dass der WDR leichte Veränderungen an *Tim Frazer III* wünsche und dass er diese gerne machen würde, wenn man *The Desperate People* vor dem dritten Frazer-Abenteuer produzieren würde. Aus seiner Korrespondenz geht auch hervor, dass er nach der Ausstrahlung von *Tim Frazer – Der Fall Salinger* im Januar 1964 wollte, dass *Melissa* der Vorzug gegeben werden sollte, da diese Geschichte in stärkerem Kontrast zu *Tim Frazer – Der Fall Salinger* stand als *Die Schlüssel / The Desperate People*.

Die Reihenfolge der folgenden Durbridge-Verfilmungen in Deutschland war dann jedoch *Die Schlüssel* (*The Desperate People,* 1964), *Melissa* (1965) und *Ein Mann namens Harry Brent* (*A Man Called Harry Brent,* 1967). Aus der Korrespondenz zwischen dem WDR und Francis Durbridge geht hervor, dass der zuständige Chefredakteur beim Westdeutschen Rundfunk mit den von Durbridge angebotenen Drehbüchern zu *A Game of Murder* und *Bat Out of Hell* nicht glücklich war, worauf man sich darauf einigte, dass *Ein Mann namens Harry Brent* (zunächst geplant unter Kurt Wilhelms Regie, dann jedoch von Peter Beauvais inszeniert) der letzte Durbridge-Mehrteiler in Deutschland sein sollte.

Da Durbridge die meistgesehene Sendung im deutschen Fernsehen war, gab es zwischendurch Verhandlungen mit dem unabhängigen Hamburger Produzenten Gyula Trebitsch, der *A Game of Murder* und *Bat Out of Hell* dem Zweiten

Deutschen Fernsehen zur Produktion vorschlagen wollte. Beim WDR erkannte man schließlich, was man aus der Hand geben und der Konkurrenz zuspielen würde, und so drehte man im Herbst 1969 mit *Wie ein Blitz* die deutsche Adaption von *Bat Out of Hell*, die Durbridge um gut eine halbe Stunde Spielhandlung im Manuskript speziell für Deutschland verlängerte. Gedreht wurde an Originalschauplätzen in England, worauf Regisseur Rolf von Sydow besonders wert legte. Wie später auch bei *Das Messer* und *Die Kette* reiste er mit dem Ausstatter nach Großbritannien, um sich die Schauplätze auszusuchen und Fotos von Wohnungen zu machen, die dann im Studio detailgetreu nachgebaut wurden.

Als man Francis Durbridge und seiner Frau Norah bei einem Setbesuch in Köln die Außenaufnahmen und die temporeiche Verfolgungsjagd am Ende vorführte, sagte dieser zur Presse, dass es die beste Adaption einer seiner Serien sei, die jemals produziert worden war.

Wie ein Blitz wurde ein phänomenaler Erfolg und so gab der gleiche Chefredakteur, der 1966 *A Game of Murder* noch abgelehnt hatte, in einem Brief vom 14. April 1970 Durbridge gegenüber bekannt, dass man zwei weitere Serien lizenzieren wolle: *A Game of Murder* und *Stupid Like a Fox.* Erstgenannte Serie erhielt auf Wunsch des WDR von Durbridge den neuen Arbeitstitel *The Circle,* zweitgenannte war eine frühere Version von *The Passenger / Die Spur mit dem Lippenstift.*

Es kam zu einem Vertragsabschluss über diese beiden Serien. Was dann beim WDR geschah, ist nicht ganz nachvollziehbar, zumal das *Hamburger Abendblatt* am 1. September 1970 ankündigte, Regisseur Rolf von Sydow werde im Frühling 1971 *Dumm wie ein Fuchs / Stupid Like a Fox* inszenieren. Aus alten Unterlagen geht jedoch hervor, dass es vor allem seitens des Chefs der Hauptabteilung Fernsehspiel Vorbehalte gegen die Geschichten von *A Game of Murder* und vor allem gegen *Stupid Like a Fox* gab. Offensichtlich erinnerte man sich an das Drehbuch zu *Tim Frazer III*, das dem WDR schon 1966 einmal vorgelegt worden war und bat Durbridge nun, dieses Buch gegen eine der beiden anderen Serien auszutauschen. Ein Grund dafür dürfte der Schauplatz gewesen sein, denn die Handlung spielte in Wales. Auch das Thema des Überlaufens eines Wissenschaftlers in ein anderes politisches Lager war zu Zeiten des Kalten Krieges immer wieder hochaktuell (und wurde von Durbridge in mehreren Werken thematisiert).

Francis Durbridge schrieb diesbezüglich an seinen Agenten Harvey Unna im September 1971: »Ich bin definitiv nicht bereit, eine der beiden Serien durch die dritte Tim-Frazer-Geschichte zu ersetzen. Die Frazer-Geschichte würde ein enormes Maß an Überarbeitung erfordern, es geht keineswegs nur darum, die Namen der Figuren zu ändern usw. Es handelt sich um eine sieben [sic!, eigentlich zehn] Jahre alte Spionagegeschichte – eine richtige Geheimdienststory – und ich müsste viele Änderungen vornehmen. Im Übrigen würde ich niemandem erlauben, diese Änderungen vorzunehmen, sollte dies vorgeschlagen werden.«

Aus demselben Brief geht auch hervor, dass es eine dritte Alternative für den WDR gegeben hätte, nämlich eine Neuverfilmung des bereits 1959 vom damaligen NWDR Hamburg gedrehten Krimis *Der Andere / The Other Man*.

An den WDR schrieb Durbridge: »Mir ist zu Ohren gekommen […], dass Sie die Möglichkeit in Betracht ziehen möchten, die dritte Tim-Frazer-Serie anstelle von *Stupid Like a Fox / Dumm wie ein Fuchs* zu produzieren. […] Diesem Vorschlag kann ich nicht zustimmen. […] Bevor ich Ihnen die dritte Tim-Frazer-Serie zusende, müsste ich das Material drastisch überarbeiten und diese Arbeit würde mich mindestens acht bis zehn Wochen Zeit kosten.«

In einem Brief von Harvey Unna an Francis Durbridge heißt es, dass der Agent einen Brief vom WDR erwarte, in dem die Gründe für den Austausch aufgeführt werden sollten. Er erklärt auch: »Offenbar steht Marianne [de Barde,

Durbridges Übersetzerin] unter enormem Druck, bis Anfang Oktober einen Übersetzungsentwurf abzuliefern, denn Köln will die Produktion dann auf die Beine stellen und im Herbst nächsten Jahres Schauspieler für Proben etc. buchen, damit die Ausstrahlung im Dezember 1971 erfolgen kann. Mit anderen Worten, der WDR braucht 15 Monate von der Planung bis zur Ausstrahlung. […] Ich glaube, dass Köln und du im Endergebnis das gleiche Ziel vor Augen habt und der Publikumserfolg ebenso in ihrem Interesse liegt wie in deinem. Wenn also die Produktionsverantwortlichen […] *Tim Frazer III* […] gegenüber *Stupid Like a Fox / Dumm wie ein Fuchs* bevorzugen, weil es den Vorteil hat, dass es ein ganz anderes Setting hat als frühere Mehrteiler, dann denke ich, dass man den Punkt, den sie ansprechen, gut überdenken sollte. […] Wenn der WDR wirklich der Meinung ist, dass er mit *Tim Frazer III* ein populäreres Produkt hat, würde ich unterm Strich dazu raten, diesen Tausch zuzulassen. Wenn sie gezwungen werden, eine Serie halbherzig zu produzieren, wird das Endergebnis wahrscheinlich enttäuschend sein.«

Vielleicht bewog dieser Brief Francis Durbridge dazu, dem Austausch der Bücher zuzustimmen. Am 16. September 1970 schrieb der WDR jedenfalls an Francis Durbridge: »Herr Unna und Frau de Barde haben mitgeteilt, dass Sie mit dem Austausch von *Stupid Like a Fox* gegen *Tim Frazer Again* [sic!] einverstanden sind. […] Wir hoffen sehr, dass es uns gelingt, eine Produktion zustande zu bringen, die diese Aktion rechtfertigt.«

Das neue Drehbuch erhielt den Titel *The Knife* und sämtliche Figuren und Handlungsorte wurden umbenannt:

Tim Frazer III	*The Knife*
Tim Frazer	Jim Ellis
Charles Ross	George Baker
Major Lockwood	Colonel Green
Rita Coleman	Julie Andrew
Elwyn Roberts	Philip Cooper
Roger Thornton	Tim Clifford

Mrs. Chrichton	Mrs. Corby
Dr. Vincent	Dr. Richard Hall
Eve Turner	Mary Jones
Laurence James	Frank Batman
Davy Williams	John Miller
Kurt Lander	Richard Hamilton
Det. Supt. Royd	Inspektor Bird
Stan White	Smith
Al Cross	Stout
Wallis	Brook
Sup. Int. Nash	Inspektor Hill
Hotel St. Bride's	Hotel Ivanhoe
Hotel Kowloon	Hotel Shanghai
Tregarn Cottage	Blackwood Cottage

Insgesamt war die dritte Tim-Frazer-Geschichte wohl die schwächste der drei Abenteuer, auch weil in der Originalfassung der Täter relativ früh entlarvt wurde. Ein weiterer Nachteil dieser Geschichte war, dass es in der ersten Version eigentlich keine weibliche Hauptrolle gab: Die Hotelwirtin war nebensächlich und die Journalistin kam nur in wenigen Szenen vor. Beide waren eigentlich vernachlässigbar. Die einzige Funktion der Journalistin war, dass sie Frazer am Beginn der letzten Episode das Leben rettete. Zwischen ihr und Frazer gab es jedoch keine großen Sympathien. Gefunkt hat es schon gar nicht.

In der neuen Version änderte Francis Durbridge den Täter. Das Manko, dass dieser in *Tim Frazer III* recht früh bekannt gemacht wurde, wurde beseitigt. Nun wurde er im allerletzten Moment enttarnt. Die Rolle der Journalistin wurde vergrößert, ein romantisches Element zwischen dem Protagonisten und ihr eingeführt. Es gab weitere entscheidende Änderungen in der Handlung, wie ein Attentat mit einem Bulldozer auf den Protagonisten oder die Entführung der Journalistin. Nicht nur der Täter, sondern das gesamte Ende und zum Teil auch das Tatmotiv wurden geändert. Die wichtigste Änderung war jedoch das titelgebende Messer: In der Originalversion stand darauf »Ein Geschenk aus Hongkong« (in der Romanfassung wurde daraus ein Brieföffner mit der Inschrift »Eine Erinnerung aus Hongkong«). Auf dem Chinadolch stand nun »Tod dem Verräter«. Während die BBC ihre Produktionen hauptsächlich im Studio und mit mehreren elektronischen Kameras drehte und nur wenige Außendrehs, die auf Film gebannt wurden, pro Episode zuließ, hatte Francis Durbridge für die WDR-Produktion keinerlei Einschränkungen. Der Umstand, dass man fast alles vor Ort und auf Film drehte, ließ andere Schauplätze zu. Dass alles wie ein Film und nicht wie ein Fernsehspiel gedreht wurde, verschleiert das ursprüngliche Kammerspiel ein wenig: Wenn man genau aufpasst, gibt es aber doch noch viele Szenen, die sehr dialoglastig sind und in einem Raum spielen, in dem wie in einem Theaterstück Figuren auftreten und abgehen.

Da ein neuer Durbridge stets großes Interesse bei den Journalisten erregte, schrieb der WDR an Francis Durbridge im Februar 1971 diesbezüglich Folgendes: »In der Tat ist es etwas schwierig, wie wir die Neugier der deutschen Journalisten befriedigen können. Wir haben uns für folgende Version entschieden: *Das Messer* ist eine Durbridge-Serie, die in England bereits gelaufen ist, die aber von Mr. Durbridge für die deutsche Produktion völlig neu bearbeitet wurde. Rückfragen nach dem Originaltitel der englischen Fassung beantworten wir mit dem Hinweis, dass wir diesen Titel selbst nicht bekannt geben. […] Wenn Sie gefragt werden sollten, ob es sich bei *Das Messer* um eine Tim-Frazer-Serie handle, würden wir Sie bitten, diese Fragen, unter dem Hinweis darauf, dass wir zum Originaltitel keine Auskunft geben, abzuwehren.«

Das titelgebende Messer wurde eigens für die Produktion in vierfacher Ausführung angefertigt. Der dreißig Zentimeter lange chinesische Dolch stammte aus einer in Köln ansässigen Spezialwerkstätte. Die Sonderausführung aus Solinger Stahl hatte vier verschiedene antike Messer als Vorlage. Die Inschrift »Tod dem Verräter« wurde in chinesischen Schriftzeichen eingraviert.

Nachdem im Januar 1962 der Kabarettist Wolfgang Neuss in einer Zeitungsannonce einen Tag vor Ausstrahlung der letzten Folge von *Das Halstuch* den Täter verraten hatte, hatte man die Geheimhaltungskriterien von Jahr zu Jahr erhöht. Bei *Das Messer* mussten alle neunzehn Beteiligten, die den Täter kannten, eine Geheimhaltungsklausel unterschrieben: 10.000 D-Mark Konventionalstrafe drohten demjenigen, der den Namen des Mörders ausplauderte. Das war doppelt soviel, wie Francis Durbridge damals an Gage für das Skript erhielt. Aus Sicherheitsgründen wurden auch die Drehbücher nach Beendigung der Filmaufnahmen dem Reißwolf übergeben. Bei denjenigen Beteiligten, die nicht an der Schlusssequenz beteiligt waren, fehlten die letzten Skriptseiten ohnehin.

Für Aufregung sorgte im Herbst 1971 jedoch ein Autoeinbruch. Jemand hatte aus dem Wagen der Musikgruppe *The Can*, die Regisseur Rolf von Sydow auf einem Konzert gehört und für den Soundtrack engagiert hatte, ein Tonband gestohlen. Darauf war ein Gespräch zwischen dem WDR und der Gruppe, das während des Komponierens mit den Machern des Mehrteilers geführt worden war. Dabei soll auch der Name des Mörders gefallen sein. Der Dieb schien sich aber dieses Schatzes nicht bewusst gewesen zu sein, denn man hörte davon nie wieder etwas. Die Musik und der Titelsong *Spoon* wurden allerdings zu einem Riesenerfolg. *Spoon* erschien nach der Ausstrahlung auch auf Langspielplatte. Die Single erreichte Platz 6 der Charts und wurde über 300.000 Mal verkauft. Das Lied *Gwenadine*, das im Film auch eine wesentliche Rolle spielt, ist hingegen ein altes walisisches Schlaflied für Kinder aus dem Jahr 1800, das in Wirklichkeit *Suo Gân* heißt.

Die Presse berichtete vorab mit teils reißerischen Schlagzeilen à la »Dieses Messer ist die neue Wunderwaffe des Schock-Spezialisten Durbridge« (*Funkuhr*), »Der bisher teuerste Dreiteiler – Bereits nach 100 Sekunden wird die erste

Leiche gefunden!« (*Hörzu*) oder »Der Superkrimi des Jahres« (*Westfälische Nachrichten*). Eine Zeitungsente war jedoch die Meldung des *Gong*, dass Francis Durbridge das Ende selbst noch nicht kannte und den verblüffenden Schluss erst kurz vor Drehende schreiben wollte. Dies entsprach überhaupt nicht der Arbeitsweise des Perfektionisten Francis Durbridge.

Kommen wir kurz auf die Dreharbeiten und die Besetzung zu sprechen. Drehstart für den rund 1,3 Millionen D-Mark teuren Mehrteiler war im April 1971. Zwei Monate lang wurde in Cardiff, Hereford und London gedreht, zwei weitere in den Kölner Studios, wo tief unter der Erde die Innendekorationen für George Bakers Büro, Tim Cliffords Immobilienfirma, die Polizeistation Melynfforest und das Café *Shanghai* errichtet wurden. Alles andere wurde vor Ort gedreht. Für das Hotel *Ivanhoe* hielt das Landhaus *Breinton Court* im südwalisischen Breinton her, das für 700 D-Mark gemietet wurde.

Wie kein anderer deutscher Durbridge-Mehrteiler verfügt *Das Messer* über eine Besetzung, von der jeder einzelne Darsteller in anderen Filmen oder Serien die Hauptrolle tragen würde. Lauter Superstars. Der größte Coup gelang dem WDR mit der Verpflichtung von Hardy Krüger für die Titelrolle, der nach zehnjähriger Abwesenheit aus Deutschland und vielen internationalen Kinoerfolgen seine erste und einzige Fernsehrolle übernahm. Krüger hatte zuvor immer abgewinkt, da die Gagen beim Fernsehen sehr gering waren. Über seine Rolle sagte er: »Der Durbridge war eine einmalige Sache. Damit sollte kein Comeback oder irgendein großer Start im Fernsehen verbunden werden.« Zu seinem Part als Jim Ellis meinte er: »In gewisser Weise habe ich auf so eine Rolle gewartet. Ich habe so etwas wie in diesem Film noch nie gespielt und habe lange darauf gewartet, im deutschen Fernsehen das richtige zu finden. Es gibt bei dieser Produktion keinen Unterschied zu internationalen Maßstäben. In dem Team unter Rolf von Sydow herrscht derselbe Esprit und an die Arbeit wird genauso herangegangen, wie in jedem anderen Land.« Weiters ergänzte er in einem anderen Interview: »Vor einer Pleite habe ich keine Angst. Jede Rolle ist ein Risiko. Das kann gutoder schiefgehen.«

Zu den Dreharbeiten hatte Krüger auch seine Frau Francesca und seine beiden Kinder Malaika (damals 4 Jahre alt) und Hardy junior (3) mitgebracht. Regisseur Rolf von Sydow lobte seinen Hauptdarsteller: »Hardy Krüger ist fabelhaft. Mit Krüger zu arbeiten ist ein richtiges Glück für einen Regisseur, weil er eine internationale Schulung hinter sich hat.«

Die weibliche Hauptrolle – die der verführerischen Journalistin Julie Andrew – wurde (nachdem vier andere Darstellerinnen diese Rolle nicht angenommen hatten) mit Eva Renzi besetzt, die kurz zuvor die Titelrolle in Dario Argentos international gefeierten und sogar von Alfred Hitchcock gelobten Thriller *Das Geheimnis der schwarzen Handschuhe* gespielt hatte. Sie war damals mit Paul Hubschmid liiert, der im Jahr zuvor im Durbridge-Krimi *Wie ein Blitz* eine der Titelrollen gespielt hatte und auch das Team in Wales besuchte. Eva Renzi (wegen ihrer Diskutierfreudigkeit laut Drehbericht »Analyse« genannt) verwöhnte das Team während der Dreharbeiten mit ihren Kochkünsten: Frikadellen, Kartoffelsalat, Obstdessert. In seiner Autobiographie *Der Regisseur* erzählte Rolf von Sydow über Eva Renzi: »Beim Drehen ist sie mir durch ihre impertinente Fragerei fürchterlich auf die Nerven gegangen. Sie ist aber sehr gut in ihrer Rolle und sieht fantastisch aus. Sie hat eine aufregende Art, Dialoge so lange aufzudröseln, bis sie von vollendeter Natürlichkeit sind, und man oft nicht mehr weiß, ob es eine private Bemerkung oder ein Satz aus dem Manuskript ist.«

Von den vielen anderen prominenten Darstellern sei noch einer erwähnt: René Deltgen. Dieser hatte bekanntlich einen besonderen Bezug zu Durbridge, sprach er doch zwischen 1949 und 1966 die Rolle des Paul Temple in zwölf Hörspielabenteuern. Den Beweggrund, in *Das Messer* mitzuspielen, erklärte er so: »Um 35 Millionen Menschen zu unterhalten, müsste ich täglich 135 Jahre lang vor 700 Zuschauern Theater spielen. Das schaffe ich bei Durbridge in drei Abenden.«

Wie sehr sich die Darsteller darum rissen, bei einem Durbridge mitzuspielen, beweist ein Zeitungsbericht vom November 1971. Darin wurde über einen nichtgenannten Darsteller berichtet, der dem Theater, bei dem er engagiert war, Ersatzgeld zahlen musste, um an den Dreharbeiten teilnehmen zu können. Die Summe war höher als die Gage für die Durbridge-Rolle.

Die Dreharbeiten, während der das rund dreißigköpfige Team im Hotel *Green Dragon* in Hereford (damals fünf Autostunden von London entfernt) untergebracht war, liefen nicht problemlos. Anfang Mai sah es so aus, als habe man zwei Wochen umsonst gedreht, denn die Londoner Rank Film hatte die Filme falsch entwickelt, die Kopien waren grünstichig, die ersten tausend Meter Filmmaterial schienen unbrauchbar. Regisseur Rolf von Sydow stoppte daraufhin die Dreharbeiten. Auch aus der Korrespondenz zwischen Francis Durbridge und seinem Agenten Harvey Unna gehen diese technischen Probleme hervor, allerdings scheinen sie rasch bewältigt worden zu sein. Man wartete auf das Okay aus dem Kopierwerk in Köln, das schließlich grünes Licht gab. So konnte das Team weiterarbeiten, während die Vor- und Nachbereitungen im Hotel *Green Dragon* weiterliefen: Hier waren Schneideraum, Maske, Requisite und Produktionsleitung untergebracht. In den (teils unfreiwilligen) Drehpausen wurde Karten oder Fußball gespielt – mit im Team auch Rolf von Sydow und Eva Renzi. Für das leibliche Wohl sorgte ein englisches Pub, das die Crew täglich verpflegte.

Am Drehort tummelten sich außerdem zwei weitere bekannte Schauspieler, die in dem Mehrteiler gar nicht mitspielten, aber beide Durbridge-Erfahrung hatten. Paul Hubschmid (*Wie ein Blitz*) besuchte seine damalige Partnerin Eva Renzi und Horst Tappert (*Das Halstuch*) erschien überraschend in

Breinton Court. Er drehte zeitgleich den Zweiteiler *Hoopers letzte Jagd* unter der Regie von Claus Peter Witt in London und hatte zwei Tage drehfrei. Für die Presse posierte er damals mit Hardy Krüger und René Deltgen gemeinsam mit einem Lasso und dem titelgebenden Messer. Tappert erzählte der *Hörzu* damals über seinen Wales-Trip: »Na, wunderbar, da kann ich endlich mal ausspannen, Landschaft sehen, meinen alten Kollegen Deltgen wiedertreffen und Heinz Schubert, Hans Jürgen Diedrich und die Hubschmids! Und ich kann Hardy Krüger und seine Familie kennenlernen, die mir bisher noch nicht begegnet waren.« Tappert war überwältigt von der Gastfreundschaft, die ihm Regisseur, Produktionsleiter und Kollegen entgegen brachten und schwärmte: »Hier könnte ich's aushalten. Was sind das für Leute – ruhig, ausgeglichen, kein lauter Tor. Na ja, Profis eben.«

Bei einer Szene, die im Cardiffer Hafen gedreht wurde, kam es während der Dreharbeiten zu einem gefährlichen Zwischenfall: Wilhelm Semmelroth, der die Rolle des Physikers Richard Hamilton spielte und diese stumme Rolle als Freundschaftsdienst übernommen hatte, verunglückte dabei beinahe. Semmelroth, der Paul Temple und Durbridge 1949 in seiner Funktion als Sendungsverantwortlicher nach Deutschland brachte und auch als Produzent der Fernsehklassiker *Das Halstuch, Tim Frazer, Tim Frazer – Der Fall Salinger* und *Die Schlüssel* fungiert hatte, musste in einer Szene als Physiker auf einer Trage in einen Krankenwagen geschoben werden. Dabei hätte er sich fast das Genick gebrochen, denn die Tür wurde nicht richtig verschlossen, der Krankenwagen fuhr mit Schuss los und die Trage wurde wie eine Rakete aus dem Wagen geschleudert.

Der Presse und dem Fernsehen gegenüber erklärte Regisseur Rolf von Sydow – der einen kurzen Cameoauftritt als Ganove übernahm und zusätzlich die Stimme aus einem Polizeifunkgerät war – über *Das Messer*: »Bei diesem Durbridge ist alles ganz anders. Keine unnötige Irreführung des Zuschauers. Weniger Tote. Außerdem wird die Geschichte logischer sein. Und sich selbst nicht ganz ernst nehmen. Wir machen alles mit einem Augenzwinkern.« Weiters führte er aus: »Die Geschichte ist spannend. Wir haben sehr viel Mühe, dass wir sie sehr logisch entwirren, dass man nicht verärgert wird. Wir drehen alles vor Ort. Ein Durbridge wäre aus dem Kölner Fernsehstudio nicht mehr möglich. Die Umgebung und Atmosphäre helfen enorm.« Gefragt, ob er sich den Hype um Durbridge erklären könne, meinte der Regisseur, der angab, zuvor nur ein oder zwei Kriminalromane gelesen zu haben: »Die geheimnisvolle Wirkung des Durbridge ist mir auch rätselhaft, aber alle anderen Versuche von anderen, ihn mit mehr Action oder mit mehr Dokumentarstil zu überholen, scheitern. Mich interessieren bei der Arbeit an einem Krimi hauptsächlich die psychologische Seite, die Verdachtsmomente und das Ablenken des Zuschauers.‟

Ende September 1971 war *Das Messer* fertiggeschnitten, bis Mitte Oktober wurde noch die Musik hinzugefügt, sodass Ende Oktober der ganze Mehrteiler fertig war.

Das Medieninteresse vor und während der Ausstrahlung von *Das Messer* war enorm. Die Presse spielte das Fernsehereignis des Jahres wie gewohnt hoch, vor allem auch, weil der letzte Durbridge *Wie ein Blitz* vom Jahr zuvor den deutschen Sehbeteiligungsrekord mit 36,4 Millionen Zusehern eingefahren hatte. Wer konnte, saß an jenem Abend vor dem Fernseher. Die Zeitschrift *Gong* beschrieb den Ausnahmezustand sehr gut: »Deutschland im Durbridge-Fieber! Planen Sie keine Partys, Sie blieben ohnehin allein – und vermeiden Sie es, an diesen Tagen Freunde oder Verwandte zu überraschen: Es ist Durbridge-Zeit! Mit einem Staraufgebot ohnegleichen zeigt die ARD Francis Durbridges neuesten Thriller.« *Hörzu* schrieb: »Hochspannung in dieser Woche: Ein neuer Dreiteiler hält alle in Atem – Hardy jagt den Durbridge-Mörder!« und »Es ist soweit! Ein neuer Straßenfeger lockt in dieser

Woche Millionen vor den Bildschirm. In drei Punkten unterscheidet sich *Das Messer* von seinen Vorgängern: mehr Stars, mehr Logik, weniger Tote.«

Wer bei der Auflösung nicht dabei sein konnte, informierte sich anders: Taxifahrer gaben den Namen des Täters per Funk durch und der große Entertainer, Film- und Showstar Peter Alexander unterbrach seinen Auftritt in der Kölner Sporthalle am Abend der letzten Folge, damit er um 21 Uhr 25 Uhr Fans die Auflösung von *Das Messer* mitteilen konnte.

Die Ausstrahlung erfolgte am Dienstag, dem 30. November 1971 (Teil 1), am Donnerstag, dem 2. Dezember 1971 (Teil 2) und am Samstag, dem 4. Dezember 1971 (Teil 3) mit einer durchschnittlichen Einschaltquote von rund achtzig Prozent (81%, 83% bzw. 76% bei den einzelnen Episoden).

Es ist heute nicht mehr nachzuvollziehen und mag verblüffen, aber damals war das für den WDR zu wenig. In einer Stellungnahme an Francis Durbridge hieß es: »Das entscheidende Motiv ist vermutlich die Tatsache, dass es in Deutschland in den letzten Jahren eine ganz ungewöhnliche Krimiwelle gegeben hat, die Gutes und weniger Gutes hervorbrachte, die aber vor allem das Interesse des Zuschauers an Kriminalspielen abgesättigt hat, die heute weitaus höher liegen als vor einigen Jahren. Diesen Ansprüchen hätte *Das Messer* zweifellos genügt, wenn es nicht, wie alle Durbridge-Serien zuvor, von der Presse als das Krimiereignis des Jahres angekündigt worden wäre. [...] Die Verpflichtung, besser zu sein als alles, was es im Laufe des Jahres zuvor gab, ist in der Tat ein schwerer Ballast. [...] Wir sollten uns nicht entmutigen lassen. Voraussetzung für ein Comeback wäre allerdings eine Story, die den Publikumserwartungen an Durbridge in jeder Hinsicht gerecht würde. Vielleicht kann das nur eine Geschichte leisten, die von vornherein auf eine große Filmproduktion hinkonzipiert ist.«

Francis Durbridge antwortete darauf: »Ich bin sicher, dass es eine erstklassige Produktion war. Freunde von mir auf dem

Kontinent haben die Sendung gesehen und haben sich mir gegenüber sehr positiv darüber geäußert. Aber Ihr Problem ist nicht das der Produktion, sondern das der Wertigkeit des Drehbuchs. Mit anderen Worten: Sie müssen der Durbridge-Formel treu bleiben. Ich sage dies, weil Sie in Ihrem Brief erklären, dass »wir für ein Comeback eine Geschichte benötigen, die in jeder Hinsicht den Erwartungen des Publikums an Durbridge gerecht wird«. Ich stimme Ihnen zu, aber die Antwort darauf ist, *A Game of Murder* [späterer Arbeitstitel: *The Circle*, 1977 als *Die Kette* verfilmt] so zu verfilmen, wie ich es geschrieben habe, oder *The Passenger* [später in der BBC-Fassung synchronisiert als *Die Spur mit dem Lippenstift* ausgestrahlt], wie ich es geschrieben habe. Das ist es, was das Publikum von Durbridge will und erwartet. Glauben Sie mir, die Antwort ist nicht, wie Sie vorschlagen, eine Geschichte, die auf eine große Filmproduktion ausgerichtet ist.«

Obwohl es weitere Vorbereitungen und Gespräche gab, wurde vom WDR keine weitere Durbridge-Serie mehr produziert – vermutlich lag es auch daran, dass die Verantwortlichen von Anfang an keine großen Krimifreunde waren. Die *Hörzu* (2/1972) berichtete wenige Wochen nach der Ausstrahlung: »*Das Messer* war ein lahmer Schlag ins Wasser. Die drei Folgen lockten nacheinander 81, 83 und 76% der Zuschauer vor den Bildschirm. Die Bewertungsquote aber fiel von +3 über +2 in der letzten Folge auf +1. Also: höchste Zuschauerzahl des Jahres, aber eine niederschmetternde Wertung.«

Obwohl der WDR noch einen Vertrag für einen weiteren Durbridge, *The Circle* (später: *Die Kette*) hatte, ruderte man nun zurück. Die *Hörzu* verkündete, dass Durbridge diesmal nur ein Exposé abliefern solle, das von den WDR-Dramaturgen sorgfältig geprüft und – wenn es sein sollte – »hemmungslos verändert und dann vielleicht angenommen« werden würde. Noch drastischer klingt ein Artikel, der etwa ein halbes Jahr später in der *Bild und Funk* (22/1972) erschien. Darin erklärte WDR-Fernsehspielchef Dr. Günter

Rohrbach: »Es wäre falsch, die Augen davor zu verschließen, dass *Das Messer* eine Enttäuschung für das Publikum gewesen ist.« Weiters führte er aus, dass dies daran liegen konnte, dass Fortsetzungskrimis vom Publikum immer weniger geschätzt wurden. Zudem sei »Durbridge nicht bereit, von seinem Stil wegzugehen. In ihm fühlt er sich sicher, wie er sagt. Und genau hier ist der Punkt wo wir es schwer mit ihm haben, eben weil der Studiokrimi beim Publikum nicht gefragt ist. Sollten wir wieder einen Durbridge machen, dann nur, wenn das Drehbuch uns überzeugt!«

Das dies nicht der Fall war, belegt die Tatsache, das es bis 1976 dauerte, ehe wieder Bewegung in Sachen Durbridge kam. Erst als Regisseur Rolf von Sydow Produktionschef beim Südwestfunk (SWF) wurde, holte er den britischen Autor zurück aufs Parket und so begannen im Frühjahr 1976 die Vorbereitungen zur Verfilmung von *The Circle*. Als *Die Kette* wurde dieser in London gedrehte Zweiteiler erneut höchst erfolgreich und avancierte zur erfolgreichsten Fernsehsendung der Jahre 1976 und 1977. Doch das ist eine andere Geschichte.

Im Nachwort finden Sie zahlreiche Pressestimmen vor, während und nach der Ausstrahlung von *Die Kette* sowie einen Brief, den Rolf von Sydow damals der *Bild und Funk* schrieb.

Alle Durbridge-Fans, die auch gerne das ursprüngliche, unbearbeitete Drehbuch von 1961 lesen wollen, in dem noch Tim Frazer der Held war, können das tun: *Tim Frazer und das Rätsel von Melynfforest* erscheint als Band 22 dieser Durbridge-Edition von Williams & Whiting. Der dazugehörige Roman, der die ursprüngliche Handlung enthält, erschien unter dem Titel *Tim Frazer Gets the Message / Tim Frazer weiß Bescheid* und ist derzeit vergriffen.

Schließlich sei noch der Name Melynfforest erklärt: Er bedeutet nichts anderes als »gelber Wald«. Nun aber spannende Lektüre!

Das Messer

EPISODE 1: Dienstag, 30. November 1971, 20.15 Uhr, 58 Minuten
EPISODE 2: Donnerstag, 2. Dezember 1971, 20.15 Uhr, 66 Minuten
EPISODE 3: Samstag, 4. Dezember 1971, 20.15 Uhr, 71 Minuten

Jim Ellis .... HARDY KRÜGER
George Baker .... CHARLES REGNIER
Colonel Green .... ALEXANDER KERST
Philip Cooper .... RENÉ DELTGEN
Dr. Richard Hall .... PETER MOSBACHER
Mrs. Corby .... SONJA ZIEMANN
Julie Andrew .... EVA RENZI
John Miller .... HANS-JÜRGEN DIEDRICH
Mary Jones .... KARIN HÜBNER
Tom Clifford .... KURT BECK
Inspektor Hill .... KLAUS BARNER
Inspektor Bird .... HEINZ SCHUBERT
Frank Batman .... KLAUS LÖWITSCH
Smith .... HERBERT FUX
Sergeant Blain .... THEO HEINEMANN
Mick .... ROLF ARNDT
Stout .... RUDOLF DEBIEL
Brook .... OTTO FRIEBEL
Richard Hamilton .... WILHELM SEMMELROTH
Ein Gangster .... ROLF VON SYDOW

Buch .... FRANCIS DURBRIDGE
Deutsche Übersetzung MARIANNE DE BARDE
Musik .... THE CAN
Regie .... ROLF VON SYDOW

Ton .... GERHARD TRAMPERT
Schnitt .... WOLFGANG RICHTER
Aufnahmeleitung .... FRED ILGNER, WOLFGANG WEBER
Regieassistenz .... KARSTEN HOFFMANN
Kamera .... DIETER NAUJECK
Maske .... LORE MARTIN, HANS-JOACHIM SCHMALOR
Kostüme .... DELA FREDRICH
Ausstattung .... LOTHAR KIRCHEM
Produktionsleitung .... JOACHIM GLASER
Produktion .... PETER MÄRTHESHEIMER
Eine Sendung des .... WDR

27

Francis Durbridge
Das Messer

Die handelnden Personen

JIM ELLIS	Spezialagent
GEORGE BAKER	Abteilungschef beim Secret Service
COLONEL GREEN	Beamter beim Secret Service
PHILIP COOPER	Pensionierter Bankbeamter
JULIE ANDREW	Journalistin bei *The Guardian*
TOM CLIFFORD	Immobilienhändler
MRS. CORBY	Inhaberin des Hotels *Ivanhoe*
DR. RICHARD HALL	Arzt
FRANK BATMAN	Besitzer mehrerer Lokale in Tiger Bay
SMITH	Kellner
JOHN MILLER	Hausdiener im Hotel *Ivanhoe*
MARY JONES	Sekretärin bei Tom Clifford
INSPEKTOR BIRD	Kriminalbeamter in Melynfforest
SERGEANT BLAIN	Kriminalbeamter in Melynfforest
INSPEKTOR HILL	Kriminalbeamter bei Scotland Yard
RICHARD HAMILTON	Atomforscher
FRED	Sekretär bei Tom Clifford
STOUT	Ein Ganove
MICK	Ein Ganove
BROOK	Ein Lastwagenfahrer
BROWN	Mitarbeiter im Labor des Secret Service
MILDRED BEATY	Agentin des Secret Service in Hongkong
STARR	Golfpartner von Dr. Richard Hall

sowie
EINE TELEFONISTIN
ZWEI SEKRETÄRE
MEHRERE POLIZISTEN IN UNIFORM
MEHRERE KRIMINALBEAMTE IN ZIVIL
EIN TAXIFAHRER
EIN FOTOGRAF
ZWEI SANITÄTER
ZWEI FALSCHE SANITÄTER

Die Handlung spielt in London, Cardiff und Melynfforest
(Wales) im Jahr 1971.

Episode 1

<u>EINE WIESE IN MELYNFFOREST. AUßEN. TAG.</u>
EIN LIEBESPÄRCHEN spaziert über die Wiese, hüpft, ist fröhlich, läuft. Plötzlich entdeckt es unter einem Busch die Leiche einer Frau. Es ist jene von MILDRED BEATY. Sie liegt mit dem Gesicht zum Boden. Das PÄRCHEN erschreckt sich und läuft davon.

<u>LONDON. AUßEN. TAG.</u>
Wir befinden uns vor dem Scotland-Yard-Gebäude. INSPEKTOR HILL verlässt Scotland Yard und trägt eine Aktentasche in der Hand. Er ist um die fünfzig und macht einen seriösen Eindruck. Er steigt in einen Dienstwagen.

<u>INSPEKTOR HILLS DIENSTWAGEN. INNEN. TAG.</u>
INSPEKTOR HILL sitzt auf der Rückbank des Wagens und öffnet die Aktentasche. Er zieht eine Akte hervor und öffnet sie. Es handelt sich dabei um Bilder vom Tatort in Melynfforest mit der Leiche von MILDRED BEATY.

<u>BÜRO GEORGE BAKER. INNEN. TAG.</u>
INSPEKTOR HILL betritt das elegante Vorzimmer von GEORGE BAKER. Ein SEKRETÄR steht, der ANDERE SEKRETÄR sitzt hinter einem Schreibtisch.
<u>HILL</u>: Guten Morgen.
Der STEHENDE SEKRETÄR nickt dem SITZENDEN SEKRETÄR zu. Dieser spricht durch die Gegensprechanlage.
<u>SEKRETÄR</u>: Chef, Ihr Besuch ist da.

Daraufhin öffnet sich die Tür zu George Bakers Büro automatisch. HILL geht durch die Tür in Bakers Büro. Es ist sehr elegant Eingerichtet. GEORGE BAKER sitzt hinter seinem Schreibtisch, er macht einen gebildeten und vornehmen Eindruck. Er erhebt sich, als HILL das Büro betritt.

BAKER: Inspektor Hill?

HILL: Ja, von Scotland Yard!

BAKER: Guten Tag, Inspektor! (*Zeigt auf den Stuhl vor ihm*) Bitte nehmen Sie doch Platz.

HILL und BAKER setzen sich.

HILL: Es ist sehr nett von Ihnen, dass Sie sich ein paar Minuten Zeit für mich nehmen!

BAKER: Gerne. Was kann ich für Sie tun?

HILL: Tja, ich weiß nicht … Hat denn Sir Wilfried Sie nicht ins Bild gesetzt?

BAKER: Nein … Er hat nur etwas von einem Mordfall gesagt.

HILL: Ja, es geht da um eine Sache in Wales. (*Er öffnet seine Aktentasche*) In Melynfforest. (*Er holt die Akte heraus und reicht sie BAKER*)

BAKER: Ach, das ist dieser Fall. – Sehr unerfreulich, was? Ich nehme an, dass Sie mit Ihren Ermittlungen festsitzen.

HILL: Ja … Sozusagen total.

BAKER: (*Nachdenklich*) Ich verstehe nur nicht, warum Scotland Yard meint, dass der Secret Service – und beim Secret Service ausgerechnet meine Abteilung dafür zuständig …

HILL: (*Unterbricht*) Es war nur so ein Gedanke von mir, einmal mit Ihnen zu sprechen.

BAKER: Ja, bitte …

HILL: Ich habe mir eine kleine Chance ausgerechnet, dass Ihnen der Name Elaine Belton bekannt sein könnte.

BAKER: Ist das der Name der Ermordeten?

HILL: Ja. Vor zwei Wochen haben wir ihre Leiche

	bei dem Wald in Melynfforest entdeckt. Es gibt kein Motiv und keinerlei Anhaltspunkte.
BAKER:	(*Nachdenklich*) Sagen Sie, Melynfforest – liegt das nicht in der Nähe von Cardiff?
HILL:	Ja, eine knappe Stunde! Herrliche Gegend. Sie machte dort Ferien und wohnte in einem kleinen Hotel. Zehn Tage war sie da, bevor es passierte.
BAKER:	(*Lehnt sich interessiert nach vorne*) Ach ...?
HILL:	Sie hatte ein paar Bekanntschaften geschlossen. Was ihre eigene Person betraf, war sie jedoch nicht so mitteilsam. Sie ist aber anscheinend ziemlich viel in der Welt herumgekommen, wie es scheint. Wir haben gehört, dass sie sich mit dem Gedanken trug, ein Cottage in der Gegend zu kaufen – also war sie wohl nicht ganz unvermögend.
BAKER:	(*Kommentiert*) Das wäre also ihre Biographie.
HILL:	Das könnte man so sagen. Sie scheint höflich und freundlich gewesen zu sein. Manche wollen sie allerdings etwas rätselhaft gefunden haben.
BAKER:	(*Lacht*) Waliser sind so …
HILL:	Genau. (*Lacht auch*) Es ist und bleibt aber ein merkwürdiger Fall, Mister Baker!
BAKER:	Ja, sicher. Für mich zunächst einmal deshalb merkwürdig, weil er sie zu mir bringt. Sie wissen doch: Unsere Abteilung ist auf sehr – sagen wir – eigentümliche Dinge spezialisiert.
HILL:	Ich muss gestehen, dass ich eine Art Vermutung habe.
BAKER:	Welche?
HILL:	Ich habe mich gefragt, ob Miss Elaine Belton nicht zufällig für Ihre Abteilung gearbeitet hat?
BAKER:	(*Lacht*) Wie kommen Sie auf diese Idee?
HILL:	Miss Belton hatte eine rätselhafte Angewohnheit. In ihrer Handtasche fanden wir ein No-

tizbuch mit Aufzeichnungen. Sie waren jedoch alle verschlüsselt. Offensichtlich handelt es sich dabei um Namen und Adressen. Aber in einem Code …

BAKER: (*Unterbricht HILL*) Sicher nur eine Marotte! Sie wissen doch selbst: Spionageromane erfreuen sich großer Beliebtheit, besonders bei alleinstehenden Damen. (*Lacht*) Nein, nein, es tut mir leid, Inspektor, aber im Herzogtum Wales unterhält der Secret Service bis jetzt noch keine Agenten.

HILL: Dann tut es mir leid, Ihre Zeit in Anspruch genommen zu haben.

BAKER: Aber keine Ursache, Inspektor, es war mir ein Vergnügen. Ich hoffe nur, Sie kommen bald weiter.

HILL: Ja, das hoffe ich auch. Ich habe nur so das Gefühl, dass – wenn es so weit ist – wir noch unsere Überraschungen erleben werden. Auf Wiedersehen, Mr. Baker.

BAKER: Auf Wiedersehen, Inspektor.

INSPEKTOR HILL verlässt das Büro. Vor der Bürotür wartet COLONEL GREEN, der sich zur Seite dreht, damit HILL ihn nicht sieht. GREEN ist groß, Mitte fünfzig und ein militärischer Typ. Als HILL vorbei ist, betritt GREEN Bakers Büro.

BAKER: Ach, Colonel Green!

GREEN: Guten Morgen, Chef!

BAKER: Sie sind noch zu kurz bei uns, um unsere fabelhafte Mildred Beaty zu kennen.

GREEN: Mildred Beaty?

BAKER: Ja, sie war längere Zeit nicht hier. Sie ist eine unserer besten Agentinnen im Fernen Osten und arbeitet als Lehrerin in Hong Kong. Sie hat mir vor einiger Zeit einen sehr interessanten Bericht geschickt. Er war so interessant, dass ich es für angebracht hielt, mich wieder

	einmal mit ihr zu treffen.
GREEN:	(*Unbeeindruckt*) Aha.
BAKER:	Aus diesem Grund wird sie heute hier mit dem Flugzeug landen. Ich möchte Sie bitten, dass Sie sie am Flugplatz abholen und in ihr Hotel zu begleiten. Paper wird ihnen sagen, wann die Maschine genau eintrifft.
GREEN:	(*Nickt*) Jawohl. (*Will schon gehen*)
BAKER:	(*Hält ihn zurück*) Und noch etwas! Sie wird Ihnen ein Tonband für mich übergeben. Miss Beaty pflegt ihre Vorberichte auf Band zu sprechen. Sobald ich mir einen ersten Überblick verschafft habe, werde ich sie dann im Hotel anrufen.
GREEN:	Ich werde es ihr ausrichten.
BAKER:	Danke.

FLUGHAFEN HEATHROW. INNEN. TAG.

Eine Maschine ist soeben gelandet. Eine AT-TRAKTIVE FRAU – groß, gutaussehend, dunkelhaarig, Ende 20, Anfang 30 – kommt durch die Halle, nimmt einen Gepäckwagen und wartet am Förderband auf ihre Koffer. Es fällt auf, dass sie einen Verband um den rechten Daumen trägt. Es folgt eine Lautsprecherdurchsage.

DURCHSAGE:	Miss Mildred Beaty, Sie werden zur Information gebeten! Miss Mildred Beaty, Sie werden zur Information gebeten!

Die Frau nimmt jetzt ihr Gepäck. Sie fühlt sich offenbar von der Durchsage angesprochen.

COLONEL GREEN erblickt sie, als sie näher kommt. Er sieht sie an, sie blickt ihn an, beide lächeln. Anscheinend handelt es sich bei ihr um MILDRED BEATY. Als sie auf Augenhöhe stehen, spricht GREEN sie an.

GREEN:	Miss Beaty?

MILDRED:	Ja.
GREEN:	Ich bin Colonel Green. Wir haben ein Hotel für Sie reserviert. (*Deutet auf ihre Gepäck*) Darf ich Ihnen behilflich sein?
MILDRED:	Dankeschön.

*GREEN nimmt den Wagen mit dem Koffer und
führt ihn hinaus.*

IN GREENS WAGEN. TAG.

*Der Wagen fährt durch die Londoner Straßen.
GREEN steuert ihn. MILDRED sitzt auf der
Rückbank.*

MILDRED:	Ich muss Ihnen schon sagen, dass ich Ihnen dankbar bin, dass Sie mich abgeholt haben. (*Erschöpft*) Die Reise war ganz schön anstrengend.
GREEN:	… und ich freue mich, Sie endlich kennenzulernen!
MILDRED:	(*Will sich Zigarette anzünden und bietet GREEN auch eine an*) Rauchen Sie?
GREEN:	(*Schüttelt den Kopf*) Oh nein, danke!

*Das Feuerzeug von MILDRED funktioniert
nicht. GREEN bemerkt es sofort und will ihr
aushelfen.*

GREEN:	Oh, darf ich Ihnen behilflich sein?
MILDRED:	Danke schön, es muss am Feuerzeug liegen. Ich muss mir endlich einmal ein neues anschaffen!

GREEN gibt ihr eine Schachtel Streichhölzer.

GREEN:	Hier bitte!
MILDRED:	(*Freundlich*) Danke sehr. (*Zündet Zigarette an, will Streichhölzer zurück geben*)
GREEN:	(*Schüttelt den Kopf*) Nein, nein, sie können sie behalten!
MILDRED:	Danke!

GREEN sieht jetzt, dass MILDRED einen Verband um den Daumen trägt.

GREEN:	Was ist Ihnen denn passiert?

MILDRED:	(*Versteht nicht*) Wie?
GREEN:	Ich meine, mit Ihrem Daumen!
MILDRED:	Ach, das ist ein Insektenstich. Es war erst gar nicht schlimm, aber gestern ist es plötzlich sehr angeschwollen.
GREEN:	Waren Sie schon beim Arzt?
MILDRED:	Ja, er sagt es sei nichts Gravierendes.
GREEN:	Hoffentlich. (*Eine Pause*) Ich setze Sie jetzt beim Hotel ab. Später wird man Sie dann anrufen.
MILDRED:	Danke sehr.

VOR DEM HYDEPARK-HOTEL. AUßEN. TAG.

*GREEN fährt vor dem Hotel vor. Beide steigen
aus.*

GREEN:	Miss Beaty, darf ich Sie an das Material erinnern?
MILDRED:	(*Verdutzt*) Das Material?
GREEN:	Das Tonband!
MILDRED:	Ach so … ja … natürlich!

*MILDRED öffnet ihre Handtasche und sucht.
Schließlich wird sie fündig und gibt sie GREEN
eine Kassette in die Hand.*

GREEN:	Vielen Dank.

GREEN steckt die Kassette ein.

GREEN:	Also dann, wie gesagt: Später wird man Sie anrufen.

MILDRED nickt und geht in das Hotel.

BÜRO GEORGE BAKER. INNEN. TAG.

*BAKER sitzt hinter seinem Schreibtisch und
arbeitet. GREEN kommt herein.*

BAKER:	(*Sieht auf*) Ah, Colonel, hat alles geklappt?
GREEN:	Ja, ich habe sie im Hotel abgeliefert.
BAKER:	(*Interessiert*) Und, was sagen Sie zu unserer Lehrerin?
GREEN:	Leider hatte ich so eine nicht in der Schule. Mit Sicherheit keine mit so einem aufdringli-

	chen Parfüm.
BAKER:	(*Ironisch*) Oh, ich hatte ja keine Ahnung, dass ich einen Mitarbeiter mit einer so feinen Nase habe. ... (*Scherzt*) Da werde ich noch darauf zurückkommen!

BROWN kommt die Treppe in Bakers Büro
herunter. Er trägt einen weißen Mantel und ist
Mitte fünfzig und hat graues Haar.

BROWN:	Entschuldigen Sie, Chef!
BAKER:	(*Dreht sich um*) Ja, was ist, Brown?
BROWN:	Ich weiß nicht recht ... (*Zu BAKER*) Colonel, ist das wirklich das Band, das Miss Beaty Ihnen gegeben hat?
GREEN:	Ja, wenn es das ist, das ich Ihnen gegeben habe.
BAKER:	(*Erhebt sich und geht auf BROWN zu, in schnellem Ton*) Warum, was ist los?
BROWN:	Ich habe doch wirklich Erfahrung im Dechiffrieren von Miss Beatys Aufnahmen. Aber bei diesem Band hier versagt meine Kunst.
BAKER:	Wieso?
BROWN:	Es kommt überhaupt nichts heraus. Ich habe das Band ganz durchlaufen lassen. – Es kommt nichts heraus.
BAKER:	Was soll das heißen? Meinen Sie, dass sie einen anderen Code benutzt hat?
BROWN:	Nein, der Code ist es nicht. (*Denkt nach*) Ich fürchte, Miss Beaty hat zwei Bänder vertauscht.
BAKER:	Spricht sie auf dem Band?
BROWN:	Nein. (*Zögert*) Sie singt.
BAKER:	(*Sieht GREEN ungläubig an*) Sie singt?
BROWN:	Sie arbeitet doch als Lehrerin in Hongkong, Sir.
BAKER:	(*Versteht nicht*) Ja und?
BROWN:	Vielleicht ist das die Erklärung.
BAKER:	Die Erklärung wofür?
BROWN:	Für den Kindergesang, Sir. ... Miss Beaty

singt vor.

BAKER sieht GREEN fragend an.

BAKER: (*Zu BROWN*) Gut, dann lassen Sie mal hören!

BROWN: Das Band hier? Aber da ist nichts drauf, Sir!

BROWN legt die Kassette in einen Recorder ein. BAKER geht zum Telefon.

BAKER: (*Ins Telefon*) Bitte verbinden Sie mich sofort mit Miss Beaty, Hyde-Park-Hotel!

BAKER legt auf. BROWN drückt auf die Abspieltaste.

MILDRED: (*Stimme vom Tonband, sie ist Lehrerin und spricht zu ihren Schülern*) So geht das nicht. Hört zu und bitte passt dieses Mal auf …

Bakers Telefon klingelt.

BAKER: (*Geht ran*) Ja? … (*Überrascht*) Was? … Haben Sie sich vergewissert? … Mit wem haben Sie gesprochen? … Danke!

BAKER hängt ein.

BAKER: (*Zu GREEN*) Wo haben Sie sich von Miss Beaty verabschiedet?

GREEN: Am Hyde-Park-Hotel. Warum?

BAKER: Sind Sie mit ihr ins Hotel gegangen?

GREEN: Nein. Ich habe mich vor dem Eingang von ihr verabschiedet. Warum? Was ist los?

BAKER: Im Hyde-Park-Hotel wohnt keine Dame dieses Namens.

GREEN setzt einen erstaunten Blick auf. BAKER gibt BROWN ein Zeichen, die Kassette weiterlaufen zu lassen.

MILDRED: (*Stimme vom Tonband, sie sitzt am Klavier und singt den Kindern vor*) La – la – la – la – la. (*Dann beginnt sie das walisische Volkslied zu spielen*)

BAKER: (*Hellhörig*) Was ist das?

GREEN: Das ist wohl ein walisisches Volkslied.

BAKER, GREEN und BROWN hören der Aufnahe ein wenig zu.

BAKER: (*Entschlossen*) Danke!

BROWN stoppt das Gerät. BAKER greift zum

Telefon.

BAKER: (*Ins Telefon*) Scotland Yard. Inspektor Hill! … Und dann Jim Ellis!

BAKER hängt ein.

BAKER: Ich glaube, Green, wir bekommen Arbeit! Aber zuerst ziehen wir gemeinsam ins Manöver.

EIN SCHIEßSTAND. INNEN. TAG.

In dieser Szene machen BAKER und GREEN vor einer Leinwand, auf der sie mit Pistolen zielen ihre Schießübungen. Dabei läuft ein Film ab, auf dem sie Figuren treffen müssen.
BAKER schießt und trifft daneben.

BAKER: (*Enttäuscht*) Schade.

GREEN schießt und trifft.

BAKER: (*Erfreut*) Ausgezeichnet!

GREEN: Es ist eben nur eine Frage regelmäßiger Übung!

Jetzt zielt BAKER wieder auf einen Mann auf der Leinwand.

BAKER: So, der gehört mir.

GREEN: Sagen Sie, wir sind doch nicht nur wegen des Schießens hierhergekommen?

BAKER: Nein, nein. Wir warten hier auf Jim Ellis. Ich dachte, Sie können mit ihm zusammenarbeiten.

BAKER schießt und trifft.

GREEN: Na, was habe ich gesagt? Nur eine Frage regelmäßiger Übung.

Während GREEN seine Schießübungen fortsetzt, erzählt BAKER über Jim Ellis.

BAKER: Ellis ist ein fabelhafter Junge, er geht nur nicht gerne ins Büro.

GREEN: (*Scherzt*) Eine Allergie vermutlich.

GREEN schießt erneut und trifft sein Ziel.

BAKER: So etwas Ähnliches. Auf diese Weise kennt ihn niemand dort. Was gelegentlich von Vor-

	teil sein kann.
GREEN:	Und was soll ich dabei tun?
BAKER:	Nicht viel. Nur ein wenig auf ihn aufpassen und den Verbindungsmann spielen. Er arbeitet nämlich zuweilen etwas unorthodox.

*Während GREEN mit der Pistole zielt, stellt
sich JIM ELLIS hinter ihn, schießt mit seiner
Pistole und trifft das Ziel.*
*JIM ELLIS ist Mitte 30, gutaussehend, ein lo-
ckerer Typ und trägt stets eine Lederjacke.*
BAKER dreht sich um und lacht.

BAKER:	Na, was habe ich gesagt? … Guten Tag, Ellis!
ELLIS:	Tag, Chef!
BAKER:	(*Stellt ihm GREEN vor*) Das ist Colonel Green!
ELLIS:	Hallo!
GREEN:	Hallo!
BAKER:	Sie werden zusammen arbeiten. Worum es sich handelt, ist Folgendes: Gestern sollte eine unserer besten Agentinnen, Mildred Beaty, aus Hongkong hier eintreffen. Sie hatte mir in letzter Zeit sehr viele interessante Nachrichten geschickt und ich wollte mich einmal mit ihr persönlich darüber unterhalten. Colonel Green fuhr zum Flughafen, um sie abzuholen. Aber: Die Mildred Beaty, die er in Empfang nahm, war offensichtlich eine Fälschung. Sie hat sich dann auch schnell wieder aus dem Staub gemacht.
ELLIS:	(*Interessiert*) Wo ist die richtige Mildred Beaty?
BAKER:	Vor zwei Tagen war Inspektor Hill von Scotland Yard bei mir, in der Mordsache Elaine Belton. Sie wissen, die Sache in …
ELLIS:	… Melynfforest!
BAKER:	Ja, genau! In Wales. Ich war zwar zuerst anderer Ansicht, aber ich bin nun zu der Überzeugung gekommen, dass die Tote Elaine Belton in Wirklichkeit Mildred Beaty ist.

ELLIS:	(*Neugierig*) Welche Spur verfolgt Scotland Yard?
BAKER:	Es gibt da einen Immobilienmakler namens Clifford mit dem sie zu tun hatte. Sie wollte sich in Melynfforest ein Cottage kaufen … Weiß der Himmel, warum.
ELLIS:	Wo hat sie gewohnt?
BAKER:	In einem kleinen Hotel, dem *Ivanhoe*, bei einer Mrs. Corby, bei der Sie sich auch einquartieren werden – und zwar so lange, wie sie brauchen, um festzustellen, wer wen ermordet hat und vor allem warum.
ELLIS:	(*Zu* GREEN) Die Dame, die Sie gestern abgeholt haben, was war das für eine Person?
GREEN:	Sie ist Ende 20, Anfang 30, sehr attraktiv. Ich habe sie als Miss Beaty ausrufen lassen und sie kam auch als Miss Beaty. Ich hatte übrigens den Eindruck, dass sie mich zunächst aus sicherer Entfernung etwas beobachtete. Das ist aber völlig normal, jede gute Agentin hätte das getan.
BAKER:	(*Ergänzt*) … außerdem benutzte sie ein bemerkenswertes Parfüm.
GREEN:	(*Nickt*) Ja, das Parfüm war wirklich bemerkenswert. Und noch etwas: Sie trug an der rechten Hand einen ledernen Daumenschutz. Es war ein Insektenstich, sagte sie.
ELLIS:	Das ist doch schon eine ganze Menge!
BAKER:	Da ist noch etwas: Sie hat Green ein Tonband für mich übergeben. (*Zu* GREEN) Erzählen Sie doch mal!
GREEN:	Ja, ich fragte sie nach dem Tonband und sie schien zunächst ein bisschen verwirrt. Aber dann fing sie an, in ihrer Handtasche zu suchen und brachte ein Tonband hervor.
BAKER:	Das Tonband sollte eigentlich chiffrierte Ergänzungen zu ihrem letzten Bericht erhalten, aber in Wirklichkeit war es nur eine Aufnah-

me einer Kindergesangsstunde. Das ist an sich nicht ungewöhnlich, weil sie in Hongkong als Lehrerin getarnt arbeitete.

ELLIS: Und ihre Stimme ist auf dem Tonband auch erkennbar?

BAKER: Ja..

BAKER gibt GREEN den Kassettenrecorder.

BAKER: (*Zu GREEN*) Spielen Sie es doch mal vor, Green.

GREEN drückt die Abspieltaste auf dem Gerät. Das walisische Lied, gesungen von den Kindern, erklingt. Die drei Männer hören mit fragendem Blick zu.

VOR DEM HOTEL *IVANHOE*. AUßEN. TAG.

JIM ELLIS fährt mit seinem Wagen vor dem Hotel von Mrs. Corby vor. Als er hält, kommt JOHN MILLER, der Hausdiener, aus dem Hotel und schaut mürrisch. Er trägt einen schwarzen Anzug und Schnurrbart, ist etwa um die fünfzig Jahre alt und stets etwas unfreundlich. JIM ELLIS steigt aus.

MILLER: Guten Morgen, Sir. Haben Sie bei uns ein Zimmer bestellt?

ELLIS: Ja, ich heiße Jim Ellis.

MILLER nimmt die Koffer von JIM ELLIS. Aus einem der Zimmer im ersten Stock beobachtet die beiden ein Pfeife rauchender alter Mann. Graues Haar, grauer Bart. Bei ihm handelt es sich um PHILIP COOPER. Er hat einen neugierigen Blick.

IM HOTEL *IVANHOE*. INNEN. TAG.

MRS. CORBY, die Besitzerin des Hotels, steht hinter dem Rezeptionstisch und reicht JIM ELLIS das Gästebuch. Während sich JIM ELLIS einträgt, erzählt sie ein bisschen. Sie ist Mitte 40 und macht einen biederen Eindruck.

MRS. CORBY:	Sie werden sich in unserer Gegend sehr wohl fühlen, Mr. Ellis, das sage ich Ihnen jetzt schon. Spazierwege gibt es hier wie nirgends auf der Welt … (*Schwärmt*) und diese Ruhe! Jeder, der einmal hier war, ist wiedergekommen.

MILLER kommt herein und trägt das Gepäck.
ELLIS ist mit der Eintragung fertig. Sie gehen
gemeinsam die Treppe in den ersten Stock
hoch.

MRS. CORBY:	(*Neugierig*) Sie gehen doch sicherlich gerne spazieren?
ELLIS:	Sehr gerne.
MRS. CORBY:	Um diese Jahreszeit ist die Landschaft am allerschönsten!
ELLIS:	Leider bin ich nicht in Ferien hier!
MRS. CORBY:	(*Bedauert*) Ach nein? … (*Wechselt das Thema*) Wir sind ein sehr beliebtes Haus, wissen Sie? … (*Stolz*) Mit einem sehr guten Publikum.
ELLIS:	Sie sind sicherlich immer ausgebucht!
MRS. CORBY:	Ja, das sind wir … im Allgemeinen. Aber dann gibt es zwischendurch auch immer wieder Phasen, in denen es etwas ruhiger wird. So wie im Augenblick …

Sie erreichen das Zimmer von JIM ELLIS. MIL-
LER geht jetzt mit dem Gepäck voran. MRS.
CORBY sperrt die Türe auf.

MRS. CORBY:	… deshalb hatten Sie auch Glück! … (*Zeigt in das Zimmer*) Bitte!
ELLIS:	Danke sehr.

ELLIS geht ins Zimmer.

DAS ZIMMER VON JIM ELLIS. INNEN. TAG.
ELLIS betritt das Zimmer, gefolgt von MRS.
CORBY und dem Hausdiener JOHN MILLER.
ELLIS blickt sich um.

ELLIS:	Reizend!

44

MRS. CORBY: (*Neugierig*) Sind Sie beruflich hier?

ELLIS: Ja, ich arbeite für das Beratungsbüro Industriansiedlung.

MRS. CORBY: (*Entsetzt*) Mein Gott, Sie werden uns die Landschaft doch nicht mit Fabriken zupflastern?

MRS. CORBY zeigt auf das Badezimmer.

MRS. CORBY: Dort ist übrigens das Bad.

JIM ELLIS sieht in das Badezimmer und sagt kein Wort.

MRS. CORBY: (*Schnell*) ... aber wenn Sie ein Zimmer ohne Bad haben möchten, dann …

ELLIS: Nein, nein, ich nehme es gerne mit Bad.

MILLER hat die Koffer abgestellt.

MILLER: (*Drängt sich in den Vordergrund, will Trinkgeld*) Brauchen Sie mich noch?

ELLIS gibt MILLER ein Trinkgeld.

ELLIS: Nein. Vielen Dank.

MILLER: (*Nimmt das Geld, mürrisch*) Danke schön.

MRS. CORBY steht am Fenster und blickt auf die grüne Landschaft.

MRS. CORBY: (*Schwärmt*) Sehen Sie sich doch einmal diese Aussicht an! Im Augenblick scheint leider die Sonne nicht, aber sonst ist es wundervoll. Es wäre doch schade, wenn Sie das zerstören.

ELLIS: (*Kommt auf Mrs. Corbys Frage von vorhin zurück*) Vorläufig sondieren wir nur. Aber vielleicht könnten Sie mir jemanden empfehlen, der sich in dieser Gegend gut auskennt?

MRS. CORBY: Ja, wir haben hier einen sehr tüchtigen Grundstücksmakler hier im Ort. Tom Clifford.

Plötzlich ertönt laute Marschmusik aus dem Nebenzimmer.

Er kann Ihnen sicherlich genauere Auskünfte geben.

ELLIS: (*Hakt nach*) Clifford?

MRS. CORBY: Ja, in der High Street. (*Hört die Musik*) Ach,

	ich hoffe, das wird Sie nicht stören. Das ist Mr. Cooper von nebenan. Ein älterer, pensionierter Gentleman. Sehr sympathisch, aber manchmal lässt er seinen Plattenspieler etwas zu laut laufen.
ELLIS:	(*Packt seine Koffer aus*) Ich höre sehr gerne Musik.
MRS. CORBY:	Aber wenn es zu viel wird, dann müssen Sie es mir wirklich sagen.
ELLIS:	(*Nickt – will, dass sie geht*) Vielen Dank.
MRS. CORBY:	Und lassen Sie es mich jederzeit wissen, wenn sie Wünsche haben.
ELLIS:	Selbstverständlich.

MRS. CORBY geht und schließt die Tür.

JIM ELLIS ist jetzt alleine im Zimmer. Er zieht seine Jacke aus und will sie in den Schrank hängen, als plötzlich von nebenan das walisische Volkslied erklingt, das auch auf der Aufnahme mit Mildred Beaty zu hören war. Er blickt verdutzt. Dann geht er zum Telefon und nimmt den Hörer ab.

ELLIS:	(*Am Telefon*) Geben Sie mir Melynfforest 429. Danke. … Bitte? … Verstehe … Versuchen Sie es bitte später noch einmal.

Er hängt den Hörer ein. Da klopft es an der Tür. ELLIS öffnet. Vor der Tür steht PHILIP COOPER.

COOPER:	(*Freundlich, etwas schüchtern*) Verzeihen Sie bitte, mein Name ist Philip Cooper.
ELLIS:	(*Freundlich*) Bitte, kommen Sie doch herein.

COOPER betritt das Zimmer.

COOPER:	Ich will Sie nicht stören – ich wollte bloß wissen, ob meinem neuen Zimmernachbarn …
ELLIS:	(*Unterbricht ihn*) Stört es Sie, wenn ich weiter auspacke?
COOPER:	Nein, nein. Machen Sie nur weiter. … Ich wollte wissen, ob Ihnen meine Schallplatten-

spielerei nicht auf die Nerven geht? … (*Er setzt sich in einen Stuhl. Eine Pause, dann*) Mrs. Corby hat mich schon ein paar Mal verwarnt.

ELLIS: (*Schüttelt mit dem Kopf*) Ich höre sehr gerne Musik.

COOPER: (*Erleichtert*) Umso besser. Aber ich wollte doch lieber sicher gehen.

ELLIS geht zu COOPER und gibt ihm die Hand.

ELLIS: Ich heiße Jim Ellis. Freut mich.

COOPER: Sehr erfreut. (*Plötzlich*) Waren Sie schon öfter Gast des Hauses?

ELLIS: Nein, ich bin zum ersten Mal in der Gegend.

COOPER: Man wohnt hier sehr angenehm … (*Nachdrücklich*) Wirklich sehr sehr angenehm!

ELLIS: Sind Sie hier in Ferien?

COOPER: (*Schüttelt den Kopf*) Nein. Ich bin Dauermieter. Zwangsweise. (*Als Nachsatz*) Ich bin pensioniert. (*Er zündet sich seine Pfeife an*) Tja, ich würde Ihnen gerne eine Zigarette anbieten, aber …

ELLIS: Ich bin Nichtraucher!

COOPERs Feuerzeug funktioniert nicht. ELLIS nimmt seines und gibt ihm Feuer. COOPER weiß nicht, dass im Feuerzeug ein Mini-Fotoapparat versteckt ist, mit dem ELLIS ihn heimlich fotografiert.

COOPER: Und ich rauche nur Pfeife, leider … Na ja … (*Themenwechsel*) Ich stamme hier aus der Gegend, wissen Sie?

ELLIS: (*Gleichgültig*) Ach ja?

COOPER: Ja. Wo ich auch immer war, es hat mich immer hierher zurückgezogen! Und jetzt, wo ich hier bin, frage ich mich oft: »Was willst du eigentlich hier, zum Teufel?« – Ich sitze den ganzen Tag nur herum und spiele Schallplatten.

ELLIS: (*Interessiert*) Waren Sie lange weg?

| COOPER: | Mein ganzes Leben lang! Viele Jahre war ich in Australien Filialleiter einer Bank in Sydney, dann in Brasilien ... und zuletzt war ich in Hongkong. |

ELLIS hat den letzten Satz mit Interesse wahrgenommen.

	(*Interessiert*) Kennen Sie Hongkong, Mr. Ellis?
ELLIS:	Leider nein.
COOPER:	Nein? (*Träumerisch*) Ach, eine aufregende Stadt. Da würde ich jederzeit wieder hingehen. (*Denkt nach*) Wahrscheinlich würde ich mich dort dann wieder nach dem friedlichen, stillen Wales zurücksehnen. – Tja, das ist mein Problem. Langsam fange ich an, mich überall zu langweilen. Früher dachte ich immer, wie schön das werden wird, wenn man eines Tages nicht mehr arbeiten muss, gar nichts mehr tun. Und was ist heute? Ich gäbe alles für einen einzigen Tag mit Vollbetrieb in der Bank! Es ist ein Jammer ... (*Interessiert*) Was sind Sie von Beruf, wenn ich fragen darf, Mr. Ellis?
ELLIS:	Ich arbeite im Beratungsbüro für Industrieansiedlung zu Erschließungsmaßnahmen.
COOPER:	(*Nachdenklich*) Ah ja ... Ein interessanter Beruf?
ELLIS:	Nicht schlecht. Eigentlich bin ich ja Ingenieur.
COOPER:	Ach. (*Themenwechsel*) Von dem unerfreulichen Ereignis hier haben Sie vermutlich gehört?
ELLIS:	Von welchem Ereignis?
COOPER:	Na, von dieser Miss Belton, die man tot im Wald gefunden hat.
ELLIS:	(*Nebensächlich*) Ach ja, richtig. Davon habe ich in der Zeitung gelesen. ... Eine schlimme Geschichte.

COOPER:	Ja, ein Jammer. ... Sie hat übrigens hier in Ihrem Zimmer gewohnt!
ELLIS:	Was?
COOPER:	(*Ärgert sich*) Oh, das hätte ich wohl besser nicht erwähnt.
ELLIS:	Ach, irgendjemand anders hätte es mir doch erzählt. Es ändert ja auch nichts ...
COOPER:	Für Mrs. Corby schon. Einige Zimmer wurden daraufhin wieder abbestellt.
ELLIS:	So etwas wird doch schnell wieder vergessen.
COOPER:	Na ja. Es ist ein Jammer. Wir hatten uns so nett angefreundet, Miss Belton und ich. Wir hatten eine gemeinsame Passion für den Fernen Osten. (*Eine Pause*) Die Polizei hat mir danach ganz schön zugesetzt. Ich glaubte schon, sie halten mich für den Mörder.
ELLIS:	Das ist doch nicht möglich.
COOPER:	Tja, da bin ich doch nicht der einzige ...
ELLIS:	Nein ...
COOPER:	(*Eine Pause*) Entschuldigen Sie. Ich rede und rede und Sie wollen sich sicherlich erst einmal hier häuslich einrichten. Wir sehen uns ja sicherlich noch beim Abendessen, aber wenn Sie besondere Musikwünsche haben, sagen Sie es ruhig. Ich habe eine Menge Schallplatten drüben. Kommen Sie ruhig hinüber und legen Sie sich auf, was Sie wollen.
ELLIS:	Sie haben doch vorhin etwas gespielt ... So eine Art Volkslied.
COOPER:	(*Freudig*) Ja, ja. *Gwenadine.* Das ist ein altes Waliser Volkslied.
ELLIS:	Waliser Volkslied?
COOPER:	Ja. Hat es Ihnen gefallen?
ELLIS:	Ganz außergewöhnlich.
COOPER:	Das freut mich. Ich mag es auch sehr gerne. Gelegentlich spiele ich es noch einmal für Sie. (*Zögert*) Die Platte stammt übrigens von der Toten – von Miss Belton.

ELLIS:	Es ist zu schade.
COOPER:	Es war ein Geburtstagsgeschenk von ihr. (*Eine Pause*) Also dann, bis später, Mr. Ellis.

COOPER geht. ELLIS sperrt die Tür hinter ihm ab. Er setzt sich auf sein Bett und zerlegt sein Feuerzeug, entnimmt den Film und legt einen neuen Film in das Feuerzeug ein, das eine perfekte Tarnung als Fotoapparat ist. Es klopft an der Tür. ELLIS versteckt das Feuerzeug. Er öffnet die Tür. Es ist MRS. CORBY.

MRS. CORBY:	Entschuldigen Sie, Mr. Ellis. (*Sie hält einen Katalog in der Hand*) Ich wollte Ihnen nur rasch das hier geben.

ELLIS nimmt den Katalog.

ELLIS:	Ah, das ist nett.
MRS. CORBY:	Darin finden Sie auch alles, was es an Sehenswürdigkeiten gibt. Und wenn Sie Geschäfte suchen, sie stehen auf der letzten Seite.

Das Telefon klingelt. ELLIS geht langsam zum Telefon, während MRS. CORBY weiterspricht.

MRS. CORBY:	... und wegen der Mahlzeiten: Wir servieren Frühstück zwischen acht und zehn, das Mittagessen ist um ein Uhr und das Abendessen ist um halb acht.

ELLIS hebt ab.

ELLIS:	(*Ins Telefon*) Hallo? … Ach, Mr. Clifford.

MRS. CORBY spricht ungeachtet der Tatsache, dass ELLIS am Telefon ist, weiter.

MRS. CORBY:	Sie können Vollpension, Halbpension oder nur Frühstück haben.
ELLIS:	(*Ins Telefon*) Hier spricht Jim Ellis. (*Zu MRS. CORBY, will, dass sie geht*) Ja, vielen Dank, Mrs. Corby.
MRS. CORBY:	(*Unbeirrt*) Wenn Sie morgens nur bitte angeben wollen, welche Mahlzeiten Sie einnehmen wollen.
ELLIS:	(*Zu MRS. CORBY*) Das ist sehr nett. Danke

vielmals, Mrs. Corby. (*Komplimentiert sie hinaus*)

MRS. CORBY geht und schließt die Tür.

ELLIS: (*Ins Telefon*) Entschuldigen Sie. Ich bin Jim Ellis vom Beratungsbüro Industrieansiedlung. Wir interessieren uns für Grundstücke hier in Ihrer Gegend: Bauland, Industriebauland und so weiter. Mrs. Corby war so freundlich, mir Ihren Namen zu nennen. Die Angelegenheit könnte auch für Sie von Interesse sein … Ja, sehen sie, das dachte ich mir … Ich kann mich ganz nach Ihnen richten, Mr. Clifford … Einverstanden … Dann komme ich gleich zu Ihnen hinüber!

ELLIS hängt ein.

<u>IM FLUR VOR DEM ZIMMER. INNEN. TAG.</u>

ELLIS verlässt sein Zimmer und sperrt es ab.
COOPER öffnet seine Zimmertüre und ruft nach ihm.

COOPER: Mr. Ellis! Ich muss Sie noch in ein Geheimnis dieses Hauses einweihen! ¹

ELLIS dreht sich um. COOPER winkt ihn in sein Zimmer. ELLIS betritt das Zimmer.

<u>IM ZIMMER VON PHILIP COOPER. INNEN. TAG.</u>

COOPER und ELLIS stehen im Zimmer.

COOPER: Also: Das Essen hier ist hervorragend. Aber Sie müssen aufpassen: Wenn Sie auch nur drei Minuten zu spät kommen, ist alles auf der Speisekarte gestrichen.

ELLIS sieht sich im Zimmer um.

ELLIS: Hübsch haben Sie es hier!

COOPER: (*Erfreut*) Ja? Freut mich! (*Er nimmt die Gwenadine-Schallplatte und zeigt sie ELLIS*) Hier, das ist die …

COOPER kann den Satz nicht zu Ende sprechen, denn ELLIS erblickt ein orientalisches

51

Messer, das an der Wand hängt und betrach-
tet es mit Interesse. Es ist ein Dolch mit gol-
denem Griff und sehr langer, geschwungener,
silberner Klinge. Auf der Klinge stehen chine-
sische Schriftzeichen.

COOPER: (*Erfreut*) Ah. Dachte ich es mir doch … Das Messer! (*Er nimmt es von der Wand*) Jeder, der hier hereinkommt, interessiert sich für dieses Messer! Ein Andenken an meine Zeit in Hongkong!

COOPER gibt es ELLIS in die Hand.

ELLIS: Eine chinesische Arbeit?

COOPER: Ja. Es ist das Geschenk eines Geschäftsfreundes. Auf der ganzen Welt soll es nur ein einziges Exemplar davon geben. (*Mit trauriger Miene*) So etwas wird heutzutage ja leider nicht mehr angefertigt! Ein Jammer – oder vielmehr: Gott sei Dank! Letzten Endes ist es ja ein Mordinstrument.

Vor der Türe knarrt es. COOPER sieht mit
vielsagendem Blick hinüber und zeigt ELLIS
mit einem Finger vor dem Mund, dass er still
sein soll. COOPER nähert sich mit leisen
Schritten vorsichtig der Tür.

COOPER: (*Laut*) … und ich werde es auch eines Tages benutzen …

Er reißt die Türe auf. Davor steht JOHN MIL-
LER, der Hausdiener. Er tut so, als ob er den
Türstock mit einem Lappen putzt. Es ist je-
doch offensichtlich, dass er an der Tür ge-
lauscht hat.

COOPER: (*Schreit*) … um John damit umzubringen!

COOPER wirft vor dem perplexen MILLER wü-
tend die Türe zu. Er geht zurück ins Zimmer.

COOPER: (*Zu ELLIS*) Er kann das spionieren einfach nicht lassen!

Beide lachen. ELLIS hält das Messer weiter in
der Hand und dreht es nach oben und unten.

ELLIS:	(*Interessiert*) Liest man die Aufschrift so herum (*Dreht das Messer*) oder so herum?
COOPER:	(*Dreht das Messer in ELLIS' Hand*) So herum! Von oben nach unten!
ELLIS:	Und was heißt das?
COOPER:	Das werde ich dann John auch nochmal übersetzen müssen! Es heißt nämlich »Tod dem Verräter«.

ELLIS lacht und gibt COOPER das Messer zurück. Dieser hängt es wieder an die Wand.

COOPER:	Sie werden gleich noch einmal lachen. Ich war nämlich noch nicht fertig. Halten Sie mich bitte nicht für einen Intriganten, aber halten Sie Abstand von Dr. Hall! – Es sei denn, Sie sind ein leidenschaftlicher Golfspieler.
ELLIS:	Ich kenne nicht einmal den Unterschied zwischen Bunker und Grün.
COOPER:	Dann lassen Sie mindestens drei Tische Abstand zwischen sich und Dr. Hall. (*Sarkastisch*) Notfalls spielt er noch Golf mit dem Fischmesser.

Beide lachen.

IM HOTEL. INNEN. TAG.

ELLIS will gerade die Treppe nach unten gehen, als er MRS. CORBY und DR. RICHARD HALL unten in der Halle erblickt. DR. HALL ist Mitte fünfzig, trägt eine Brille, er ist eher klein. Beide – MRS. CORBY und DR. HALL – sehen sich um, ob sie jemand sieht. Als niemand zu sehen ist, umarmen und küssen sie sich. ELLIS bemerkt dies, lacht, geht leise ein paar Schritte zurück, beobachtet die beiden und fängt dann laut an zu pfeifen.

MRS. CORBY und DR. HALL hören sofort auf, sich zu küssen, und tun so, als ob sie sich gerade erst getroffen hätten und sprechen dis-

tanziert miteinander.

DR. HALL: (*Zu MRS. CORBY*) Also dann, wie besprochen, Mrs. Corby …

ELLIS kommt die Treppe herunter und tut so, als ob er nichts gesehen hätte. DR. HALL sieht ELLIS.

DR. HALL: (*Überrascht*) Ah! Ein neuer Gast?

MRS. CORBY: Ja, das ist Mr. Ellis. (*Zu ELLIS*) Darf ich Sie mit Dr. Hall bekanntmachen?

ELLIS: (*Gibt DR. HALL die Hand*) Hallo!

DR. HALL: Hallo!

MRS. CORBY: Mr. Ellis vertritt ein Büro für Industrieansiedlung. Er ist auf der Suche nach Grundstücken und Ähnlichem.

DR. HALL: Ach … Tja, wenn Sie ein Golfgelände brauchen, dann fragen Sie mich, in Ordnung?

ELLIS: Ein … Was?

DR. HALL: Ein Golfgelände!

ELLIS: (*Lacht*) In Ordnung!

Alle lachen.

ELLIS: Auf Wiedersehen!

DR. HALL und MRS. CORBY verabschieden sich auch.

MELYNFFOREST. AUßEN. TAG.

ELLIS fährt mit seinem Wagen durch das kleine Städtchen. Er hält vor dem Immobilienbüro des Maklers Tom Clifford. Er steigt aus und geht in das Gebäude. An der Wand hängen jede Menge Anzeigen für Immobilien.

VORZIMMER BÜRO CLIFFORD. INNEN. TAG.

Wir befinden uns im Vorzimmer von Tom Cliffords Büro. Am Schreibtisch sitzt eine gutaussehende junge Frau, Ende 20, Anfang 30. Sie trägt einen Daumenschutz. Wir sehen jetzt, dass es sich bei ihr um jene Dame handelt, die sich in London bei Colonel Green als Mildred Beaty vorgestellt hat. Ihr richtiger

54

Name ist MARY JONES. *Sie ist die Sekretärin von Tom Clifford. Sie sitzt am Schreibtisch, als das Telefon läutet. Sie hebt ab.*

MARY: (*Am Telefon*) Agentur Clifford? … (*Freundlich*) Ah, Mr. Powell! … Ja, Mary Jones am Apparat. … Es tut mir wahnsinnig leid, aber Mr. Clifford ist im Augenblick sehr beschäftigt. … Würde es Ihnen etwas ausmachen, erst morgen vorbeizukommen? … Dankeschön. … Ja, danke. Auf Wiederhören.

MARY JONES *hängt ein und tippt etwas auf der Schreibmaschine.* JIM ELLIS *betritt das Büro.*

ELLIS: Guten Tag.

MARY: Ja, bitte?

ELLIS: Ich habe eine Verabredung mit Mr. Clifford.

MARY: (*Freundlich*) Ach, Mr. Ellis, stimmt's?

ELLIS: Erraten!

MARY: Sie müssen bitte noch einen Augenblick warten, Mr. Clifford telefoniert gerade.

ELLIS: Ah.

ELLIS *bleibt vor ihrem Schreibtisch stehen.* MARY JONES *ist dies sichtlich unangenehm.*

MARY: Würde es Ihnen etwas ausmachen, dort drüben einen Augenblick Platz zu nehmen?

ELLIS: (*Zeigt auf den Sessel*) Da?

MARY: (*Nickt*) Ja!

ELLIS *geht hinüber und nimmt eine Zeitschrift. Er setzt sich hin, blättert ein wenig darin. Er blickt beiläufig auf und sieht plötzlich, dass* MARY JONES *einen Daumenschutz trägt.* MARY *tippt weiter auf der Schreibmaschine. Schließlich holt sie ein Taschentuch hervor und tupft sich damit die Stirn ab. Dann legt sie es auf den Schreibtisch. Sie holt eine Packung Zigaretten aus ihrer Handtasche und will sie anzünden.* ELLIS *erkennt die Gelegenheit, ein Foto von ihr zu machen und holt sein Feuer-*

zeug hervor, mit dem er fotografieren kann.
Er macht damit eine Aufnahme von ihr, als er
ihr Feuer gibt. In diesem Moment öffnet sich
die Tür und TOM CLIFFORD *steht im Raum. Er*
ist um die fünfundvierzig, untersetzt, etwas
dicklich. Er hat ein freundliches Auftreten.

CLIFFORD: Mr. Ellis?

ELLIS: (*Nickt*) Ja. Guten Tag, Mr. Clifford!

CLIFFORD: Verzeihen Sie, dass ich Sie solange warten lassen musste.

CLIFFORD bittet ELLIS mit einem Handzeichen
in sein Büro.

BÜRO CLIFFORD. INNEN. TAG.

CLIFFORD schließt die Türe. Während er zum
Schreibtisch geht, gibt ELLIS ihm seine Karte.

ELLIS: Darf ich Ihnen meine Karte geben?

CLIFFORD: Sie sind vom Beratungsbüro für Industrieansiedlung?

ELLIS: Ja.

CLIFFORD deutet auf den Stuhl vor seinem
Schreibtisch. Beide setzen sich.

CLIFFORD: Wenn ich Sie richtig verstanden habe, dann sind Sie daran interessiert, hier in der Gegend Grundstücke zu kaufen?

ELLIS: Ja, aber nicht unser Unternehmen, sondern die Firmen, für die wir tätig sind.

CLIFFORD: (*Erstaunt*) Das erstaunt mich. Ich hätte nie gedacht, dass eine große Firma auf die Idee käme, sich hier niederzulassen.

ELLIS: Aber ich bitte Sie. Das ist doch der allgemeine Trend: Umschulung der Landbevölkerung, billigere Arbeitskräfte, bessere Unterbringungsmöglichkeiten, Dezentralisierung …

CLIFFORD: Für unsere Gegend würde das sehr viel bedeuten.

ELLIS: Eben! Wir denken an Leichtindustrie, an Heimarbeit und …

56

CLIFFORD:	(*Unterbricht interessiert*) Das würde Zuwachs in jeder Beziehung bedeuten. (*Bietet ihm eine Zigarette an*) Wollen Sie eine?
ELLIS:	Nein, danke, ich bin Nichtraucher.

CLIFFORD nimmt eine Zigarette. ELLIS wiederholt das Spiel mit dem Feuerzeug: Er gibt CLIFFORD Feuer und fotografiert ihn gleichzeitig.

CLIFFORD:	(*Pafft*) Danke.
ELLIS:	Bitte.
CLIFFORD:	Sind Sie zum ersten Mal hier?
ELLIS:	Ja, zum ersten Mal. Ich wohne im *Ivanhoe*. Es ist sehr hübsch dort.
CLIFFORD:	Ja, das ist der Ort, an dem man hier wohnt. (*Als sarkastischer Nachsatz*) Aber in letzter Zeit kommt man leichter bei Mr. Corby unter als sonst. – Das habe ich jedenfalls gehört.
ELLIS:	Sie meinen wegen des Mordfalls?
CLIFFORD:	Ja, eine verrückte Geschichte, nicht wahr? Ich hatte mehrmals mit ihr zu tun.
ELLIS:	Mit Mrs. Corby?
CLIFFORD:	Nein, nein. Mit der Toten, Miss Belton.
ELLIS:	(*Erstaunt*) Ach?
CLIFFORD:	Ja. Kein Mensch kann sich hier erklären, wer ihr ans Leben wollte – und warum. Sie war eine sehr sympathische Frau. Einige fanden Sie zwar etwas seltsam, aber …
ELLIS:	Hatten Sie mit ihr geschäftlich zu tun?
CLIFFORD:	Ja, sie wollte sich hier niederlassen.
ELLIS:	Und dazu ist es dann nicht mehr gekommen?
CLIFFORD:	Nein, leider. Ich habe ihr zwar mehrfach Objekte angeboten, aber sie konnte sich nicht entscheiden.
ELLIS:	Da können Sie mal wieder sehen, was die Leute alles so daherreden.
CLIFFORD:	Wieso?
ELLIS:	Mir hat man gerade erzählt, sie habe sich besonders für ein Objekt interessiert. Sie ken-

nen es bestimmt, ich komme im Moment nicht auf den Namen … (*Denkt nach*) ähm … Blackwood Cottage! Kann das sein?

CLIFFORD: (*Nickt*) Ja, aber es steht gar nicht zum Verkauf. Der Besitzer vermietet es nur. Es ist ein hübsches Häuschen. Wirklich, ich kann verstehen, dass jemand es haben will … (*Ihm fällt etwas ein*) Warten Sie mal … Da ganz in der Nähe ist ein Grundstück, das Sie interessieren könnte. (*Er sucht in den Akten auf seinem Schreibtisch und zieht einen Ordner heraus*) Da haben wir es schon! (*Liest in der Akte*) Der Besitzer ist Mr. Dawson. (*Er steht auf und geht zur Landkarte an der Wand und zeigt ELLIS den Ort.*) Das ist hier.

ELLIS steht auf und verfolgt interessiert CLIFFORDs Erklärungen auf der Landkarte.

CLIFFORD: Hier im Süden ist eine Hauptstraße, was natürlich für einen Betrieb von Vorteil ist …

ELLIS: Ohne Frage! … (*Zeigt auf einen Punkt auf der Karte*) Dann ist das hier Blackwood Cottage?

CLIFFORD: (*Blickt uninteressiert in die Akten*) Nein.

ELLIS: (*Zeigt auf einen anderen Punkt*) Das hier?

CLIFFORD: (*Uninteressiert*) Auch nicht.

ELLIS: Wenn das hier das Grundstück von Dawson ist, dann muss doch eines von beiden Blackwood Cottage sein.

CLIFFORD zeigt jetzt auf der Karte, wo Blackwood Cottage liegt. Es ist wesentlich weiter nördlich.

CLIFFORD: Blackwood Cottage liegt hier. (*Erklärt*) Wir auf dem Land denken etwas weiträumiger. Das ist ja auch gar keine Entfernung. (*Spricht wieder über Dawsons Grundstück, mit Begeisterung*) Also, das Grundstück steht nicht offiziell zum Verkauf, aber ich bin ganz sicher, dass der Besitzer es abgibt, wenn man ihm ein entsprechendes Angebot macht.

ELLIS: Ja, darüber lässt sich immer reden. Ich gehe morgen mal hin und sehe es mir an.

CLIFFORD: (*Zufrieden*) Jawohl.

ELLIS interessiert sich mehr für die Landkarte als für Dawsons Grundstück.

ELLIS: Wo ist Melynfforrest hier auf der Karte?

CLIFFORD zeigt auf einen Punkt außerhalb der Karte.

CLIFFORD: Das ist hier oben, hier führt die Straße nach Melynfforest. Aber gehen wir doch hinaus zu Miss Jones! Dort ist eine große Landkarte und ich zeige Ihnen auch gleich, wie Sie fahren müssen.

VORZIMMER BÜRO CLIFFORD. INNEN. TAG.

CLIFFORD und ELLIS kommen aus dem Büro. CLIFFORD lässt die Tür zu seinem Büro offen. MARY JONES sitzt weiterhin hinter dem Schreibtisch und studiert eine Akte. CLIFFORD geht energisch auf die große Landkarte an der Wand zu.

CLIFFORD: Also, hier ist die große Karte ... Wo liegt es denn? (*Er sucht auf der Landkarte*) Da! Melynfforest! Sie bleiben zuerst auf der Straße 470 ...

ELLIS: ... ist das die nach Cardiff?

CLIFFORD: Richtig! (*Zeigt auf der Karte einen Punkt*) Hier biegen Sie ab auf die Nebenstraße, die auch nach Blackwood Cottage führt.

MARY JONES steht vom Schreibtisch auf. Sie hält einen Aktenordner in der Hand und geht auf CLIFFORD zu. Sie hört ganz offensichtlich mit, was die beiden Männer sprechen. Sie hält CLIFFORD die Akte hin.

MARY: Verzeihung, wohin damit?

CLIFFORD: (*Zu MARY, zeigt auf seinen Schreibtisch im Nebenraum*) Sie können sie dort drüben ablegen.

MARY geht und legt den Ordner ab.

CLIFFORD: (*Zu ELLIS*) Die Nebenstraße ist leider in einem sehr schlechten Zustand. Das wird sich ja hoffentlich ändern, wenn wir unser großes Projekt starten … (*Lacht über seinen Witz, dann wird er wieder ernst und zeigt auf die Karte*) Hier muss ich Sie noch warnen, da ist eine ganz gefährliche Kurve, Carreg Bent. Unsere arme Miss Belton wäre da fast einmal verunglückt, als sie bei Nacht dort fuhr.

ELLIS: Ich fahre am Tag.

CLIFFORD: Ah ja. (*Energisch*) Ich gebe Ihnen noch ein paar andere Unterlagen mit. Es handelt sich dabei zwar kleinere Grundstücke, aber man kann nie wissen.

CLIFFORD geht in sein Büro zurück und sucht die Akten. MARY JONES ist ebenfalls im Büro und hat die Akte von vorhin auf Cliffords Schreibtisch gelegt. ELLIS ergreift die Gelegenheit und steckt das Tuch, mit dem sich MARY JONES vorhin die Nase gepudert hat und das auf ihrem Schreibtisch liegt, ein.

CLIFFORD und MARY kommen aus dem Büro. Das Telefon auf Marys Schreibtisch klingelt. CLIFFORD gibt ELLIS einige Unterlagen.

CLIFFORD: Hier haben Sie.

ELLIS: Vielen Dank, Mr. Clifford.

CLIFFORD: Ich danke Ihnen!

ELLIS: Das war alles sehr aufschlussreich.

CLIFFORD: Auf Wiedersehen, Mr. Ellis!

ELLIS: Auf Wiedersehen! (*Zu MARY JONES*) Auf Wiedersehen, Miss Jones!

Das Telefon klingelt immer noch. MARY will das Telefon abheben, aber CLIFFORD will das Gespräch selbst annehmen.

CLIFFORD: (*Zu MARY*) Das übernehme ich!

CLIFFORD geht in sein Büro und hebt dort den Hörer ab. ELLIS geht ab. MARY JONES ist wie-

60

*der an ihrem Schreibtisch und sucht jetzt ihr
Taschentuch. Es ist verschwunden.*

EINE BRÜCKE IN MELYNFFOREST. AUßEN. TAG.
COLONEL GREEN steht auf der Mitte der Brücke und wartet einige Zeit auf JIM ELLIS. ELLIS kommt und stellt sich neben ihn. Beide lehnen sich über das Geländer und unterhalten sich. Sie tun so, als ob ihre Begegnung zufällig wäre. GREEN hat Entenfutter mit und beginnt, die Enten im Fluss zu füttern.

GREEN: Entzückend, diese Enten, nicht wahr?

ELLIS: (*Uninteressiert*) Ja …

GREEN: (*Kommt zum Thema*) Und?

ELLIS: Mein Zimmernachbar im *Ivanhoe* ist ein pensionierter Bankdirektor mit einer Vorliebe für Schallplatten.

GREEN: (*Ironisch*) Das klingt ja ausgesprochen aufregend …

ELLIS: Raten Sie mal, was er auf dem Plattenspieler hatte, als ich ankam … unser wunderschönes Waliser Volkslied!

GREEN: (*Interessiert*) Haben Sie sich schon einmal mit dem Mann unterhalten?

ELLIS: Er heißt Philip Cooper. Seinen Erzählungen nach hat er sich hier mit der ermordeten Elaine Belton alias Mildred Beaty angefreundet. Von ihr stammt auch die Schallplatte.

GREEN: Von Miss Belton?

ELLIS: Ja. Sie hatten eine gemeinsame Passion für den Fernen Osten. Cooper war zuletzt als Filialleiter in Hongkong tätig.

GREEN: Das ist nicht uninteressant.

ELLIS: Dann war ich bei diesem Grundstücksmakler, Tom Clifford. Auch er erzählte sofort und freiwillig, dass er Elaine Belton kannte. Er wurde allerdings etwas begriffsstutzig, als es um das Cottage ging. Ich musste ziemlich

61

nachhelfen, bevor er mir sagen wollte, wo es liegt. Elaine Belton hat es öfter besichtigt, aber es war nicht zu verkaufen. Blackwood Cottage liegt sechs oder sieben Meilen von Melynfforest.

GREEN: Haben Sie sich das Cottage schon angesehen?

ELLIS: Nein, aber ich fahre jetzt gleich hin!

GREEN: Was macht dieser Clifford für einen Eindruck?

ELLIS: Ein cleverer Geschäftsmann. Seine Sekretärin … Sie waren doch so beeindruckt von dem Parfüm dieser Dame aus Hongkong …

ELLIS holt das Taschentuch von Mary Jones heraus.

GREEN: (*Nickt*) Oh ja … Und wie ich beeindruckt davon war!

ELLIS: Würden Sie es wiedererkennen?

GREEN: Selbstverständlich!

ELLIS gibt GREEN das Taschentuch, damit er daran riechen kann. GREEN nimmt es und riecht daran.

GREEN: (*Nickt*) Das ist es! (*Zieht metaphorisch den Hut*) Und Sie haben es der Sekretärin einfach so …?

ELLIS: (*Unterbricht*) Sie trägt einen Daumenschutz.

GREEN: Dann muss sie es sein.

ELLIS zieht ein Foto hervor. Er hat es mit seinem Feuerzeug gemacht und zeigt es GREEN. Auf dem Foto ist MARY JONES zu sehen, als sie sich eine Zigarette mit Ellis' Feuerzeug anzündet.

GREEN: Ja, das ist sie. Und wie heißt Sie?

ELLIS: Mary Jones. (*Eine Pause, eine Überlegung*) Green …

GREEN: Ja?

ELLIS: Wenn der Chef die schöne Verblichene extra aus Hongkong kommen ließ, dann wollte er doch bestimmt nicht nur mit ihr Tee trinken.

GREEN lacht, sagt aber kein Wort.

ELLIS: Womit war unsere Agentin Beaty beauftragt? Und kommen Sie jetzt nicht mit den üblichen Ausreden wie »Politik auf höchster Ebene«, »Top Secret« und so weiter ... Ich möchte gerne, dass Sie sich beim Chef die Erlaubnis holen, dass …

GREEN: Schon geschehen. Der Chef hat mich bereits beauftragt, Sie ins Bild zu setzen. Sagt Ihnen der Name Richard Hamilton etwas?

ELLIS: (*Denkt kurz nach*) Richard Hamilton. (*Erinnert sich jetzt*) Ein berühmter Physiker, in den Fünfzigerjahren auf geheimnisvolle Art und Weise verschwunden.

GREEN: (*Nickt*) Richtig, ja. Er ist in England aufgewachsen, hat in Amerika studiert und dann eine Blitzkarriere gemacht. Die Preisfrage war, ob er zu den Russen oder den Chinesen gegangen ist. Vor einiger Zeit hat der Chef von Mildred Beaty einen Bericht bekommen, wonach Hamilton a) noch am Leben sei, b) in China arbeite und c) sich mit dem Gedanken trage, in den Westen zurückzukehren. Heimlich, selbstverständlich.

ELLIS: Jetzt verstehe ich, warum der Chef so scharf war auf die Privatstunde mit der Lehrerin aus Hongkong.

GREEN: … die ja leider nicht zustande gekommen ist, weil … (*Plötzlich*) Was Sie auch noch nicht wissen ist, dass Scotland Yard in der Handtasche der Toten einen Notizkalender gefunden hat, wo unter dem heutigen Datum – (*Betont besonders*) unter dem heutigen Datum! – notiert ist: »B. C., 6 Uhr« …

ELLIS: »B. C., 6 Uhr«?

GREEN: Man könnte annehmen, dass »B. C. « für »Blackwood Cottage« steht. Was meinen Sie?

ELLIS nickt. Die beide gehen in getrennte

Richtungen über die Brücke, ohne sich zu
verabschieden.

VOR DEM HOTEL *IVANHOE*. AUßEN. TAG.
JIM ELLIS will gerade in seinen Wagen ein-
steigen, als DR. HALL aus dem Haus kommt
und ihn anspricht. Er trägt seine Golfausrüs-
tung bei sich.

DR. HALL: Hallo, Mr. Ellis! Fahren Sie weg?

ELLIS: Ja.

DR. HALL: Ich weiß, es ist sehr unverschämt, aber fahren
              Sie zufällig in Richtung Stadt?

ELLIS: (*Freundlich*) Wo kann ich Sie absetzen?

DR. HALL: Auf dem Golfplatz!

ELLIS nickt und öffnet den Kofferraum seines
Wagens. DR. HALL legt seine Golftasche und
seine Golfschläger hinein.

DR. HALL: Das ist außerordentlich freundlich! (*Scherzt*)
              Mein Wagen ist nämlich heute im OP!

Beide steigen ein und lachen. ELLIS fährt ab.

AUF DER LANDSTRAßE. IN ELLIS' WAGEN. ABEND.
ELLIS fährt, während DR. HALL plaudert.

DR. HALL: Der Golfplatz ist nur eine Meile entfernt, aber
              wenn ich nicht mit Ihnen mitfahren hätte
              können, dann hätte ich wahrscheinlich meinen
              Spielpartner versäumt.

ELLIS: (*Sieht auf die Uhr*) Wird das nicht langsam
              etwas zu spät oder können Sie auch bei Flut-
              licht spielen?

DR. HALL: (*Lacht*) Nein, leider, das geht nicht. Aber es
              wäre gut! … Nein, nein, mein Partner gibt mir
              nur Nachhilfeunterricht bei einer bestimmten
              Schlagtechnik. Ein unglaublicher Bursche,
              dieser Starr. Eine Drei!

ELLIS: (*Versteht nicht*) Eine Drei?

DR. HALL: Ja.

ELLIS: Aha.

64

DR. HALL:	(*Erstaunt*) Wie? Wollen Sie damit sagen, Sie spielen kein Golf?
ELLIS:	Ich habe noch nie gespielt.
DR. HALL:	Mein Junge, Sie wissen ja gar nicht, was Sie versäumen.
ELLIS:	Ist das ein anständiger Platz hier?
DR. HALL:	Einer der besten, die ich je kennengelernt habe. Und ich kenne hier in der Gegend die meisten. Eigentlich gibt es keinen schöneren Platz, um seine alten Tage zu verbringen. Ich trage mich sogar mit dem Gedanken, meine Praxis in Liverpool ganz aufzugeben und mich hier gänzlich niederzulassen.
ELLIS:	Tatsächlich?
DR. HALL:	Ja … Aber für jüngere Leute ist es natürlich nicht so spannend hier …
ELLIS:	Ich bin ja auch nicht zum Vergnügen hier.
DR. HALL:	Ja, richtig … Und wo wollen Sie Ihre Wünschelrute ausschlagen lassen?
ELLIS:	Sechs Meilen von hier, Richtung Cardiff, auf der rechten Seite gibt es ein …
DR. HALL:	(*Unterbricht*) Ach du lieber Himmel! Diese Gegend kenne ich. Da kommen Sie auch an Carreg Bent vorbei. Ein wahres Meisterwerk der Straßenbaubehörde, wie Sie sehen werden.
ELLIS:	Wirklich komisch, alle Leute erzählen mir hier von Carreg Bent. Muss eine sehr gefährliche Kurve sein.
DR. HALL:	Kurve? Eine Autofalle ist das! Seien Sie bloß vorsichtig!
ELLIS:	Ich bin von Beruf aus vorsichtig!

Sie nähern sich dem Golfplatz.

DR. HALL:	Lassen Sie mich hier aussteigen, bitte!
ELLIS:	Ich fahre Sie gerne zum Clubhaus!
DR. HALL:	Nein, das ist nicht nötig!

Man sieht, dass Dr. Halls Partner STARR bereits auf der Grünfläche steht und auf ihn

wartet. ELLIS hält den Wagen an und DR.
HALL steigt aus. Er holt seine Golfausrüstung
aus dem Kofferraum.

ELLIS: (*Zeigt auf STARR*) Ist das Nummer drei?

DR. HALL: (*Versteht nicht*) Wer?

ELLIS: Na, Mr. Starr.

DR. HALL: Ach so. Ja, ja, das ist er. (*Winkt*) Vielen Dank fürs Mitnehmen!

ELLIS: Nichts zu danken! Auf Wiedersehen, Dr. Hall.

ELLIS fährt weiter, DR. HALL winkt STARR, sei-
nem Spielpartner, zu. Dieser winkt zurück.
HALL geht auf den Mann zu, ELLIS fährt aus
dem Bild.

CARREG BENT. AUßEN. ABEND.

JIM ELLIS nähert sich der gefährlichen Kurve
über eine Landstraße. Er fährt ganz langsam
die Straße entlang. In der Kurve geht es neben
der Straße steil nach unten, ohne Absperrung.
Die Straße ist unbefestigt. Als er durch die
Kurve fährt, bröckelt Gestein von der Straße
ab und rutscht nach unten. ELLIS fährt beson-
ders langsam. Er kommt jedoch unfallfrei
durch Carreg Bent.

EINE WALDSTRAßE. AUßEN. ABEND.

JIM ELLIS fährt mit seinem Wagen die Straße
herunter. Dann hält er an einer Lichtung und
sieht sich um. Die Straße entzweit sich an
dieser Stelle. ELLIS biegt ab und fährt lang-
sam auf Blackwood Cottage zu. Es ist ein
nettes kleines Cottage auf einer weiteren
Waldlichtung.

BLACKWOOD COTTAGE. AUßEN. ABEND.

ELLIS hält vor dem Cottage an. Er steigt aus,
schließt den Wagen ab und nähert sich dem

Haus langsam. Er beobachtet zunächst die
Gegend und geht vorsichtig und wachsam auf
das Cottage zu. Auf einem Holzschild steht
»Blackwood Cottage«. Das Haus macht einen
gepflegten Eindruck. Es stammt aus viktoria-
nischer Zeit. ELLIS nähert sich der Tür. Dann
geht er einmal vorsichtig um das Haus herum.
Niemand scheint da zu sein. Er blickt durch
die Fenster, sieht aber nichts. Dann geht er
weiter und kommt zum Hintereingang. Die
Tür ist abgeschlossen. ELLIS holt ein paar
Schlüssel hervor. Er probiert einige durch, bis
er den richtigen Schlüssel hat. Er öffnet damit
die Tür und tritt ein.

BLACKWOOD COTTAGE. INNEN. ABEND.

JIM ELLIS ist jetzt im gemütlich eingerichteten
Cottage. Er geht vorsichtig von einem Raum
in den anderen, blickt sich um, kann aber
nichts Besonderes finden. Bevor er das Wohn-
zimmer betritt ruft er laut: »Hallo!?« Er er-
hält jedoch keine Antwort. Er öffnet die Tür
und betritt das Wohnzimmer. Er ruft erneut,
es kommt aber wieder keine Antwort. Auf dem
Tisch steht eine Vase mit frischen Blumen.
Plötzlich hört er einen leisen Schritt hinter
sich. Er dreht sich reflexartig um. Hinter ihm
steht MARY JONES. Sie hält eine Pistole in der
Hand, die auf ihn gerichtet ist.

MARY: (*Bedrohlich*) Was suchen Sie hier, Mr. Ellis?

ELLIS: (*Überrascht*) Miss Jones?

MARY: (*Bestimmt und ernst*) Wer sind Sie? Für wen arbeiten Sie?

ELLIS: (*Locker*) Das habe ich Ihnen doch schon gesagt, ich arbeite für das Beratungsbüro …

MARY: (*Unterbricht ihn, sehr bestimmt und nachdrücklich*) Fünf Sekunden, um die Wahrheit zu sagen, Mr. Ellis!

ELLIS: Die Wahrheit?

MARY: <u>Wer</u> sind Sie? Für <u>wen</u> arbeiten Sie? <u>Was</u> haben Sie mit Mildred Beaty zu tun? … (*Hat die Pistole weiterhin auf ihn gerichtet, beginnt zu zählen*) Eins!

ELLIS: Mildred Beaty?

MARY: Zwei! …

ELLIS ist von der Pistole unbeeindruckt, kommt näher und geht langsam auf MARY JONES zu. Da drückt MARY plötzlich ab und schießt knapp am Kopf von JIM ELLIS vorbei. Die Kugel landet in der Wand hinter ihm.

MARY: (*Bedrohlich*) Sie sehen, ich bin keine Amateurin! … Also, noch einmal! Eins … zwei …

ELLIS: (*Hat den Ernst der Lage erkannt*) Gut … gut, ich werde es Ihnen sagen. Ich arbeite für …

In diesem Moment klingelt das Telefon. Beide werfen sich bedrohliche Blicke zu. MARY JONES versucht, die Pistole von der rechten in die linke Hand zu legen, um den Hörer abnehmen zu können. ELLIS erkennt die Gelegenheit und seine Chance. Gerade, als die Pistole die Hand wechselt, schlägt JIM ELLIS MARY JONES die Pistole aus der Hand. Die Pistole landet am Boden, ein Schuss löst sich. MARY JONES fällt zurück und flüchtet. ELLIS hebt die Pistole auf. Das Telefon hört auf zu klingeln. Bei dem Manöver hat sich ein Schuss gelöst, der JIM ELLIS am rechten Unterarm verletzt hat. ELLIS wirft die Pistole auf den Tisch, streift seinen Ärmel hoch und bringt eine tiefe Fleischwunde zum Vorschein, die blutet. Er holt mit der linken Hand ein Taschentuch aus seiner Hosentasche und bindet den Oberarm mit einem Taschentuch ab, um die Blutung zu stillen. Plötzlich klingelt das Telefon erneut. Diesmal hebt ELLIS ab.

ELLIS: (*Mit Schmerzen*) Hallo?

TELEFONISTIN: (*Am anderen Ende der Leitung*) Ist dort Melynfforest 203?

ELLIS sieht auf die Nummer, die auf der Wählscheibe des Telefons steht.

ELLIS: Ja.

TELEFONISTIN: (*Am anderen Ende*) Ich habe eine Voranmeldung aus London für Miss Mildred Beaty.

ELLIS: (*Erstaunt*) Für wen?

TELEFONISTIN: (*Am anderen Ende*)   Für   Miss   Mildred Beaty.

ELLIS: Wer will sie sprechen?

TELEFONISTIN: (*Am anderen Ende, ignoriert die Frage*) Kann Miss Beaty das Gespräch annehmen?

ELLIS: Ja.

TELEFONISTIN: (*Am anderen Ende, eine Pause*) Tut mir leid, der Teilnehmer hat aufgelegt.

ELLIS blickt fragend den Hörer an und hängt dann ein. Er sieht auf seine Armbanduhr, die bei dem Schuss kaputt gegangen ist. Sie ist stehen geblieben und zeigt zwei Minuten nach sechs Uhr an.

ELLIS sieht auf das Tischtuch. Er reißt Stoff davon herunter und macht sich damit einen Verband mit Armschlinge. Dann geht er.

BLACKWOOD COTTAGE. AUßEN. ABEND.

JIM ELLIS kommt aus dem Cottage, sieht sich vorsichtig um und geht dann auf seinen Wagen zu, der am Rande des Weges steht. Er steigt ein, will herausfahren, der Wagen bleibt allerdings hängen und die Räder drehen durch. ELLIS versucht mehrmals von der Stelle zu kommen, doch es ist zwecklos. Er beschließt daraufhin offensichtlich, zu Fuß von der Stelle zu kommen. Zuvor nimmt er jedoch den Knopf des Steuerknüppels und schmiert mit dem Unterarm sein Blut darauf, damit es hinterher so aussieht, als stamme seine Ver-

letzung von dem Steuerknüpffel und nicht von dem Schuss.

EINE LANDSTRAẞE. AUẞEN. ABEND.

JIM ELLIS steht mit seiner bandagierten Hand offenbar schon länger am Straßenrand. Endlich nähert sich ein Lastwagen. Am Steuer sitzt ein Mann namens BROOK, er ist stämmig und um die sechzig Jahre alt. Als ELLIS den Wagen sieht, hält er ihn mit der unverletzten Hand an. BROOK hält an.

ELLIS: (*Durch das Fenster der Beifahrertür*) Ich hatte einen kleinen Unfall. Können Sie mich ein Stück mitnehmen?

BROOK: Ja, natürlich, steigen Sie ein!

ELLIS öffnet die Beifahrertür und steigt ein. Dann gibt BROOK Gas und der Lastwagen verschwindet aus dem Bild.

IM LASTWAGEN. INNEN. ABEND.

Die beiden fahren schon eine Weile, ELLIS hat offenbar schon einiges erzählt. BROOK blickt auf die Verletzung von JIM ELLIS.

BROOK: … und Sie haben den Wagen nicht mehr von der Stelle gekriegt?

ELLIS: Nein.

BROOK: Es muss Sie wohl ganz schön erwischt haben. (*Gibt ihm seinen Flachmann*) Da, nehmen Sie einen Schluck.

ELLIS: Danke. (*Trinkt*)

BROOK: Wohin wollen Sie?

ELLIS: Nach Melynfforest.

BROOK: Dort setze ich Sie dann am Krankenhaus ab.

ELLIS: (*Kurz und bündig*) Das wäre sehr nett.

Der Lastwagen nähert sich jetzt der gefährlichen Kurve Carreg Bent.

BROOK: Da vorne kommt Carreg Bent … unter den Einheimischen verrufen!

ELLIS nimmt noch einen Schluck aus dem Flachmann.

ELLIS: Ja, das haben mir schon viele Leute erzählt.

CARREG BENT. AUßEN. ABEND.

Der Lastwagen nähert sich der Kurve. Die Kamera schwenkt nach unten. Wir sehen jetzt, dass in der Kurve ein Wagen abgestürzt ist. Er liegt auf dem Dach einige Meter den steilen Abhang hinab.

BROOK hält an. Er und JIM ELLIS steigen aus. Sie gehen den Abhang vorsichtig hinab und nähern sich dem Wagen. Als sie dort sind, untersuchen sie ihn. Er ist schwer beschädigt. Dann geht JIM ELLIS um den Wagen herum. Auf dem Boden dahinter liegt eine tote Frau. Es handelt sich dabei um MARY JONES. ELLIS bückt sich zu ihr. Er fühlt ihren Puls und stellt fest, dass sie tot ist. Mit einem verneinenden Kopfschütteln signalisiert er dies auch BROOK. Dann geht er um die Leiche herum. BROOK steht weiterhin am Wrack und sieht MARY JONES nur von vorne.

BROOK: Diese verdammte Kurve!

ELLIS, der jetzt hinter der Leiche steht, hat jedoch etwas entdeckt. Er winkt BROOK mit einer Handbewegung zu sich. BROOK kommt an die Seite von ELLIS. Er blickt zu Boden. Jetzt sehen wir, dass im Rücken von MARY JONES das chinesische Messer steckt, das im Zimmer von Philip Cooper an der Wand hing.

ENDE VON EPISODE 1.

Episode 2

JIM ELLIS und BROOK stehen hinter der Leiche von MARY JONES. Wir sehen, dass im Rücken von MARY JONES das chinesische Messer steckt, das im Zimmer von PHILIP COOPER an der Wand hing.

ELLIS bückt sich und sieht sich das Messer im Rücken genauer an. Er erkennt die chinesische Inschrift.

BROOK: Kennen Sie sie?

ELLIS: Ja. (*Eine Pause, dann plötzlich*) Wo ist hier das nächste Telefon?

BROOK: Eine halbe Meile weiter steht eine Telefonzelle.

ELLIS: Rufen Sie die Polizei an, ich warte hier!

BROOK: Ja, natürlich.

BROOK geht zurück zum Lastwagen, steigt ein und fährt weg.

ELLIS bleibt alleine am Unfallort zurück. Er untersucht die Umgebung ein wenig, sieht sich um, kann aber nichts entdecken. Er sieht sich den Unfallwagen an und kann mit der gesunden Hand Mary Jones' rote Handtasche aus dem Wagen ziehen. ELLIS untersucht die Handtasche. Neben typischem Inhalt einer Damenhandtasche befindet sich darin auch ein Telegramm. ELLIS zieht es heraus. Auf dem Telegramm steht:

»An: Mary Jones – Sai Hotel XC5/36, Hongkong.«

Darunter steht die eigentliche Nachricht:

»Treffe Sie Shanghai am Fünfundzwanzigsten. Batman.«

ELLIS steckt das Telegramm ein.

CARREG BENT. AUSSEN. NACHT.

Es ist Nacht geworden. Viele Polizeiwägen stehen am Unfallort. Die Spurensicherung macht ihre Arbeit. Man sieht, wie das Messer nach Fingerabdrücken untersucht wird. Viele POLIZISTEN und KRIMINALBEAMTE sind vor Ort. Einer von ihnen ist KRIMINALINSPEKTOR BIRD, ein kleiner unscheinbarer Mann mit Schnurrbart, Mitte vierzig. Er raucht eine Pfeife. Er nähert sich dem Lastwagenfahrer BROOK, der neben JIM ELLIS steht.

BIRD: Mr. Brook?

BROOK: Ja.

BIRD: Sie brauchen nicht mehr hier bleiben, wenn Sie weiterfahren wollen.

BROOK: (*Zeigt auf JIM ELLIS und seine Verletzung am Arm*) Ich wollte ihn ins Krankenhaus fahren. Wegen seinem Arm.

BIRD: Das machen wir schon.

BROOK: Gut, dann, auf Wieder…

BIRD: (*Unterbricht ihn*) Sie haben dem Sergeant ihre Personalien gegeben?

BROOK: Ja. (*Zu ELLIS*) Dann ... Alles Gute!

ELLIS: Nochmals vielen Dank.

BROOK geht und verabschiedet sich bei INSPEKTOR BIRD. Dieser verabschiedet sich bei ihm und wendet sich dann JIM ELLIS zu. Er liest aus seinem Notizbuch vor.

BIRD: Also Sir: (*Liest*) Ihr Name ist Jim Ellis und Sie sind für das Beratungsbüro Industrieansiedlung tätig.

ELLIS: (*Nickt*) Richtig.

BIRD: Mr. Brook hat ausgesagt, dass Sie mit Ihrem Wagen wenden wollten und dabei hängen geblieben sind und mit dem Wagen nicht mehr herauskamen.

ELLIS: (*Nickt*) Das stimmt.

BIRD: (*Zweifelt*) Und dabei haben Sie sich verletzt?

ELLIS:	Ja, an der Gangschaltung.
BIRD:	(*Glaubt ihm nicht ganz*) Was, an der Gangschaltung?
ELLIS:	Ja. Der Knopf war ab und da bin ich an der Gangschaltung abgerutscht. Es ist nur eine kleinere Wunde.

ZWEI POLIZISTEN tragen die Leiche von MARY JONES auf einer Bahre an den beiden Männern vorbei.

BIRD:	(*Im Beamtenton*) Mr. Brook hat außerdem ausgesagt, dass Sie die Tote kennen.
ELLIS:	Ich habe ihm erzählt, dass ich sie schon einmal gesehen hatte, ja. Sie heißt Mary Jones.
BIRD:	Und wo haben Sie sie schon gesehen?
ELLIS:	Im Büro des Immobilienmaklers Clifford.
BIRD:	Wann war das?
ELLIS:	Heute Vormittag.
BIRD:	Hat sie dort gearbeitet?
ELLIS:	Ja, als Sekretärin.
BIRD:	(*Notiert in sein Notizbuch*) Mary Jones ... (*Zu ELLIS*) Und Sie haben sie nur dieses eine Mal gesehen?
ELLIS:	Ja, nur ganz kurz.

Die POLIZISTEN hieven die Leiche in den Wagen. Gleichzeitig nähert sich SERGEANT BLAIN dem Inspektor und gibt ihm das Messer in die Hand. BLAIN ist Mitte dreißig, blond, unscheinbar.

| BLAIN: | Die Tatwaffe, Inspektor! |

INSPEKTOR BIRD betrachtet das Messer und sieht die eingravierte Aufschrift. Er hält das Messer in der falschen Leserichtung JIM ELLIS vor die Nase.

| BIRD: | Können Sie Chinesisch? |
| ELLIS: | Nein. ... (*Zeigt, wie die Aufschrift richtig zu lesen ist*) Aber das liest sich so herum und bedeutet: »Tod dem Verräter!« |

BIRD setzt einen fragenden Blick auf, der be-

deutet: »*Wieso wissen Sie das?*«. *ELLIS antwortet, ohne dass der Inspektor die Frage
stellt.*

ELLIS: Ich habe das Messer schon einmal gesehen.
BIRD: Wo?
ELLIS: Im Hotel *Ivanhoe*, wo ich wohne. Mein Zim-
            mernachbar hat es mir gezeigt.
BIRD: Wer war das?
ELLIS: Ein gewisser Mr. Cooper. Er hat mir erzählt,
            dass es ihm ein Geschäftsfreund in Hong-
            kong, wo er lange lebte, als Souvenir gegeben
            hat.

BIRD sagt nichts.

ELLIS: Kennen Sie Mr. Cooper?
BIRD: (*Nickt langsam*) Ja, ich kenne ihn.

*Das Unfallwrack wird während des folgenden
Dialogs mit einem Kran aus der Kurve gezo-
gen. SERGEANT BLAIN nähert sich INSPEKTOR
BIRD.*

BLAIN: (*Zu BIRD*) Wir sind fertig, Sir.
BIRD: (*Zu BLAIN*) Danke, Sergeant. (*Zu ELLIS*) Ich
            lasse Sie jetzt ins Krankenhaus fahren.
ELLIS: Danke. Ich will lieber ins Hotel. Dort ist Dr.
            Hall, ein Arzt. Er kann sich um diese Lappalie
            kümmern.
BIRD: Dann bringe ich Sie zum Wagen, Mr. Ellis.

*BIRD, BLAIN und ELLIS gehen zum Wagen. Der
Kran hebt den Wagen weiter aus dem Ab-
grund. Der Wagen mit der Leiche fährt ab.*

IM HOTEL *IVANHOE*. AUFENTHALTSRAUM. INNEN. NACHT.
*Wir befinden uns im Aufenthaltsraum des
Hotels. DR. RICHARD HALL verbindet gerade
den Arm von JIM ELLIS. HALL sitzt auf dem
Sofa, ELLIS auf einem Lehnsessel. Im Hinter-
grund sitzt MRS. CORBY auf einem Stuhl und
strickt. Sie hört dem Gespräch zwischen DR.
HALL und JIM ELLIS zu.*

DR. HALL: Tut es noch sehr weh?

ELLIS: (*Scherzt*) Nur, wenn ich lache.

DR. HALL *lacht und legt den Verband fertig an.*

DR. HALL: (*Neugierig*) Wie ist das passiert?

ELLIS: (*Stottert*) Ich wollte den Wagen ... Als ich den Wagen herausfahren wollte ... Es war an der Gangschaltung.

DR. HALL: (*Lacht*) Also wissen Sie, in meiner Praxis in Liverpool dürften Sie mir mit einer solchen Geschichte nicht kommen.

ELLIS: Ach nein?

DR. HALL: Nein. Dort würde ich nämlich diagnostizieren, dass sich zwei in die Haare geraten sind und sich dabei zufällig ein Schuss gelöst hat.

ELLIS: (*Lacht*) Ihre Phantasie möchte ich haben, Doktor.

MRS. CORBY *bringt JIM ELLIS sein Jackett, der es jetzt wieder anziehen kann.*

MRS. CORBY: Und wo ist das alles passiert?

ELLIS: In der Nähe von Carreg Bent. (*Steht auf und zieht mit MRS. CORBYS Hilfe sein Jackett an*) Wo ist eigentlich Mr. Cooper? Ich habe ihn den ganzen Abend noch nicht gesehen.

MRS. CORBY: Mr. Cooper ist heute Abend nach Cardiff ins Konzert gefahren. (*Sieht auf die Uhr*) Er müsste eigentlich jeden Moment zurück sein. Er wollte den Zehn-Uhr-Zug nehmen. (*Plötzlich, interessiert*) Hat er Sie doch gestört mit seiner Musik?

ELLIS: Nein, das nicht. Ich wollte ihn nur schonend darauf vorbereiten, dass ihm wahrscheinlich die Polizei heute Abend noch einen Besuch abstatten wird.

DR. HALL: (*Entsetzt*) Was denn, Du lieber Himmel, geht das schon wieder los?

MRS. CORBY: Wir haben doch schon alles über Miss Belton gesagt, was wir wissen.

ELLIS: Es geht nicht um Miss Belton. Es ist schon

wieder ein Mord passiert.

DR. HALL: (*Entsetzt*) Was denn? Wo denn? Wer wurde ermordet?

MRS. CORBY: Um Gottes Willen …

Aus dem Flur hört man Geräusche. Hausdiener JOHN MILLER spricht mit INSPEKTOR BIRD. Man sieht beide nicht, kann aber ihre Stimmen vernehmen.

ELLIS: (*Hört die Gespräche im Flur*) Oh, ich nehme an, das sind sie …

MILLER: (*Im Flur, zu BIRD*) Selbstverständlich, Inspektor. (*Kommt in den Raum, zu MRS. CORBY*) Inspektor Bird möchte Sie sprechen, Mrs. Corby.

MRS. CORBY: (*Nickt*) Ja, gut.

BIRD betritt den Aufenthaltsraum, gefolgt von SERGEANT BLAIN.

BIRD: Guten Abend.

MRS. CORBY: Guten Abend.

MILLER: (*Zu MRS. CORBY*) Mr. Cooper wollte doch heute Abend nach Cardiff fahren, nicht wahr?

MRS. CORBY: Ja, heute.

MILLER: (*Zerstreut*) Oder war es morgen?

MRS. CORBY: Nein, heute.

BIRD: Ich möchte ihn gerne sprechen.

MRS. CORBY: Er muss jeden Moment zurück sein. Wollen Sie warten, Inspektor?

BIRD: Ja, das muss ich wohl.

MRS. CORBY: (*Zeigt auf das Sofa, damit BIRD und BLAIN sich setzen*) Bitte …

BIRD: (*Zu ELLIS, zeigt auf den Arm*) Wie geht es damit?

ELLIS: (*Mit einem Lachen*) Dr. Hall hat mir gerade das Leben gerettet.

BIRD lacht, dann setzt er sich auf das Sofa, BLAIN tut es ihm gleich. MILLER steht neben der Tür und wartet auf Instruktionen. MRS. CORBY gibt ihm ein Zeichen, dass er gehen soll.

MRS. CORBY: (*Winkt ihn hinaus*) Danke, John.

MILLER nickt, geht, und schließt die Tür hinter sich. DR. HALL holt eine Zigarette heraus, JIM ELLIS zündet ihm die Zigarette mit dem Fotoapparat-Feuerzeug an. DR. HALL bietet ihm eine Zigarette an, aber ELLIS lehnt ab.

ELLIS: (*Zu DR. HALL*) Ich bin Nichtraucher!

Es entsteht eine lange Pause. Dann bricht MRS. CORBY das Schweigen.

MRS. CORBY: (*Zu BIRD*) Inspektor, ich habe gerade gehört, dass ein neuer Mord passiert ist.

BIRD: Ja, heute Abend bei Carreg Bent.

MRS. CORBY: Und wer wurde ermordet?

BIRD: Eine junge Frau namens Mary Jones. … Hat Sie einer von Ihnen gekannt?

MRS. CORBY: Ist sie von hier?

BIRD: Nein, aber sie hat bei Mr. Clifford gearbeitet.

MRS. CORBY: Ah … Dann kann ich sie natürlich irgendwann einmal gesehen haben. Der Name sagt mir aber nichts.

BIRD holt aus seiner Tasche die Tatwaffe, das Messer. Er hält es MRS. CORBY unter die Nase.

BIRD: (*Zu MRS. CORBY*) Haben Sie ... (*Zu DR. HALL*) oder Sie dieses Messer schon einmal gesehen?

DR. HALL: (*Nickt*) Ja.

MRS. CORBY: Ja. Er hatte es ja deutlich genug an der Wand hängen.

BIRD: Wer?

DR. HALL: Mr. Cooper.

MRS. CORBY: (*Ihr kommt ein Gedanke, entsetzt*) Inspektor … Sie glauben doch nicht etwa, dass Mr. Cooper …

BIRD: Ich glaube gar nichts, Mrs. Corby, fürs Erste.

MRS. CORBY: (*Sieht sich das Messer an*) Und das ist das Messer, mit dem …?

BIRD:	(*Unterbricht*) Ja, mit diesem Messer wurde Mary Jones ermordet.
MRS. CORBY:	(*Hat plötzlich einen schrecklichen Verdacht*) Aber wenn er diese Mary Jones damit ermordet hat, dann hat er vielleicht auch Miss Belton …
BIRD:	Mr. Corby …
MRS. CORBY:	(*Schlussfolgert, entsetzt*) Und er wohnt unter meinem Dach!
BIRD:	(*Weist sie zurecht*) Mrs. Corby!
MRS. CORBY:	(*Aufgeregt*) Wir müssen etwas unternehmen!

Man hört Schritte im Flur. Die Tür geht auf
und PHILIP COOPER kommt herein. Er trägt
einen Hut und einen Regenmantel, der vom
Regen durchnässt ist. Auch seine Schuhe sind
nass. Er ist freundlich und fröhlich.

COOPER:	Guten Abend, allerseits. Es hat doch tatsächlich zu regnen angefangen! Komisch, das hätte ich heute gar nicht gedacht.

Sieht plötzlich INSPEKTOR BIRD.

COOPER:	(*Zu BIRD*) Guten Abend, Inspektor!
BIRD:	Guten Abend, Mr. Cooper.

BIRD sieht auf die nassen Schuhe von COOPER.

COOPER:	(*Sieht den Blick von BIRD, erklärend*) Ich bekam am Bahnhof kein Taxi. Ich musste zu Fuss gehen.

MRS. CORBY steht auf und geht abweisend an
COOPER vorbei, so als ob er ein Mörder wäre.

MRS. CORBY:	(*Zu COOPER, damit sie vorbeikommt, kalt*) Entschuldigung …
COOPER:	(*Versteht nicht*) Was? (*Zu BIRD*) Sie wollen doch nicht die ganzen Geschichten noch einmal hören?
BIRD:	Nein, Mr. Cooper. Diesmal geht es nicht um Miss Belton.
COOPER:	(*Interessiert*) Sondern?
BIRD:	Kennen Sie zufällig eine Miss Mary Jones?
COOPER:	(*Denkt nach*) Mary Jones … Ja, das ist doch

eine Sekretärin in Cliffords Büro.

BIRD: (*Formell*) Wie gut kennen Sie sie, Sir?

COOPER: Ich habe sie einmal gesehen. Vorige Woche war ich dort. Sie hat mir Unterlagen gegeben, weil ich mich für ein Cottage interessierte. (*COOPER zieht den nassen Mantel aus. Dann interessiert*) Warum, ist ihr etwas zugestoßen?

BIRD: Sie wurde heute Abend ermordet ...

COOPER hat einen erschrockenen Blick. BIRD zieht plötzlich das Messer aus seiner Mantel-tasche.

BIRD: (*Zu COOPER*) ... und zwar mit diesem Messer hier! (*Hantiert damit herum*) Kennen Sie es?

COOPER: (*Sprachlos, ihm bleibt die Spucke weg, atmet schwer*) Das ist ja ... ungeheuerlich! (*Schluckt*) Das Messer gehört mir.

BIRD: Wann haben Sie es zuletzt in Händen gehabt beziehungsweise gesehen?

COOPER: (*Denkt nach*) Wann ... Wann ... Na, heute! Ja, heute. Ich habe es heute Mr. Ellis gezeigt.

BIRD sieht ELLIS fragend an. ELLIS nickt zu-stimmend.

BIRD: (*Zu COOPER*) Ein Andenken aus Hongkong?

COOPER: (*Immer noch erschrocken*) Ja, ja. Ein chinesi-scher Geschäftsfreund hat es mir geschenkt. Es soll ein sehr wertvolles Stück sein.

BIRD: Und auch sehr selten, nehme ich an?

COOPER: (*Nickt*) Ja, natürlich (*Stottert*) ... Ähm ... das heißt: Miss Belton hat mir erzählt ...

BIRD: (*Unterbricht ihn, interessiert*) Ja, was war mit Miss Belton?

COOPER: Sie hat das Messer sehr bewundert und er-zählte mir, dass sie ein ähnliches Exemplar in Hongkong besessen hätte ...

BIRD: (*Unterbricht ihn*) ... aber nicht mehr besaß ...?

COOPER: Das ... weiß ich nicht. Ich nehme an, dass sie

	es wahrscheinlich in Hongkong zurückgelassen hat. Sie besaß ja schließlich eine Wohnung dort.
BIRD:	(*Vorwurfsvoll*) Das haben Sie bei unseren Gesprächen nie erwähnt, Mr. Cooper!
COOPER:	(*Entsetzt*) Sie haben mich nie danach gefragt … Entschuldigen Sie, Inspektor!

Eine Pause.

BIRD:	Was haben Sie heute Abend gemacht, Mr. Cooper?
COOPER:	Ich war ihn Cardiff, im Konzert.
BIRD:	Kann jemand diese Angaben bestätigen?
COOPER:	Bestätigen? Was heißt hier bestätigen?
BIRD:	Ich meine: Ist jemand mit Ihnen mitgefahren?
COOPER:	Nein, ich gehe immer alleine ins Konzert.
BIRD:	Aha.
COOPER:	(*Entsetzt*) Glauben Sie mir denn nicht?
BIRD:	Doch, schon … aber von dem Messer hätten Sie mir wirklich erzählen sollen.
COOPER:	Warum? Es ist doch vollkommen unwichtig. Genauso unwichtig wie die Tatsache, dass Dr. Hall Miss Belton zum Essen eingeladen hat. (*Sieht DR. HALL an*) Zum Beispiel. (*Zu BIRD*) Entschuldigen Sie, ich habe nasse Füße, darf ich mir wenigstens meine Hausschuhe anziehen?
BIRD:	Ja, bitte, natürlich. Wenn es Ihnen nichts ausmacht, wird Sergeant Blaine Sie begleiten.

COOPER und BLAIN gehen aus dem Raum. DR. HALL wendet sich nun an BIRD während MRS. CORBY sich hinsetzt.

DR. HALL:	Gibt es keine Fingerabdrücke auf dem Messer, Inspektor?
BIRD:	Nichts Brauchbares.
ELLIS:	(*Zu BIRD*) Was ist Ihrer Meinung nach bei Carreg Bent wirklich passiert?
BIRD:	Nach unseren bisherigen Untersuchungen ist es nicht auszuschließen, dass Mary Jones zu-

	erst erstochen und dann den Abhang hinuntergestürzt wurde.
ELLIS:	Nach dem Motto »Doppelt genäht hält besser«.
BIRD:	Wenn Sie es so formulieren wollen … Das Obduktionsergebnis steht noch aus. Vielleicht war sie auch nach dem Aufprall noch am Leben und der Mörder wollte sichergehen …
ELLIS:	(*Beendet den Satz*) … und hat dann das Messer am Tatort zurückgelassen? (*Lacht*) Ein bemerkenswert kaltblütiger Mensch.
MRS. CORBY:	Ja, das finde ich auch. … Das sieht ihm doch gar nicht ähnlich …
BIRD:	Von wem sprechen Sie?
MRS. CORBY:	Na ja … und überhaupt … wenn er heute Abend in Cardiff im Konzert war …
BIRD:	(*Zündet seine Pfeife an*) Mrs. Corby, der Mörder kann das Messer auch ganz einfach aus Mr. Coopers Zimmer gestohlen haben.
MRS. CORBY:	(*Nachdenklich*) Aber das müsste dann jemand sein, der hier wohnt … in meinem Haus!
BIRD:	Ein Gast … Ein Gast hätte es zumindest leichter gehabt, das ist richtig. Ihnen ist nicht zufällig etwas aufgefallen, Mrs. Corby?
MRS. CORBY:	Nein … (*Denkt nach*) Nun ja, es kann schon sein, ich war ja nicht die ganze Zeit im Haus. Heute Nachmittag habe ich einen kleinen Spaziergang gemacht, dann habe ich die Abrechnungen erledigt und anschließend kam auch schon Dr. Hall zurück …
DR. HALL:	(*Zu BIRD*) Hören Sie gut zu Inspektor, hier kommt mein Alibi! (*Lacht verschmitzt*)
MRS. CORBY:	Wir haben uns ein wenig unterhalten und dann bin ich in die Küche gegangen und Dr. Hall hat bis zum Abendessen vor dem Fernseher gesessen.
DR. HALL:	(*Zufrieden*) Sie müssen zugeben, Inspektor, das ist doch ein bombensicheres Alibi für

82

mich, nicht?

BIRD: Für Sie beide sozusagen! … Vorausgesetzt, Sie beide sagen die Wahrheit. (*Zu* MRS. CORBY) Mrs. Corby, kennen Sie auch die Inschrift auf dem Messer?

MRS. CORBY: Ja, ich glaube das heißt »Tod dem Verräter«.

COOPER und BLAIN haben unbemerkt den Raum betreten.

COOPER: Das ist richtig!

COOPER hält ein Messer hoch, das genauso wie das Messer aussieht, mit dem Mary Jones ermordet wurde.

COOPER: (*Zufrieden*) Und hier ist <u>mein</u> Messer!

JIM ELLIS ist überrascht. Sein Blick geht von Coopers Messer zu dem Messer, das jetzt auf dem Tisch liegt und mit dem Mary Jones ermordet wurde. Man sieht, dass beide Messer identisch sind. INSPEKTOR BIRD nimmt das Messer von Cooper und hebt jenes auf dem Tisch hoch. In der linken Hand hält er das eine, in der anderen das andere Messer. Man sieht jetzt eindeutig, dass es zwei Messer sind, die sich gleichen. Auch die Inschrift ist dieselbe.

MELYNFFOREST. DIE STRAßE VOR CLIFFORDS BÜRO. AUßEN. TAG.

Ein Streifenwagen biegt um die Ecke und hält vor dem Haus, in dem sich das Büro von Immobilienhändler Tom Clifford befindet. INSPEKTOR BIRD steigt aus und geht in das Haus.

VORZIMMER BÜRO CLIFFORD. INNEN TAG.

INSPEKTOR BIRD betritt das Vorzimmer des Büros. TOM CLIFFORD sitzt auf dem Sessel, der Mary Jones' Platz war und sucht verzweifelt etwas in den Schubläden. Er bemerkt

Birds Anwesenheit gar nicht.

BIRD: Guten Morgen, Mr. Clifford!

CLIFFORD: (*Aus den Gedanken gerissen*) Guten Morgen, Inspektor. … Ich bin erledigt! Ich finde überhaupt nichts wieder. Kein Wunder …

Während BIRD um den Tisch herumgeht und sich dabei umdreht, lässt CLIFFORD schnell einige Akten, die auf dem Tisch lagen, im Schreibtisch von Mary Jones verschwinden. BIRD bemerkt es nicht.

CLIFFORD: Das ist eine entsetzliche Geschichte! Ich war wie vom Schlag getroffen, als Sie mich vorhin anriefen.

Er zeigt BIRD den Weg in sein Büro. BIRD geht voran, CLIFFORD folgt ihm.

BÜRO CLIFFORD. INNEN. TAG.

Beide kommen ins Büro. Sie sprechen weiter, während sie sich hinsetzen: CLIFFORD hinter dem Schreibtisch, BIRD davor.

CLIFFORD: Ich habe mich schon gewundert, dass sie heute nicht kam. Sie ist nämlich noch niemals unpünktlich gewesen.

BIRD: War sie eine gute Sekretärin?

CLIFFORD: (*Wehmütig*) Die beste, die ich je hatte.

BIRD: Wie lange war sie bei Ihnen?

CLIFFORD: Moment Mal … (*Denkt nach*) Seit April … Also nicht ganz zwei Monate.

BIRD: Wo war sie vorher, wissen Sie das?

CLIFFORD: Als sie sich bei mir um den Job bewarb, hatte sie natürlich Referenzen mit, aber ich kann mich nach so langer Zeit nicht mehr an die Namen erinnern. Tut mir leid.

BIRD: Wissen Sie sonst noch etwas über sie?

CLIFFORD: Sie war keines jener Mädchen, die einem gefragt oder ungefragt alles zu erzählen pflegen. Gott sei Dank! Von der Sorte hatte ich genug die letzten Jahre.

BIRD:	Wie kam sie zu Ihnen?
CLIFFORD:	Meine frühere Sekretärin heiratete, ich gab eine Anzeige in den *Cardiff News* auf und sie bewarb sich.
BIRD:	Sie war aber nicht von hier?
CLIFFORD:	Nein, das glaube ich nicht … Sie stammte aus London. Ich weiß nicht, ob sie dort geboren wurde, aber jedenfalls verbrachte sie einen großen Teil ihrer Kindheit in der Stadt. Das entnahm ich einer ihrer Äußerungen.
BIRD:	Wissen Sie sonst noch etwas über sie?
CLIFFORD:	Nein, ich bedaure. Ich habe Ihnen doch gesagt, dass sie nicht sehr gesprächig war. Vielleicht gehen Sie einmal zu ihrer Zimmerwirtin, Mrs. Elliot. (*Beugt sich zum Schreibtisch vor*) Die Anschrift habe ich hier …
BIRD:	Bemühen Sie sich nicht! Ich war schon bei ihr.
CLIFFORD:	Ach?
BIRD:	Sie weiß auch nichts Näheres, außer, dass Miss Jones ab und zu nach London fuhr.
CLIFFORD:	Ja, das stimmt, über das Wochenende. Und neulich hat sie sich zusätzlich fünf Tage frei genommen. Aus privaten Gründen, wie sie sagte.
BIRD:	Und wie war es mit Männern? Hatte sie Freunde?
CLIFFORD:	Hier nicht. (*Als Nachsatz*) Jedenfalls soviel ich weiß.
BIRD:	Aber sie war doch wohl ein sehr attraktives Mädchen?
CLIFFORD:	Ja, das kann man wohl sagen. (*Pause*) Aber, wie gesagt: hier im Büro keine Briefe, keine Telefonanrufe … Nie eine Andeutung!
BIRD:	Sie hat Ihnen wohl auch nicht gesagt, was sie gestern Abend vorhatte, oder?
CLIFFORD:	Nein. Sie ging kurz nach fünf weg. … Wie üblich.

BIRD:	Aha. Tja. Vielen Dank, Mr. Clifford.
CLIFFORD:	Auf Wiedersehen, Mr. Bird. Schade, dass ich Ihnen nicht weiterhelfen kann.

BIRD will schon gehen, als ihm noch etwas einfällt.

BIRD:	Ach, noch etwas: Sie stehen doch mit einem gewissen Mr. Ellis in Geschäftsverbindung?
CLIFFORD:	Ja. Er sieht sich hier nach Industriebaugelände um.
BIRD:	Eine ganz lohnende Sache für Sie vielleicht, oder?
CLIFFORD:	(*Lacht*) Ja … Wenn ich ihm verschaffen kann, was er sucht. (*Pause*) Was wollen Sie denn von Mr. Ellis?
BIRD:	Ich komme nur auf ihn, weil er es war, der gestern Mary Jones gefunden hat.

CLIFFORD schaut überrascht.

BIRD:	Ja, dann nochmals vielen Dank. (*Pause*) Noch eine Frage: Wo waren Sie gestern Abend, Mr. Clifford?
CLIFFORD:	(*Überrascht*) Ich? Ich war in Seaguard.
BIRD:	Haben Sie zufällig jemanden getroffen, der das bezeugen könnte?
CLIFFORD:	Nein. Ich habe mir Grundstücke angesehen.
BIRD:	Schade.
CLIFFORD:	Wieso?
BIRD:	(*Amtlich*) Weil es gut wäre, wenn Sie ein Alibi hätten, Mr. Clifford.

CLIFFORD bleibt verdutzt stehen, während BIRD geht.

IM HOTEL *IVANHOE*. WINTERGARTEN. INNEN. TAG.
Wir befinden uns Wintergarten des Hotels. PHILIP COOPER sitzt an einem der Tische, raucht Pfeife und liest die Zeitung. JIM ELLIS betritt den Raum. Er trägt ebenfalls eine Zeitung unter dem Arm.

ELLIS:	Guten Morgen!

COOPER: Guten Morgen, Mr. Ellis!

ELLIS setzt sich an einen der Tische.

COOPER: (*Mitfühlend*) Was macht Ihr Arm?

ELLIS: (*Hält den Arm hoch*) Er ist noch dran.

COOPER: (*Lacht*) Das freut mich.

COOPER zeigt auf die Zeitung.

COOPER: Es steht noch nichts darüber drin.

ELLIS: (*Liest jetzt ebenfalls Zeitung*) Wahrscheinlich erst in der Abendausgabe.

COOPER: Ja, sicher. (*Pause*) Sie kommen aber spät zum Frühstück.

ELLIS gibt keine Antwort.

COOPER: Das ist auch selbstverständlich nach den Ereignissen gestern. Ich war noch um drei Uhr wach.

ELLIS: Das kann ich mir vorstellen. Nach all dem Theater mit Ihrem Messer.

COOPER: Ja. Sie ahnen ja nicht, wie erlöst ich war, als ich es an seinem alten Platz fand.

COOPER nimmt einen Schluck aus der Kaffeetasse. MRS. CORBY betritt den Raum und richtet etwas am Buffet.

MRS. CORBY: Guten Morgen.

ELLIS: Guten Morgen, Mrs. Corby. (*Zu COOPER*) Wer hat eigentlich außer Ihnen und Dr. Hall damals hier im Hotel gewohnt, als der erste Mord passierte?

COOPER: Eine Menge Leute. Hier gibt es ja ein ständges Kommen und Gehen. (*Schüttelt den Kopf*) Arme Miss Belton ... Es ist ein Jammer.

ELLIS: War irgendjemand unter den Gästen, mit dem sie Bekanntschaft geschlossen hat?

COOPER: Eigentlich nicht, ausgenommen mit mir, wenn ich mir damit schmeicheln darf.

MRS. CORBY hat während des letzten Dialogs das Frühstück für JIM ELLIS hergerichtet und serviert es jetzt ihrem Gast.

COOPER: Sie war sonst sehr zurückhaltend.

MRS. CORBY steht jetzt mit dem Tablett am
Tisch von JIM ELLIS.

MRS. CORBY: Ja, sie scheint es überhaupt mit älteren Herren gehabt zu haben.

ELLIS: (*Sieht das reichhaltige Frühstück auf dem Tablett*) Oh, das tut mir leid, Mrs. Corby, ich nehme nur einen Tee.

MRS. CORBY: Oh … (*Zu COOPER*) Denken Sie nur an Mr. Higgins!

ELLIS: (*Interessiert*) Wer war das denn?

COOPER: Eine Zufallsbekanntschaft, Mr. Ellis. Die Frauen sind heutzutage nicht mehr so wie früher, so …

ELLIS: (*Unterbricht*) Mr. Higgins?

MRS. CORBY: Ja, ein Amerikaner. Er war zur Erholung hier und wohnte im Blackwood Cottage. Miss Belton muss ihn dort wohl kennengelernt haben, weil sie sich auch für das Cottage interessierte.

ELLIS: Haben Sie ihn auch gekannt, Mr. Cooper?

COOPER: Nicht persönlich.

MRS. CORBY: Aber natürlich müssen Sie ihn gekannt haben, Mr. Cooper! Miss Belton hat ihn doch an jenem Abend mitgebracht, bevor er wieder abreiste.

COOPER: (*Ruppig*) Er ist mir vorgestellt worden, aber das heißt noch lange nicht, dass ich ihn gut gekannt habe.

COOPER trinkt den Kaffee aus und nimmt seinen Hut vom Sessel. Er steht auf.

COOPER: Inspektor Bird hat ihn übrigens ausgequetscht wie alle anderen auch. Er hat ihn ja gehen lassen, also kann er nicht viel gefunden haben.

COOPER steht auf und geht.

ELLIS: Wohin ist dieser Mr. Higgins dann von hier aus gefahren?

MRS. CORBY: Er wollte wohl noch ein, zwei Tage in London verbringen und dann in die Staaten zurückfliegen.

COOPER ist an der Tür, dort begegnet ihm DR.
HALL, der jetzt den Raum betritt. COOPER geht
ab.

DR. HALL: Guten Morgen allerseits!

MRS. CORBY: Guten Morgen, Dr. Hall. Ich bin gleich so-
                  weit.

DR. HALL trägt eine Zeitung in der Hand und
setzt sich an einen freien Tisch.

ELLIS: (*Zu MRS. CORBY*) Was war das für ein Mann?

MRS. CORBY: Ach, er sah recht gut aus. Groß, schmal, ner-
                  vös. Sicher kein Geschäftsmann. Anfang 60.

ELLIS: Und wann ist er abgereist?

MRS. CORBY: Unmittelbar nach der polizeilichen Verneh-
                  mung, ich habe ihn dann nicht mehr gesehen.
                  (*Überlegt*) Vielleicht war seine Beziehung zu
                  Miss Belton doch enger als gedacht …

DR. HALL hat das Gespräch wortlos
mitangehört. MRS. CORBY will gehen, DR.
HALL ruft sie jedoch zurück.

DR. HALL: Mrs. Corby! Ich habe einen grauenhaft ver-
                  dorbenen Magen. Darf ich um ein Glas war-
                  me Milch bitten? (*Zu ELLIS*) Entschuldigen
                  Sie!

MRS. CORBY: (*Zu DR. HALL*) Natürlich, Dr. Hall. Sofort!

Der Hausdiener JOHN MILLER betritt den
Raum.

MRS. CORBY: (*Zu ELLIS*) … aber wenn er dieses Messer von
                  Miss Belton bekommen hätte, dann hätte er es
                  doch sicher mitgenommen. … Ich sehe schon,
                  worauf Sie hinauswollen, Mr. Ellis, aber da
                  sind Sie auf dem Holzweg. Mr. Higgins war
                  ein Gentleman.

MILLER nähert sich dem Tisch von JIM ELLIS.

MILLER: Der Mechaniker hat Ihren Wagen gebracht,
                  Mr. Ellis.

ELLIS: Sehr gut, danke, John.

MILLER: Bitte.

89

ELLIS trinkt seine Tasse Tee aus, steht auf und geht.

ELLIS: Guten Morgen, Dr. Hall, auf Wiedersehen!

DR. HALL: Auf Wiedersehen!

MRS. CORBY: Auf Wiedersehen, Mr. Ellis.

MRS. CORBY stellt DR. HALL das Glas Milch hin.

VOR DEM HOTEL *IVANHOE*. AUßEN. TAG.

JIM ELLIS kommt aus dem Hotel. Vor dem Hotel steht sein reparierter Wagen. Er steigt ein und fährt ab. PHILIP COOPER steht in der Nähe und sieht dem wegfahrenden Wagen nach. In der Auffahrt zum Hotel kommt ELLIS ein Kleinwagen entgegen. Dahinter sitzt eine sehr attraktive junge Frau, um die 25 Jahre alt, blond, langes Haar. Sie trägt eine Sonnenbrille. Es handelt sich dabei um JULIE ANDREW, eine Reporterin. Sie fährt so rasant, dass ELLIS ausweichen und bremsen muss. ELLIS bleibt stehen und sieht ihr nach. JUILIE Andrew, die am Wagen von ELLIS vorbeirauscht, sieht aus dem Fenster, lächelt ihm charmant zu und fährt dann weiter. Auch JIM ELLIS fährt weiter.

MELYNFFOREST. DER MARKTPLATZ. AUßEN. TAG.

Die folgende Szene spielt sich auf einem Marktplatz in Melynfforest ab. Es gibt dort allerhand zu kaufen, neben Obst und Gemüse auch Bücher, Geschirr, Kleidung usw.

ELLIS trifft dort COLONEL GREEN. Sie unterhalten sich unauffällig, während sie über den Markt schlendern.

GREEN hält das Telegramm mit der Nachricht von Batman in der Hand, das Ellis in der Handtasche von Mary Jones gefunden hat.

GREEN: Das stammt aus ihrer Handtasche, sagen Sie?

ELLIS:	Ja.
GREEN:	Es kommt aus Cardiff. (*Liest es vor*) »An Mary Jones, Sai Hotel, Hongkong.« – »Treffe Sie Shanghai am Fünfundzwanzigsten. Batman.« (*Nachdenklich*) Komisch … Wie wollte sie denn nach Shanghai kommen?
ELLIS:	Lassen Sie diesen Batman überprüfen! Vielleicht gibt es ihn wirklich.
GREEN:	Ach … Sagen Sie mal, was gab es in Blackwood Cottage noch?
ELLIS:	Einen Anruf.
GREEN:	Ach?
ELLIS:	Die Eintragung in Mildred Beatys Notizbuch: »B. C. – 6 Uhr« bezog sich offenbar auf einen Anruf, den sie dort erwartete. »B. C.« … Blackwood Cottage! Als ich da war, meldete sich das Fernamt mit einer Voranmeldung für Miss Mildred Beaty. Das war um sechs Uhr.
GREEN:	Eine Voranmeldung für Mildred Beaty? Dann hat der Anrufer offenbar nicht gewusst, dass sie bereits seit über zwei Wochen tot ist.
ELLIS:	(*Schüttelt den Kopf*) Das ist unwahrscheinlich. Vermutlich hat man ihren Namen als Parole benutzt.
GREEN:	Verstehe …
ELLIS:	Wenn zwei Wochen nach ihrem Tod sich jemand am Telefon mit »Mildred Beaty« meldet, dann weiß der Anrufer, dass er an der richtigen Adresse ist. Sozusagen bei der »Nachlassverwaltung«.
GREEN:	(*Schlussfolgert*) Ganz offenbar hat sich Mildred Beaty bestimmte Anrufe ins Blackwood Cottage bestellt. Das erklärt auch ihre häufigen Besuche dort.
ELLIS:	Ja – und Mary Jones hat gestern Abend versucht, ihr Erbe anzutreten.
GREEN:	Sie haben einen grässlichen Humor, Ellis.
ELLIS:	Ich nicht – der Mörder! (*Pause*) Dann, Green,

	ist da noch etwas. Zu Lebzeiten von Mildred Beaty war das Blackwood Cottage bewohnt – von einem Amerikaner namens Higgins.
GREEN:	(*Gleichgültig*) Aha.
ELLIS:	Ungefähr Anfang 60, etwas nervös, kultiviert. Mildred Beaty soll sich mit ihm angefreundet haben. Kurz nach ihrem Tod ist er abgereist.
GREEN:	Wohin?
ELLIS:	Vermutlich über London in die Staaten zurück. Die Polizei hatte offenbar keine Einwände.
GREEN:	Und Mildred Beaty konnte sich nicht mehr dazu äußern. Jetzt wird mir auch klar, warum sie oft ins Blackwood Cottage kam. Sie interessierte sich nicht für das Haus, sondern für seinen Bewohner. Vielleicht hat sie auch mit ihm zusammengearbeitet.
ELLIS:	... oder sie hat ihn beschattet.
GREEN:	Ich sehe jedenfalls mit Genugtuung, dass Sie über dem Mord an Mary Jones jenen an Mildred Beaty nicht vergessen.
ELLIS:	Wenn meine Vergesslichkeit Ihre einzige Sorge ist, kann Ihre Genugtuung ruhig schlafen.

ELLIS lässt GREEN neben einem Bücherstand stehen und geht wortlos ab. GREEN bleibt noch ein wenig stehen und schlendert weiter über den Markt.

DIE HAUPTSTRASSE VON MELYNFFOREST. AUßEN. TAG.
JIM ELLIS geht eine Straße voller Menschen entlang und erblickt plötzlich, wie MRS. CORBY und DR. HALL ihm entgegenkommen. Beide sehen ihn nicht. ELLIS versteckt sich in einem Hauseingang. MRS. CORBY und DR. HALL sind offenbar im Streit und unterhalten sich aufgeregt. Man kann nicht verstehen, was sie sagen. DR. HALL packt MRS. CORBY am

Arm und sieht sie vorwurfsvoll an. Sie gehen
am Hauseingang, in dem ELLIS steht, vorbei
ohne ihn zu erkennen. Als sie weg sind, tritt
ELLIS aus dem Hauseingang und geht weiter.

VORZIMMER BÜRO CLIFFORD. INNEN. TAG.

Hinter dem Schreibtisch von Mary Jones sitzt
jetzt ein Sekretär namens FRED und arbeitet.
JIM ELLIS betritt das Vorzimmer.

ELLIS: Guten Tag.

FRED: Guten Tag, Sir. Was kann ich für Sie tun?

ELLIS: Jim Ellis. Ist Mr. Clifford zu sprechen?

FRED: Er hat leider Besuch. Sind Sie angemeldet?

ELLIS: Nein, aber vielleicht könnten Sie es trotzdem mal versuchen?

FRED steht auf und geht zur Tür von Mr. Clif-
ford und klopft. Unterdessen fällt JIM ELLIS
eine Akte auf, die auf dem Schreibtisch des
Sekretärs liegt. Darauf steht:

»Shanghai Hotel-Restaurant, Cardiff, Caroline Street«

FRED öffnet die Tür zu Cliffords Büro.

FRED: Entschuldigen Sie, Mr. Clifford. Ein Mr. Ellis möchte Sie sprechen.

FRED verschwindet in Cliffords Büro und
schließt die Tür. JIM ELLIS zieht unterdessen
die Akte mit dem Shanghai-Hotel an sich her-
an und sieht sich die Aufnahmen an, die darin
sind. Es handelt sich dabei um ein schäbiges,
heruntergekommenes Hotel im Hafenviertel
von Cardiff. Die Tür öffnet sich. CLIFFORD,
FRED und JULIE ANDREW kommen aus
Cliffords Büro. ELLIS schließt die Akte
schnell.

CLIFFORD: (*Zu JULIE ANDREW*) Ich danke Ihnen für Ihren Besuch, Miss Andrew. Ich bedaure nur, dass ich Ihnen nicht mehr sagen konnte.

ELLIS erkennt jetzt in JULIE ANDREW die at-
traktive Autofahrerin von vorhin, die ihn zum

Bremsen zwang.

JULIE: Aber ich bitte Sie, Mr. Clifford, Sie waren sehr hilfreich!

Jetzt sieht JULIE ANDREW auch JIM ELLIS.

ELLIS: Guten Tag.

JULIE: (*Charmant*) Oh, guten Tag …

CLIFFORD: Ach, Mr. Ellis! – Sie kennen sich bereits?

ELLIS: (*Nickt*) Allerdings.

ELLIS nähert sich JULIE und CLIFFORD. FRED
setzt sich wieder an seinen Schreibtisch.

ELLIS: … wenn auch inoffiziell. (*Zu JULIE*) Ihr Fahrstil ist recht eigenwillig.

JULIE: Danke für das Kompliment. … (*Streckt ihm die Hand hin*) Ich heiße Julie Andrew.

ELLIS: (*Gibt ihr die Hand*) Jim Ellis.

JULIE: Ich fahre übrigens immer so.

ELLIS: Aha …

JULIE: (*Zu CLIFFORD*) Auf Wiedersehen, Mr. Clifford.

CLIFFORD: (*Freundlich*) Auf Wiedersehen. (*Verbeugt sich vor JULIE ANDREW*)

JULIE: Auf Wiedersehen, Mr. Ellis.

ELLIS: Auf Wiedersehen!

JULIE ANDREW geht ab. Als sie draußen ist,
spricht CLIFFORD.

CLIFFORD: (*Zu ELLIS über Julie*) Sie ist sehr charmant … aber ein bisschen hartnäckig.

Er zeigt mit einer Handbewegung, dass ELLIS
das Büro betreten soll.

ELLIS: Was wollte sie denn?

CLIFFORD: Ach, sie ist Journalistin, sie war schon damals wegen der Belton-Affäre hier. Aber kaum läuft ein neuer Mord über die Fernschreiber, schon ist sie wieder da. Schneller, als die Polizei.

CLIFFORD und ELLIS gehen in Cliffords Büro.
ELLIS geht voraus, CLIFFORD folgt ihm und
schließt die Tür.

BÜRO CLIFFORD. INNEN. TAG.

ELLIS betritt das Büro und setzt sich auf die
Couch. CLIFFORD setzt sich auf einen Sessel.

CLIFFORD: Das muss ja gestern Abend ziemlich scheußlich für Sie gewesen sein.

ELLIS: Allerdings.

CLIFFORD: Inspektor Bird war heute Morgen hier. Man
liest von solchen Sachen in den Zeitungen,
aber wenn sie einem dann selbst passieren …
(*Nachdenklich*) Sozusagen in den eigenen
vier Wänden … (*Zu ELLIS*) Ich war ganz erstaunt, dass ausgerechnet Sie sie gefunden
haben!

ELLIS: Ich hatte mir Dawsons Grundstück angesehen
und war auf dem Rückweg.

CLIFFORD: (*Themenwechsel*) Wie finden Sie es?

ELLIS: Nicht schlecht. Da lässt sich etwas daraus
machen.

CLIFFORD: Bevor wir natürlich weiterverhandeln, müsste
ich erst mal abklären, ob Mr. Dawson das
Grundstück verkauft. … Und dann ist mir da
noch eine Möglichkeit eingefallen, wahrscheinlich sogar die bessere. Ich könnten Ihnen die Unterlagen bis morgen ins *Ivanhoe*
schicken.

ELLIS: In Ordnung. (*Pause*) Hat Ihnen Inspektor Bird
eigentlich erzählt, wie Mary Jones umgebracht wurde?

CLIFFORD: Ja … scheußlich! Also, wenn Sie mich fragen: Das ist ein Irrer!

ELLIS: Nicht wahr?

ELLIS steht auf und geht zur Tür.

CLIFFORD: … und derselbe, der auch Miss Belton umgebracht hat.

ELLIS: Der Verdacht liegt nahe.

Das Telefon klingelt.

CLIFFORD: Entschuldigen Sie bitte.

ELLIS: Lassen Sie sich nicht stören! Auf Wiederse-
           hen, Mr. Clifford.
ELLIS geht.

CARDIFF. TIGER BAY. AUßEN. TAG.

*JIM ELLIS spaziert die etwas heruntergekom-
mene Straße herunter, in der sich das Restau-
rant-Café Shanghai befindet. Das heruntergekommene Gebäude mit dem Lokal ist am Ende
der Straße. Links ist der Eingang zum Restau-
rant, rechts jener zum Café.*
*ELLIS versteckt sich plötzlich in einem Haus-
eingang, weil er jemanden gesehen hat: Die
Türe des Café Shanghai öffnet sich und JOHN
MILLER, der Hausdiener im Ivanhoe tritt heraus. Er sieht sich verstohlen um, zündet sich
eine Zigarette an und geht dann. Er hat JIM
ELLIS nicht bemerkt, der sich nach wie vor im
Hauseingang versteckt hält. Als MILLER weg
ist, tritt ELLIS hervor und betritt das Café
Shanghai.*

CAFÉ *SHANGHAI*. INNEN. TAG.

*JIM ELLIS öffnet die Tür zum Café. Ein dunk-
ler Laden, mit chinesischen Möbeln eingerichtet, sieht wie eine Spelunke und nicht sehr
einladend aus. In der Ecke steht eine Musikbox. Niemand ist im Lokal. Dann tritt plötzlich SMITH, ein in weißen Kellneranzug ge-
kleideter Ober in den Raum und kommt über
eine Treppe, die in ein Zimmer im ersten
Stock führt, herunter. SMITH ist ein schmieri-
ger, wortkarger, roher Typ und wirkt eher
ungepflegt.*
ELLIS: Guten Morgen.
SMITH: (*Spricht im Slang*) Morgen. Was soll es sein?
ELLIS: (*Überlegt*) Einen Tee, bitte.
SMITH geht hinter die Theke und bereitet den

96

Tee zu.

SMITH: Was dazu?

ELLIS: Nein, danke.

SMITH: Landurlaub, hm?

ELLIS: Stadturlaub!

SMITH: (*Lacht*) Ah.

*SMITH stellt den Tee auf die Theke. ELLIS hat
sich mittlerweile an die Theke gestellt.*

SMITH: Zucker?

ELLIS: Nein, danke.

SMITH: Sie sind wohl nicht von hier? Ich meine, aus Cardiff?

ELLIS: Nein. … Das Hotel hier soll zum Verkauf stehen, habe ich mir sagen lassen.

SMITH: (*Überrascht und misstrauisch*) Ja, das stimmt. Warum, interessiert Sie es?

ELLIS: (*Geht auf die Frage nicht ein*) Vielleicht könnten Sie mir behilflich sein.

SMITH: (*Lacht*) Ja. Das kommt darauf an …

*ELLIS hat ein Bündel Geldscheine hervorge-
holt. SMITH sieht mit großen Augen darauf.
ELLIS legt einen Geldschein auf die Theke. Es
handelt sich dabei um fünf Pfund.*

ELLIS: Ich suche einen Mr. Batman.

SMITH: Ja. Wer sind Sie?

ELLIS: Das ist unwichtig. Oder sagen wir besser: Ich bin ein Freund von Mary Jones.

*SMITH ist überrascht und lacht. Er geht zum
Telefon, das im Café steht und will den Hörer
abheben. Doch dann überlegt er es sich anders und geht in den Nebenraum zum Telefo-
nieren. JIM ELLIS nimmt einstweilen seinen
Tee und trinkt ihn. Er kann hören, wie SMITH
mit jemandem telefoniert, versteht aber nicht,
was gesagt wird. JIM ELLIS trinkt weiter aus
der Tasse. Dann kommt SMITH zurück in den
Raum.*

SMITH: Er ist in zehn Minuten hier.

ELLIS: Sehr freundlich.

*ELLIS stellt die Tasse auf die Theke, genau auf
den Fünfpfundschein, den er vorhin für SMITH
dorthin gelegt hat. SMITH will den fünf Pfund
schein herausziehen, dabei kippt er die Tasse,
in der sich noch etwas Tee findet, um und
verschüttet den Inhalt über ELLIS Hose. Offensichtlich hat er dies absichtlich getan.*

SMITH: Oh, Entschuldigung! ... Hoffentlich haben
                Sie nichts abgekriegt.

ELLIS: Nichts passiert ...

SMITH: Ich bringe Ihnen sofort einen neuen Tee.
                (*Steckt die Fünfpfundnote ein*) Und den
                Schein hier ... den darf man nicht vergessen!

*SMITH geht zum Teekessel und füllt neuen Tee
in die Tasse. Er sieht sich verstohlen um. EL-
LIS hat sich umgedreht. SMITH holt aus seiner
Tasche einen Beutel mit weißem Pulver und
schüttet den Inhalt in den Tee. Dann dreht er
sich um und stellt ELLIS die Tasse auf die Theke. ELLIS dreht sich wieder zu ihm. SMITH
lächelt ihn freundlich an.*

SMITH: So, bitte schön.

ELLIS zieht den Teebeutel aus dem Tee.

SMITH: Entschuldigen Sie, aber ich habe noch etwas
                zu erledigen.

Er lächelt und will gehen.

ELLIS: Haben Sie noch eine Sekunde, bitte?

*SMITH kommt zurück und stellt sich wieder
hinter die Theke. ELLIS hebt ein schweres
Bierglas von der Theke auf und hält es vor
SMITHs Gesicht so als ob etwas Besonderes
damit wäre. SMITH blickt fragend darauf und
sieht es sich an, entdeckt aber nichts. Er versteht nicht, was das Ganze soll.*

ELLIS: (*Hält das Glas weiter vor SMITHs Nase*) Na?

SMITH versteht nicht, was JIM ELLIS will.

SMITH: Was ist denn damit?

Jetzt dreht ELLIS das Bierglas in Windeseile um und schlägt damit mit voller Wucht auf SMITHs Handfläche, mit der SMITH sich an der Theke abgestützt hat. SMITH schreibt vor Schmerzen laut auf. JIM ELLIS drückt das Glas während des folgenden Dialogs mit aller Kraft auf SMITHs Handfläche. SMITH schreit mehrfach vor Schmerzen. ELLIS hat jetzt einen ernsten, wütenden Blick.

ELLIS: (*Ernst, versteht keinen Spaß*) Austrinken!

SMITH: (*Voller Schmerzen*) Was?

ELLIS: (*Nachdrücklich*) Den Tee!

SMITH: (*Keucht, ihm tut die Hand entsetzlich weh*) Warum?

ELLIS: Austrinken!!!!

SMITH reagiert nicht. ELLIS schlägt erneut mit voller Kraft auf das Glas und drückt es noch fester auf die Handfläche. SMITH hat große Schmerzen und jammert. ELLIS nimmt jetzt die Tasse und führt sie mit der linken Hand zu SMITHs Mund, während er mit der rechten Hand weiter das Glas auf SMITHs Hand drückt. SMITH trinkt aus der Tasse, bis sie leer ist. Dann sackt er zusammen. ELLIS wirft ihn zurück hinter die Theke. Er sackt in der Ecke zusammen.

ELLIS: (*Ernst*) Wer ist Batman?

SMITH: (*Hält sich die Hand und reibt sie vor Schmerzen*) Er ist der Besitzer. Ihm gehört alles hier.

ELLIS: Was noch? (*Versteht keinen Spaß*) Einzelheiten!

SMITH: (*Verliert das Bewusstsein*) Ihm gehört …

ELLIS: Was???

SMITH: (*Wird langsam ohnmächtig*) … alles … hier …

ELLIS: Was gehört ihm? Was macht er?

SMITH: Er … macht … Geschäfte …

ELLIS: Was für Geschäfte?

SMITH: Große Ge...

Jetzt sackt SMITH komplett zusammen.

ELLIS: Sagen Sie ihm, ich bin ein Kunde.

SMITH ist jetzt ohnmächtig, hat die Worte aber noch gehört. ELLIS sieht sich um und verlässt das Café.

CARDIFF. TIGER BAY.
VOR DEM CAFÉ *SHANGHAI*. AUßEN. TAG.

ELLIS kommt aus dem Café Shanghai. Er geht über die Straße in eine Telefonzelle, von der aus er das Café im Auge behalten kann. Er nimmt den Hörer ab und tut so, als ob er telefoniere. Plötzlich hält ein schwarzer Mercedes vor dem Café. Ein Mann in dunklem Mantel und schwarzem Hut steigt aus. Es handelt sich dabei um FRANK BATMAN. Normale Statur, mittelgroß, kahler Kopf. Er ist um die 45 Jahre alt. BATMAN geht zur Eingangstür des Cafés und betritt es. ELLIS tut weiterhin so, als ob er telefoniere und beobachtet die Szene weiterhin genau.

CAFÉ *SHANGHAI*. INNEN. TAG.

FRANK BATMAN betritt das Café und sieht sich um. Es ist leer.

BATMAN: Smith?

Keine Antwort. BATMAN sieht sich weiter um und geht dann zur Theke. Dahinter entdeckt er den bewusstlosen Smith, der am Boden liegt.

BATMAN: Also, sowas …

BATMAN kniet sich zu SMITH hinunter und schlägt ihm auf die Wangen.

BATMAN: He! Wach auf!

SMITH beginnt seinen Kopf zu bewegen. Er kommt allmählich wieder zu Bewusstsein.

BATMAN: (*Versteht keinen Spaß*) Was ist passiert?

SMITH lallt einige unverständliche Worte.

BATMAN packt ihn daraufhin, hebt ihn hoch
und hält ihn am Kragen.

BATMAN: (*Forsch, nachdrücklich*) Was ist passiert???

SMITH: Er … hat … mir … die Hand kaputt gemacht.

BATMAN: (*Fährt ihn an*) Wer?

SMITH: (*Sagt etwas Unverständliches, ist zu schwach,
            dann*) Er muss gesehen haben … wie ich das
            Zeug in die Tasse geschüttet habe.

BATMAN: (*Forsch*) Interessiert mich nicht. Wer es war,
            will ich wissen?

SMITH: (*Im Dämmerzustand*) Weiß nicht … Nie ge-
            sehen!

BATMAN nimmt eine Flasche Tonic, öffnet sie,
hält den Daumen auf die Flasche, schüttelt
sie, dann nimmt er den Daumen weg und hält
die Flasche vor SMITHs Gesicht. Der Inhalt
spritzt SMITH nun genau ins Gesicht. Dadurch
wird er munter.

BATMAN: (*Mit gefährlichem Unterton*) Wie sah er aus?

SMITH hat die »Dusche« nicht gefallen.

SMITH: Blond … Grauer Anzug … Blaues Hemd.

BATMAN: Idiot!

BATMAN steht auf und leert SMITH, der immer
noch am Boden sitzt, nun den ganzen Inhalt
der Flasche über den Kopf. Dann geht er.

CARDIFF. TIGER BAY.
VOR DEM CAFÉ *SHANGHAI*. AUßEN. TAG.

ELLIS steht immer noch in der Telefonzelle.
BATMAN kommt aus dem Laden und steigt in
seinen Mercedes. Er startet den Wagen und
fährt weg. JIM ELLIS sieht ihm nach. Dann
hängt er den Hörer auf und geht.

CARDIFF. INNENSTADT.
EINE BEFAHRENE KREUZUNG. AUßEN. TAG.

Der Mercedes von BATMAN nähert sich der
Kreuzung und hält vor einer roten Ampel. JIM

ELLIS sitzt jetzt auch in seinem Wagen und hält in der Nebenspur. BATMAN sitzt hinter dem Steuer und raucht eine Zigarre. Er trägt seinen Hut. ELLIS beobachtet ihn, holt seine als Feuerzeug getarnte Kamera heraus und macht damit Fotos von BATMAN, während er so tut, als ob er sich eine Zigarette anzündet. Es wird grün, beide Autos fahren weiter. ELLIS hat die Aufnahmen gemacht.

MELYNFFOREST.
LANDSTRAßE ZUM HOTEL *IVANHOE*. AUßEN. TAG.

JIM ELLIS kommt die Straße entlang gefahren. Sie ist einspurig. Auf dem Weg steht Julie Andrews' Wagen. Die Fahrertür ist geöffnet. ELLIS kommt am Wagen nicht vorbei. Er hält, steigt aus, um zu sehen, was los ist. Als er am Wagen von Julie ist, kommt JULIE im Hintergrund hinter einem Baum hervor und wirft einen Stein vor den Wagen. ELLIS dreht sich um. JULIE hat ihre Sofortbildkamera in der Hand und macht eine Aufnahme vom sichtlich verärgerten ELLIS.

JULIE: (*Freundlich*) Hallo, Mr. Ellis!

JULIE zieht das Foto aus der Kamera. ELLIS sagt nichts.

JULIE: Das dürfte ein beeindruckendes Foto werden!

Sie ist jetzt bei ihm am Wagen.

ELLIS: Könnten Sie mir mal erklären …

JULIE: (*Unterbricht ihn*) Das ist eine Autofalle und sie sind prompt darauf hereingefallen!

ELLIS: Woher wussten Sie, dass ich …?

JULIE: Ich habe Sie kommen gesehen!

ELLIS: Dann müssen Sie aber sehr gute Augen haben!

JULIE: Ich würde eher sagen: ein scharfes Fernglas!

JULIE nimmt jetzt das Foto in die Hand und hält es hoch.

JULIE:	Ich glaube, es dürfte jetzt fertig sein! (*Sieht es sich an*) Oh ja! Ganz entzückend!
ELLIS:	(*Ironisch*) Damit können Sie mich natürlich erpressen!
JULIE:	(*Charmant*) Genau das will ich auch! Ich tausche es gegen ein Gespräch mit Ihnen!
ELLIS:	(*Lacht*) Sie haben mich ja in der Hand!

JULIE grinst und geht zu ihrem Wagen.

MELYNFFOREST.
EIN WEG ENTLANG DER FELDER. AUßEN. TAG.

JULIE und ELLIS machen einen Spaziergang, währenddessen sich das folgende Gespräch abspielt.

JULIE:	Ich bin zwar Journalistin, aber Sie brauchen keine Angst zu haben, dass ich Sie in einem Sensationsartikel verbrate. Ich bin keine Kriminalberichterstatterin. Ich schreibe seriösere Sachen. Meine Zeitung hat mich hierher geschickt, damit ich mir den Fall Mary Jones genauer ansehe. Ich war nämlich vor ein paar Wochen hier und habe damals über den Mord an Elaine Belton berichtet. Ich hatte aber auch meine ganz besonderen Gründe dafür: Ich kannte sie nämlich ganz gut.
ELLIS:	(*Interessiert*) Ach ja?
JULIE:	Wir wohnten zusammen im gleichen Hotel zur gleichen Zeit. Für mich steht eigentlich ziemlich fest, dass diese beiden Morde zusammenhängen und eine Verbindung haben.
ELLIS:	Das ist an sich zu vermuten in einer so kleinen Stadt wie hier.
JULIE:	So einfach ist das auch wieder nicht ... Ich denke an die gemeinsamen Faktoren der beiden Fälle.
ELLIS:	Weil es sich um zwei weibliche Opfer gehandelt hat?
JULIE:	Hören Sie mal, tun Sie so oder sind Sie so beschränkt? ... Ich meine tieferliegende, kri-

	minalistische Gründe.
ELLIS:	(*Tut so, als ob er keine Ahnung hat*) Und was wäre das Tieferliegende, Kriminalistische?
JULIE:	Blackwood Cottage ...
ELLIS:	Blackwood Cottage? ... Davon habe ich gehört. Dieser Immobilienmakler Mr. Clifford ...
JULIE:	(*Unterbricht ihn*) Ja, eben ... Elaine Belton hat sich für Blackwood Cottage interessiert. Da es ein Objekt von Mr. Clifford ist und da Mary Jones dort beschäftigt war, besteht doch ein seriöser Zusammenhang, oder nicht?
ELLIS:	(*Denkt nach*) Doch ... (*Nickt*) Ja. (*Pause*) Sonst noch ein Faktor?
JULIE:	Sagen Sie mal, wer fragt hier eigentlich wen aus? Ich wollte doch eigentlich Sie interviewen!

JULIE macht jetzt mit ihrer Kamera ein weiteres Foto von JIM ELLIS.

JULIE:	Bleiben Sie mal stehen.
ELLIS:	(*Lacht*) Lassen Sie das doch ... Ich weiß von dieser ganzen Sache wenig, denn ich bin aus ganz anderen Gründen hier.
JULIE:	(*Neugierig*) Was machen Sie denn? Für wen arbeiten Sie?
ELLIS:	Ich arbeite für das Beratungsbüro Industrieansiedlung, weil unter Umständen in Wales die Industriekapazitäten noch ausgebaut werden.
JULIE:	(*Interessiert, macht weitere Fotos von ELLIS*) Aha ... Ich verstehe.
ELLIS:	Hören Sie mal, ... diese Miss Elaine ...?
JULIE:	Elaine Belton?
ELLIS:	Elaine Belton! Was war das für eine Frau?
JULIE:	Sie war eine sehr interessante Frau, fand ich. Sie lebte lange in Asien und kannte sich sehr gut dort aus.
ELLIS:	Tatsächlich? (*Themenwechsel*) Waren Sie hier, als der Mord passierte?

JULIE:	Nein, ich bin ein paar Tage zuvor nach London zurückgefahren. Aber als die Redaktion herausfand, dass ich sie kannte, schickten sie mich zur Berichterstattung und zur Recherche wieder hierher zurück.
ELLIS:	Haben Sie mal ein Foto von Blackwood Cottage gemacht?
JULIE:	Was sollte ich denn damit? Das war damals noch kein Hauptfaktor! Es war ein lebloses Ding für mich …
ELLIS:	Leblos? Man hat mir erzählt, dass ein älterer Herr dort gewohnt hätte.
JULIE:	Sie meinen Mr. Higgins?
ELLIS:	(*Nickt*) Richtig. Mr. Higgins, ja. Er hat doch dort gewohnt, oder?
JULIE:	Ja, aber er war ziemlich harmlos. Er hatte erstens ein festes Alibi und ist zweitens gleich danach abgereist.
ELLIS:	Also, wenn ich Sie mal bitten darf … Unterbrechen Sie mich nicht gleich wieder, wenn ich mich in ihre kriminalistischen Fähigkeiten einmische, aber …
JULIE:	Tue ich das?
ELLIS:	Ja. (*Spricht weiter*) Warum machen Sie nicht etwas aus Higgins? Bauen Sie ihn doch noch ein bisschen auf. Sagen Sie einfach allen Leuten, dass sie noch ein Foto hätten, auf dem Higgins vor Blackwood Cottage zu sehen ist … Schon haben Sie Ihren Faktor!
JULIE:	Ich weiß nicht … Als Landvermesser – oder was immer Sie sein mögen – haben Sie ja sicherlich Fähigkeiten … Aber als Detektiv? Ich weiß nicht so recht …

POLIZEISTATION MELYNFFOREST. INNEN. TAG.
INSPEKTOR BIRD steht hinter seinem Schreibtisch und macht sich ein paar Notizen. Dann blättert er eine Akte durch. SERGEANT BLAIN

ist auch im Raum und sitzt an einem anderen
Tisch, ebenfalls mit Akten.

BIRD: Also ich weiß nicht … Diese Geschichte von diesem Ellis gefällt mir nicht. (*Ungläubig*) Er behauptet, er hätte sich den Arm an der Gangschaltung verletzt …

BIRD schließt die Akte und legt sie auf Blains
Tisch.

BLAIN: Es scheint aber zu stimmen, wir haben Blut an der Gangschaltung gefunden.

BIRD: Von wo haben Sie ihn abgeschleppt?

BLAIN: Von einem Waldweg nicht weit von Blackwood Cottage.

BIRD raucht jetzt seine Pfeife.

BIRD: Das würde übereinstimmen mit der Aussage von diesem Lastwagenfahrer.

BLAIN: Er sagte ja, er war ziemlich verstört, als er die Leiche gefunden hat.

BIRD: Was heißt das schon? … Einen Mord begehen, zurückkehren und sich einen Zeugen suchen und verstört die Leiche entdecken ist auf jeden Fall intelligenter, als einen Mord zu begehen und die Flucht zu ergreifen. … Und dumm ist derjenige, den wir suchen, sicherlich nicht. Erst Elaine Belton und jetzt Mary Jones. … Nicht die Spur von einer Spur.

BLAIN hat eine Kartei mit Fingerabdrücken
vor sich.

BLAIN: Vielleicht bringen uns die Fingerabdrücke an Mary Jones' Wagen etwas weiter.

BIRD: (*Nickt*) Hm. … Haben Sie Ellis verständigt?

BLAIN: Ja. … Er müsste eigentlich schon hier sein. … (*Wechselt das Thema*) Wissen Sie übrigens schon, dass unsere vielgeliebte Reporterin Julie Andrew wieder hier ist?

BIRD: (*Entsetzt*) Auch du meine Güte, die hat mir gerade noch gefehlt!

BLAIN: Sie wohnt im Hotel *Ivanhoe* wie unser Freund

Ellis.

BIRD: (*Mitfühlend*) Der Ärmste. Diese Quasseltante ist wirklich eine harte Strafe.

Ein SERGEANT kommt in den Raum.

SERGEANT: (*Zu INSPEKTOR BIRD*) Sir, Mr. Ellis ist da.

BIRD: Gut, holen Sie ihn herein!

Der SERGEANT will gehen.

BIRD: Haben Sie seine Fingerabdrücke genommen?

SERGEANT: (*Nickt*) Habe ich. Sie gehen sofort ins Labor.

Der SERGEANT geht, auch BLAIN steht auf und geht.

BIRD: Blain, lassen Sie gleich die Fingerabdrücke von Ellis mit jenen an Mary Jones' Wagen vergleichen.

BLAIN: (*Im Gehen*) Ja, das mache ich selbst.

BLAIN geht ab, BIRD zieht sich sein Jackett an und geht hinter seinen Schreibtisch. ELLIS kommt herein und grüßt SERGEANT BLAIN, der gerade geht. BLAIN grüßt zurück und geht dann. ELLIS wischt sich mit einem Taschentuch seine Hände ab, die von der Fingerabdrucknahme ganz schwarz sind.

ELLIS: (*Zu BIRD*) Guten Morgen!

BIRD: Guten Morgen, Mr. Ellis!

ELLIS: Es tut mir leid, aber ich kann Ihnen leider meine Hand nicht geben, weil Ihre Beamten sich erfolgreich mit meinen Fingerspitzen amüsiert haben.

BIRD: Ja. Das ist immer so bei der Polizei. (*Er zeigt auf den Sessel vor seinem Schreibtisch*) Bitte, nehmen Sie Platz!

BIRD setzt sich, ELLIS auch.

Es entsteht eine lange Pause, BIRD sieht sich den Akt nochmals durch. Dann liest er daraus vor.

BIRD: (*Im Amtston*) Sie heißen Jim Ellis, sind zur Zeit wohnhaft im Hotel *Ivanhoe*, Melynfforest.

ELLIS:	Ist das ein Verhör?
BIRD:	(*Formal*) Mal sehen. … (*Liest weiter*) Sie sind beim Beratungsbüro Industrieansiedlung beschäftigt.

ELLIS holt eine Visitenkarte aus der Jacke.

ELLIS:	Wenn ich Ihnen hier meine Karte geben darf?

Er gibt BIRD die Karte, BIRD nimmt sie entgegen.

BIRD:	Bei Ihrer Tätigkeit kommt man ziemlich viel herum, was?
ELLIS:	Bei Ihrer nicht?
BIRD:	(*Lächelt*) Hm. (*Ernst*) Sie waren also in der Mordnacht am Tatort …
ELLIS:	(*Unterbricht*) Ich war am Tatort … (*Nachdrücklich*) Aber erst nachdem der Mord geschehen war!
BIRD:	Ja, ja, habe ich etwas anderes gesagt?
ELLIS:	(*Unschuldig*) Nein, das haben Sie nicht.

Das Telefon klingelt. BIRD hebt genervt den Hörer ab.

BIRD:	(*Unfreundlich ins Telefon*) Ich habe doch ausdrücklich gebeten … (*Unterbricht*) Was? Wer? … Oh? Sind Sie sicher? Ja, ich übernehme. … Inspektor Bird. (*Sehr respektvoll*) Guten Morgen, Sir. Danke, Sir. Ja, wir sind gerade dabei, Sir. … Ich verstehe nicht ganz, Sir. … Ja, gewiss, Sir. … Ich verstehe. … Aber selbstverständlich! Auf Wiederhören, Sir.

Er hängt den Hörer ein. In diesem Moment kommt SERGEANT BLAIN mit den Fingerabdrücken herein.

BLAIN:	Inspektor, wir haben die Fingerabdrücke …
BIRD:	(*Unterbricht BLAIN und fährt ihn unfreundlich an*) Die können Sie in den Ofen schieben! Wir brauchen die Fingerabdrücke nicht mehr.
BLAIN:	(*Versteht nicht*) Wie bitte?
BIRD:	(*Entschuldigt sich*) Entschuldigen Sie, Blain!

108

(*Zu ELLIS*) Entschuldigen Sie, Mr. Ellis.

BLAIN geht, er versteht nicht, was los ist.

ELLIS: (*Freundlich*) Alles in Ordnung!

BIRD: (*Ein Moment, dann*) Ich habe Sie herbitten lassen, Mr. Ellis, um Ihnen noch einige Fragen zu stellen und Ihre Fingerabdrücke zu nehmen.

ELLIS: (*Lacht*) ... die Sie jetzt in den Ofen schieben wollen?

BIRD: Ja, es tut mir leid, aber ich wusste noch nicht Bescheid über die Zusammenhänge.

ELLIS: Das ist doch klar.

BIRD zerreißt die Unterlagen über ELLIS.

BIRD: Das am Telefon eben war der Chefkommissar. Er hat mich angewiesen, Ihnen in jeder Hinsicht behilflich zu sein.

ELLIS: Ich weiß.

BIRD: Er hat mich angewiesen, Ihnen keinerlei Fragen zu stellen und er hat mich drittens angewiesen, jede Ihrer Fragen zu beantworten. Somit läuft der Hase jetzt anders herum. Also, schießen Sie los.

ELLIS holt aus seiner Tasche zwei Fotos von FRANK BATMAN.

ELLIS: Dann möchte ich Sie zunächst bitten, alles über diesen Mann in Erfahrung zu bringen.

BIRD nimmt die Fotos.

BIRD: Wer soll das sein?

ELLIS: Ein gewisser Batman. Vorname: Frank. Offensichtlich ist er ein einflussreicher Mann in Tiger Bay.

BIRD notiert sich den Namen.

BIRD: (*Schreibt*) B-a-t-m-a-n.

ELLIS: Die Wagennummer habe ich Ihnen auf der Rückseite des Fotos notiert.

BIRD dreht die Fotos um und notiert.

BIRD: EJL 281 J.

ELLIS: Irgendwie gehört der Mann dazu.

BIRD:	Zum Fall Mary Jones meinen Sie?
ELLIS:	Zu Mary Jones <u>und</u> Elaine Belton.
BIRD:	Sie glauben also auch, dass die beiden Fälle zusammenhängen?
ELLIS:	Absolut.

ELLIS steht auf, geht zum Waschbecken und wäscht sich die Hände.

ELLIS:	Mein lieber Bird, ich hätte jetzt ein paar Fragen. ... Als der Mord an Elaine Belton geschah – ich war damals noch nicht hier –, wohnte in Melynfforest ein älterer Herr namens Higgins ...
BIRD:	Ja, das stimmt. Der Amerikaner! Er hatte sich ein Cottage gemietet, Blackwood Cottage. Er gehört auch zu jenen, die wir ausführlich verhört haben, weil er Elaine Belton kannte.

ELLIS trocknet sich die Hände ab.

ELLIS:	Hat er Elaine Belton schon gekannt, bevor er hierher gekommen ist?
BIRD:	Er behauptete nein. Er habe sie hier das erste Mal getroffen, weil sie das Cottage kaufen wollte. Sie kam zwei Tage nach ihm an. Ja, zwei Tage ...
ELLIS:	(*Nachdenklich*) Zwei Tage nach ihm ... Wissen Sie genau, wann dieser Higgins abgereist ist? Und wohin?
BIRD:	Ja, das war ... genau genommen wissen wir das nicht. Wir haben ihn am Tag nach dem Mord verhört. Abends rief er an und fragte, ob er abreisen dürfe. Er hatte ein einwandfreies Alibi. Ich glaube, er wollte über London in die Staaten zurückfliegen.
ELLIS:	Haben Sie das überprüft?
BIRD:	Nein, dazu gab es keinen Grund.
ELLIS:	... und wenn ich Sie bitten würde, dies nachzuholen?
BIRD:	Selbstverständlich. Aber darf ich fragen warum?

ELLIS: (*Lächelt*) Nein.

IM HOTEL *IVANHOE*. WINTERGARTEN. INNEN. TAG.
Der Hausdiener JOHN MILLER räumt herum-
liegende Zeitschriften auf und sortiert sie.
Hinter ihm steht PHILIP COOPER. Die Atmo-
sphäre während des Gesprächs ist sehr ange-
spannt.

MILLER: Ich habe es Ihnen doch schon gesagt, Sir. Ich
                 habe es nicht …

COOPER: Aber Sie müssen doch …

MILLER: Ich habe es nicht gesehen.

COOPER: Man wird sich doch noch erkundigen dürfen,
                 oder?

MILLER: Ich öffne keine Schubladen der Gäste. Ich
                 schnüffle nicht herum.

COOPER: (*Entsetzt*) Das habe ich ja auch gar nicht un-
                 terstellen wollen!

MILLER: Ach nein? Warum fauchen Sie dann immer-
                 zu?

COOPER: Ich habe gedacht, Sie haben es vielleicht ir-
                 gendwo gesehen. Es wäre ja nicht das erste
                 Mal, dass hier …

MILLER: (*Unfreundlich*) Seit achteinhalb Jahren arbeite
                 ich hier, Sir. Und noch nie hat ein Gast meine
                 Ehrlichkeit in Zweifel gezogen.

COOPER: Das habe ich auch nicht behauptet.

MILLER: … und wenn ich das noch hinzufügen darf,
                 Sir … die achteinhalb Jahre hier haben mich
                 auch gelehrt, dass Unehrlichkeiten, die immer
                 wieder dem Personal in die Schuhe geschoben
                 werden, in Wirklichkeit gar nicht so selten
                 von den Gästen ausgegangen sind.

MILLER hat die Zeitungen fertig sortiert und
geht Richtung Ausgang.

COOPER: (*Entsetzt*) Was soll das heißen, was wollen
                 Sie damit andeuten?

MILLER: Verzeihung Sir, ich wollte nichts andeuten,

	sondern nur eine allgemeine Lebenserfahrung ausdrücken.
COOPER:	(*Wütend*) Das ist eine Unverschämtheit! Ich habe sehr wohl verstanden, worauf Sie hinauswollen! Ich werde mich bei Mrs. Corby beschweren!
MILLER:	Tun Sie das, Sir. (*Als Nachsatz*) Ich weiß, was ich weiß.

MILLER lässt COOPER stehen und geht ab.
COOPER ist jetzt im Foyer. Über die Treppe
kommen MRS. CORBY und JULIE ANDREW her-
ab. COOPER zieht sich einstweilen seinen
Mantel an. MRS. CORBY und JULIE unterhalten
sich.

MRS. CORBY:	(*Zu JULIE*) Also, wenn Sie mich fragen ... Wer sich in Gefahr begibt, kommt darin um!
COOPER:	(*Zu JULIE*) Na, auch wieder hier, Miss Andrew?

JULIE freut sich ihn zu sehen und begrüßt ihn.

JULIE:	Hallo, Mr. Cooper!
COOPER:	Wenigstens ein reizender Anblick in dieser trostlosen Welt.
JULIE:	Warum denn trostlos? Ich finde es eigentlich sehr interessant …
MRS. CORBY:	(*Unterbricht, zu COOPER*) Ich habe Miss Andrew gerade von dieser grässlichen Geschichten erzählt. … Glücklicherweise betrifft es uns dieses Mal nicht direkt.
COOPER:	(*Zu JULIE*) Ihr letztes Foto von mir war ja nicht gerade besonders schmeichelhaft!

JULIE lacht.

JULIE:	Da soll noch einmal einer sagen, Frauen seien eitel. (*Sie nimmt ihre Kamera*) Kommen Sie, wir machen gleich ein besseres von Ihnen.
COOPER:	(*Will nicht*) Nein, nein, so eilig ist es ja nicht.
JULIE:	Na gut, dann ein anderes Mal. (*Zu beiden*) Ciao!
COOPER:	(*Lacht*) Ciao!

JULIE geht ab.

MRS. CORBY: (*Besorgt*) Mr. Cooper? ... Sagen Sie, Mr. Cooper, haben Sie vielleicht zufällig Dr. Hall gesehen?

COOPER: (*Interessiert*) Nein, warum?

MRS. CORBY: Jemand hat schon zwei Mal aus Liverpool angerufen. Ich hatte den Eindruck, dass es dringend ist.

COOPER: Aha. Haben Sie im Golfclub nachgefragt?

MRS. CORBY: Ja, John hat schon überall herumtelefoniert, aber dort ist er auch nicht.

COOPER: Er ist nicht auf dem Golfplatz? ... Das finde ich allerdings beunruhigend!

MRS. CORBY lacht. Sie tritt näher an COOPER heran.

MRS. CORBY: Mr. Cooper?

COOPER: Ja?

MRS. CORBY: Was bedeutet »Gwenadine«?

COOPER: Warum fragen Sie?

MRS. CORBY: Bitte Sagen Sie mir, Mr. Cooper ... Wer ist Gwenadine?

COOPER: Wer? ... *Gwenadine* ist ein altes Waliser Volkslied, Mrs. Corby. Das müssten Sie doch am besten wissen.

COOPER geht. MRS. CORBY bleibt mit fragendem Blick zurück.

VOR DEM HOTEL *IVANHOE*. AUßEN. TAG.

Vor dem Hotel fährt ein Taxi vor. Es hält direkt vor dem Eingang. Auf der Rückbank sitzt DR. HALL, der aussteigt. Er holt die Brieftasche heraus und bezahlt den TAXIFAHRER. Zur gleichen Zeit kommt COOPER aus dem Hotel. Er trägt jetzt Mantel und Kappe.

COOPER: (*Zu DR. HALL*) Dr. Hall, da waren zwei Anrufe für Sie! Wo haben Sie denn gesteckt?

Das Taxi fährt ab. DR. HALL geht auf COOPER zu.

113

DR. HALL:	Ich habe Bekannte getroffen, die zu dem Golfplatz in Tumsey fuhren. Da habe ich mich angeschlossen.
COOPER:	(*Misstrauisch*) Ohne Ihre Golfschläger?
DR. HALL:	Die habe ich mir dort ausgeliehen. (*Er zählt nebenbei das Wechselgeld. Als Nachsatz*) Sagen Sie, zwei Anrufe?
COOPER:	Ja. Aus Liverpool. Mrs. Corby hat Sie überall gesucht!
DR. HALL:	So? Tut mir leid. (*Plötzlich*) Danke einstweilen. Wir sehen uns nachher beim Essen!

Jetzt sieht man, dass sich JULIE ANDREW hinter einem Busch versteckt hat. Sie hat wohl vor dem Hotel ein wenig gewartet und hat den Fotoapparat in der Hand. Sie macht nun aus der Entfernung ein Foto der beiden Männer.

JULIE:	(*Kommt aus Ihrem Versteck*) Hallo, Dr. Hall! Mr. Cooper! Bleiben Sie doch einen Moment so stehen.

Die beiden Männer wissen nicht so recht, was sie tun sollen und lächeln verschmitzt. JULIE macht ein paar Fotos von ihnen.

JULIE:	Fabelhaft! Großartig.

DR. HALL gefällt es offensichtlich nicht. Er will gehen.

JULIE:	Nicht weggehen, Dr. Hall! Sie sind viel seriöser, wenn Sie stehen bleiben.

JULIE macht weitere Fotos von DR. HALL.

JULIE:	Bitte lächeln!

DR. HALL lächelt unsicher. Er fühlt sich offensichtlich unwohl dabei.

JULIE:	Ja, fabelhaft! Großartig. (*Macht weitere Fotos, dann beiläufig*) Ich habe mich übrigens gestern mit Jim Ellis unterhalten ... über diesen Amerikaner ... diesen Higgins ... (*Beide Männer schauen ernst*) ... und dabei ist mir eingefallen, dass ich noch einen Film hier in der Kamera habe. Ich habe ihn damals nicht

entwickeln lassen, weil nur Landschaften drauf waren. Aber es müsste auch noch ein Foto von ihm drauf sein. ... Von Higgins! (*Macht weitere Fotos der Männer*) So! Großartig! Wollen Sie noch weitere Fotos?

COOPER: (*Entschieden*) Nein, nein, nein! Das wäre ja ungalant. Ein ganzer Film voll alter Männer! Was für eine schreckliche Vorstellung! (*Greift nach JULIES Fotoapparat*) Sie gestatten?

JULIE: (*Gibt COOPER den Apparat*) Können Sie damit umgehen?

COOPER nimmt den Fotoapparat.

COOPER: Aber ja ...

JULIE: (*Zeigt COOPER, wo er abdrücken muss*) Sie müssen hier drauf drücken!

COOPER: Ja! (*Macht ein Foto von JULIE ANDREW und gibt ihr den Fotoapparat zurück*) Hier, bitte!

JULIE: Dankeschön!

JULIE lacht.

IM HOTEL *IVANHOE*. EMPFANG. INNEN. TAG.

DR. HALL und MRS. CORBY kommen herein.

DR. HALL: (*Vorwurfsvoll zu MRS. CORBY*) Zwei Anrufe aus Liverpool ... Ja, ich weiß, ich weiß ... Alle Welt weiß es! ...

Beide bleiben stehen.

DR. HALL: (*Unfreundlich*) Was fällt dir ein, jedermann zu erzählen, woher ich meine Anrufe bekomme?

MRS. CORBY: (*Kein Verständnis*) Ich habe doch nur ... Was ist denn dabei?

DR. HALL: Ich habe dir doch weiß Gott oft genug gesagt, dass du dich nicht in mein Privatleben einmischen sollst! (*Interessiert*) Hat man eine Nachricht hinterlassen?

MRS. CORBY: Nicht direkt. Nur, dass du zurückrufen sollst. Es ginge um Gwenadine.

DR. HALL:	(*Unschuldig*) Gwenadine? (*Denkt nach, dann fällt ihm etwas ein*) Ach ja, das ist eine frühere Patientin von mir. (*Plötzlich interessiert zu MRS. CORBY*) Hast du diesen Namen vielleicht auch unter die Leute gebracht?
MRS. CORBY:	Natürlich nicht. Aber was wäre gewesen, wenn …
DR. HALL:	Dann brauchst du dich auch nicht zu entschuldigen.

JOHN MILLER kommt lautlos die Treppe herunter.

DR. HALL:	(*Unfreundlich, zu MILLER*) Was machen Sie denn hier? Haben Sie etwa gelauscht?
MILLER:	Ich bin auf dem Weg in die Küche, Sir.
DR. HALL:	(*Plötzlich sehr formell und distanziert zu MRS. CORBY, so als ob sie kein Verhältnis miteinander hätten*) Also, wie gesagt, Mrs. Corby, vielen Dank!

DR. HALL geht die Treppe hinauf.

MRS. CORBY:	(*Zu JOHN MILLER*) Ach, John, nehmen Sie doch gleich die alten Blumen mit in die Küche!
MILLER:	(*Folgsam*) Jawohl, Mrs. Corby.

MILLER geht ab.

IM GARTEN DES HOTELS *IVANHOE*. AUßEN. NACHT.
*JULIE ANDREW und JIM ELLIS sitzen entspannt
auf einer Hollywoodschaukel und unterhalten
sich. Im Haus brennt Licht. Eine Gaslampe
erhellt auf einem kleinen Tischchen den Garten.*

JULIE:	Sehen Sie, so ist das … Sie suchen Grundstücke und ich suche die Wahrheit. So hat jeder sein Spezialgebiet.

Im Hintergrund hält ein Wagen vor dem Hotel.

JULIE:	(*Plötzlich*) Übrigens, Ihre Idee hat mich einen ganzen Film gekostet!

ELLIS sagt kein Wort.

116

JULIE: Hören Sie mir überhaupt zu?

Jemand steigt aus dem Wagen, der Wagen
fährt weiter.

ELLIS: (*Geistesabwesend*) Ja, immer.

JULIE: Sind Sie müde?

ELLIS: Immer!

JULIE: (*Sarkastisch*) Das ist ja fabelhaft! Das wird ein toller Abend!

ELLIS lacht. Jetzt sieht man, dass es INSPEK-
TOR BIRD war, der aus dem Wagen gestiegen
ist. Er nähert sich der Hollywoodschaukel.
JULIE erkennt BIRD.

JULIE: (*Zu BIRD, sehr freundlich*) Hallo! Wer kommt denn da? Mein Freund, Inspektor Bird! Setzen Sie sich zu uns, kommen Sie!

BIRD: Guten Abend!

INSPEKTOR BIRD setzt sich zu ihnen auf die
Hollywoodschaukel.

JULIE: (*Als Seitenhieb*) Wenn Jim Ellis und ich alleine sind, langweilen wir uns ohnehin nur!

BIRD sitzt still da. ELLIS sagt kein Wort. JULIE
versteht, dass die beiden Männer miteinander
sprechen wollen.

JULIE: Ach so, ich soll Sie alleine lassen? Bitte sehr! Aber selbstverständlich …

BIRD: (*Beschwichtigt*) Aber nicht doch …

JULIE: Nein, nein, ich habe schon verstanden. (*Sie steht auf*) Gute Nacht und auf Wiedersehen!

JULIE geht.

ELLIS: (*Zu JULIE*) Auf Wiedersehen!

BIRD: (*Zu ELLIS, leise*) Na hoffentlich nicht! Die redet mir zu viel!

JULIE ist weg.

BIRD: Ihr Mr. Batman … Ich habe die Informationen, die Sie wollten.

ELLIS: Sehr gut!

BIRD holt seinen Notizblock hervor.

BIRD: So schwierig war es gar nicht. Die Kriminal-

	polizei in Cardiff hat ihn schon länger im Auge. Sie können ihm nur nichts nachweisen.
ELLIS:	Was wollte man ihm denn nachweisen?
BIRD:	Im Tiger-Bay-Viertel in Cardiff können Sie es sich aussuchen. Es gibt nichts, was es dort nicht gäbe. Aber in seinem Fall vermutet man, dass er in Schmuggel verwickelt ist. Das ist dort die profitreichste Betätigung. … Und: Mr. Batman ist sehr wohlhabend. Er hat ein großes Haus in einer Villengegend, zwei große Wägen und in Tiger Bay hat er ein Hotel, das *Shanghai*.
ELLIS:	Na ja … »Hotel« … (*Er will damit sagen, dass es heruntergekommen ist*)

BIRD zündet sich seine Pfeife an.

BIRD:	Im Übrigen firmiert er als Exportkaufmann. Er reist viel.
ELLIS:	Wohin?
BIRD:	Hauptsächlich auf den Kontinent. Gelegentlich auch Ferner Osten. … Das wäre es in Kurzfassung.
ELLIS:	Das ist ausgezeichnet. Danke!

ELLIS und BIRD stehen auf und wollen gehen.
Da geht plötzlich im Haus hinter ihnen überall das Licht aus.

ELLIS:	(*Verwundert*) Was ist denn da los?
BIRD:	Ein Kurzschluss!
ELLIS:	(*Ungläubig*) Ein Kurzschluss?

Die beiden gehen zur Terrassentür. JOHN MILLER kommt mit einer Taschenlampe in der Hand aus dem Wintergarten.

ELLIS:	Was ist passiert, John?
MILLER:	(*Unbeeindruckt*) Das ist nur die Sicherung. Ich sehe mal nach.

MILLER geht. Hinter ihm kommt JULIE aus dem Wintergarten.

JULIE:	(*Zu BIRD*) Na, haben Sie das Verhör beendet?

BIRD ignoriert die Frage.

118

BIRD:	Ich will noch rasch Mrs. Corby begrüßen. (*Zu ELLIS*) Vielen Dank, Mr. Ellis, Sie haben mir sehr geholfen!
ELLIS:	Nichts zu danken.
BIRD:	Einen schönen Abend allerseits!

BIRD geht durch den Wintergarten ins Haus.

JULIE:	(*Zu ELLIS, keck*) Haben Sie gehört? Er hat uns einen schönen Abend gewünscht!
ELLIS:	Wir könnten ihn am besten mit einem Spaziergang beginnen!
JULIE:	(*Enttäuscht*) Da habe ich aber schon ausgefallenere Anträge bekommen.
ELLIS:	(*Nimmt ihren Arm*) Abwarten!

Die beiden gehen.

IM HOTEL *IVANHOE*. EMPFANG. INNEN. NACHT.
Es ist stockdunkel. INSPEKTOR BIRD kommt in den Empfangsbereich. Er sieht sich um, niemand ist da. Er geht zur Treppe und ruft in den ersten Stock.

BIRD:	Mrs. Corby? Hallo? Mrs. Corby!

Keine Antwort. BIRD sieht sich weiter um. Dann hört er, wie sich im Wintergarten eine Tür öffnet und schließt. Jemand stößt gegen die Glastür. Daraufhin folgt ein Schrei von MRS. CORBY.

IM WINTERGARTEN DES HOTELS *IVANHOE*. INNEN. NACHT.
Man sieht nur die Umrisse von MRS. CORBY und DR. HALL der gerade durch die Glastür, gegen die er eben gerannt ist, vom Garten hereingekommen ist. Er war es, vor dem sich MRS. CORBY erschreckt hat und weshalb sie geschrien hat. Sie hatte ihn nicht erkannt.

DR. HALL:	(*Genervt, fährt MRS. CORBY unfreundlich an*) Hör doch auf mit dem albernen Getue!
MRS. CORBY:	Pst!

MRS. CORBY zeigt mit dem Finger vor dem

Mund und deutet damit an, dass man sie beide
hören kann. DR. HALL, der eben noch un-
freundlich und genervt war, wird plötzlich
sehr freundlich.

DR. HALL: Aber meine liebe Mrs. Corby! So beruhigen Sie sich doch. Ich bin es. (*Einfühlsam*) Es tut mir leid!

INSPEKTOR BIRD betritt den Wintergarten.

DR. HALL: (*Zu BIRD*) Ah, Inspektor, gut, dass Sie kommen! … Mrs. Corby ist offenbar etwas schreckhaft!

BIRD: Was war denn los?

MRS. CORBY: Nichts … Es war nur … Ich wollte nur die Fenster zum Garten schließen, weil man doch nie wissen kann … und plötzlich …

DR. HALL::   (*Unterbricht und erklärt BIRD*) Und plötzlich stehe ich vor der Tür! … Ich war nur für einen Moment an die frische Luft gegangen und hörte, wie sie die Fenster schloss und da wollte ich schnell zurück, bevor sie auch die Türe schließt …

MRS. CORBY: (*Ängstlich*) Man kann doch nie wissen …

BIRD: Ich wollte Sie nur begrüßen, Mrs. Corby, ich war bei Jim Ellis …

VOR DEM HOTEL *IVANHOE*. AUßEN. NACHT.

JULIE und ELLIS machen ihren Spaziergang.
JULIE lacht herzlich, weil ELLIS offenbar et-
was Lustiges erzählt hat.

ELLIS: … es hätte ja sein können!

JULIE: (*Lacht noch immer*) Sie sind wirklich ein komischer Vogel!

ELLIS: Es war nur weil …

JULIE stolpert plötzlich über etwas und fasst
ELLIS am verwundeten Arm. ELLIS schreit.

JULIE: Was war denn das?

ELLIS: Das war ein Griff genau dahin, wo es weh tut!

JULIE: (*Mitfühlend*) Tut mir leid. … (*Ironisch*) Das

ist ja ein fabelhafter Spaziergang … (*Wechselt das Thema*) Holen wir meinen Wagen, wollen wir noch irgendwo hinfahren?

ELLIS: (*Ironisch*) Mit Ihnen am Steuer?

JULIE: (*Lächelt*) Haben Sie Angst?

ELLIS: (*Lacht*) Ich bin von Beruf ängstlich.

Plötzlich bleiben beide stehen und blicken zu Boden. Auf dem Weg vor dem Schuppen liegt eine eingeschaltete Taschenlampe. Es handelt sich dabei um jene, die JOHN MILLER vorhin getragen hat.

JULIE: Was ist denn das?

ELLIS hebt die Lampe vorsichtig auf und blickt in den Schuppen.

DER SCHUPPEN DES HOTELS *IVANHOE*. INNEN. NACHT.

JIM ELLIS und JULIE ANDREW betreten den Schuppen. ELLIS leuchtet mit der Taschenlampe, die er eben aufgehoben hat, in den Schuppen. Sie gehen vorsichtig hinein. Plötzlich erblicken sie JOHN MILLER, der auf einem Strohballen sitzt und merkwürdige Atemgeräusche von sich gibt.

ELLIS: (*Zu JULIE*) Bleiben Sie einen Augenblick hier stehen.

ELLIS nähert sich MILLER, der keucht.

ELLIS: John, was ist los?

MILLER: (*Spricht mit letzter Kraft*) Mrs. Corby …

ELLIS: Ja?

MILLER: (*Keucht*) Mrs. Corby ist in Gefahr!

Jetzt kippt MILLER nach vorne. Dabei sieht ELLIS, dass im Rücken des Hausdieners ein Messer steckt. Es handelt sich dabei um das chinesische Messer mit der Aufschrift »Tod dem Verräter«. ELLIS schaut entsetzt.

HOTEL *IVANHOE*. AUFENTHALTSRAUM. INNEN. NACHT.

Alle – ELLIS, DR. HALL, MRS. CORBY, COOPER,

*JULIE – sitzen im Aufenthaltsraum und wer-
den von INSPEKTOR BIRD verhört.*

BIRD: (*Zu ELLIS*) Haben Sie den Hauptschalter ange-
fasst, als Sie die Sicherung wieder eingeschal-
tet haben?

ELLIS: Nein, ich habe meinen Ellenbogen benutzt!

COOPER: (*Stopft sich die Pfeife, misstrauisch*) Ein sehr
seltsames Verhalten für einen polizeilichen
Laien!

*ELLIS gibt keine Antwort. INSPEKTOR BIRD
wendet sich nun an DR. HALL.*

BIRD: Dr. Hall, ich fürchte, Sie schulden mir nun
doch eine Erklärung!

DR. HALL: Die habe ich Ihnen doch bereits gegeben. Ich
habe einen Augenblick frische Luft ge-
schnappt, das ist alles. Den Rest kennen Sie.

BIRD: (*Hakt nach*) Was würden Sie als »einen Moment« bezeichnen?

DR. HALL: Zwei, drei Minuten. Nicht länger.

BIRD: Und dann sahen Sie, wie Mrs. Corby die
Glastür schloss?

DR. HALL: Nein, ich hörte es. Sehen konnte ich es in der
Dunkelheit ja nicht.

BIRD: (*Misstrauisch*) Und dann sind Sie trotzdem
gegen die Glasscheibe gestoßen? Sie müssen
es ja ziemlich eilig gehabt haben.

DR. HALL: … na, ich dachte, die Tür sei noch offen …

BIRD: … obwohl Sie doch gehört hatten, wie sie
geschlossen wurde.

DR. HALL: Ich hatte das Schließen der Fenster gehört. Ich
hatte das nicht so genau identifiziert.

BIRD: (*Zu MRS. CORBY*) Mrs. Corby, wo befanden
Sie sich genau, als Dr. Hall gegen die Tür
rannte?

MRS. CORBY: Hm … Ich war gerade fertig, ich wollte gerade gehen …

DR. HALL: (*Unterbricht, zu MRS. CORBY*) Aber liebe Mrs.
Corby, Sie haben mir die Tür doch sozusagen

vor der Nase zugeschlagen.

BIRD: (*Zu DR. HALL*) Wenn Sie das Verhör vielleicht mir überlassen würden, Dr. Hall! (*Zu MRS. CORBY*) Also, Mrs. Corby, überlegen Sie genau: Das kann sehr wichtig sein!

MRS. CORBY: Also, ich weiß es wirklich nicht …

BIRD: Ich will es präzisieren. Konnte Dr. Hall Sie von der Veranda sehen oder hören oder musste er annehmen, dass die Tür noch offen ist, wie sie es eine Viertelstunde vorher war?

MRS. CORBY: Aber Dr. Hall hat doch selbst gesagt …

Das Telefon klingelt und unterbricht den Satz von MRS. CORBY.

MRS. CORBY: (*Spricht weiter*) Ich kann mich nicht erinnern. Das ist einfach alles zu viel für mich!

MRS. CORBY nimmt das Telefon ab.

MRS. CORBY: (*Ins Telefon*) Hallo? … Nein, das geht jetzt nicht … Ja, danke!

Sie hängt ein.

BIRD geht zu JULIE ANDREW.

BIRD: Wo waren Sie eigentlich, als das Licht ausging, Miss Andrew?

JULIE: In der Lounge!

BIRD: Waren Sie allein?

JULIE: Ja … Das heißt … Mrs. Corby kam kurz zu mir, um mich zu fragen, wie lange ich noch hier bleiben würde.

BIRD: Und, was haben Sie gesagt?

JULIE: Dass es von den Ereignissen abhinge.

BIRD: (*Sarkastisch*) Diese Ereignisse sind ja nicht ungünstig für eine Journalistin. Hier gibt es allerhand zu schnüffeln!

JULIE: (*Kontert*) Für die Polizei doch auch! … Oder sind Sie so unzufrieden, Mr. Bird?

JULIE holt eine Zigarette heraus und INSPEKTOR BIRD gibt ihr Feuer. Dann dreht er sich zu MRS. CORBY um und spricht mit ihr weiter.

BIRD: Wer könnte Ihrer Meinung nach einen Grund

123

	gehabt haben, John Miller umzubringen, Mrs. Corby?
MRS. CORBY:	(*Entsetzt über den Mord*) Mein Gott ... John ... Er war der harmloseste Mensch!
BIRD:	Aber er wusste wohl viel, was? Was kann er mit »Mrs. Corby ist in Gefahr!« gemeint haben?
MRS. CORBY:	Was weiß ich ... Hier ist doch jeder in Gefahr nach allem, was in den letzten Wochen hier passiert ist!
BIRD:	Bevor Sie Dr. Hall ausgesperrt haben, wo waren Sie da eigentlich?
MRS. CORBY:	In der Küche! Ich habe überall nach Kerzen gesucht.
BIRD:	Sie waren nicht zufällig draußen?
DR. HALL:	(*Entsetzt, zu BIRD*) Du lieber Himmel, Sie werden doch jetzt nicht auch noch Mrs. Corby verdächtigen wollen?
BIRD:	(*Klar und deutlich zu DR. HALL*) Hier ist ein Mord passiert, verdammt noch mal! Der dritte in kurzer Zeit!

BIRD geht jetzt zu COOPER, der verbissen seine Pfeife raucht.

BIRD:	(*Zu COOPER*) Und Sie behaupten, während des Stromausfalls in Ihrem Zimmer gewesen zu sein?
COOPER:	(*Mit starrem Blick*) Ich <u>war</u> in meinem Zimmer!
BIRD:	Sie behaupten außerdem, Ihr Messer sei Ihnen gestohlen worden!
COOPER:	Es <u>ist</u> mir gestohlen worden!
BIRD:	So? Wann denn?
COOPER:	Das weiß ich nicht genau. Auf jeden Fall war es heute Morgen nicht mehr da!
BIRD:	Wäre es nicht besser gewesen, diesen Verlust sofort zu melden?
COOPER:	Ich habe ihn sofort gemeldet!
BIRD:	Wem?

COOPER:	Ich habe es John Miller gesagt!
BIRD:	Ein sehr praktischer Zeuge, so ein Toter! Finden Sie nicht auch, Mr. Cooper?
COOPER:	Ich sage nur die Wahrheit, Inspektor.
BIRD:	Wahrscheinlich ist er auch der einzige, der bezeugen könnte, dass Sie auf Ihrem Zimmer waren.
JULIE:	Nein.
BIRD:	Nein?
JULIE:	Nein. Ich habe gesehen, wie Mr. Cooper kurz vor dem Stromausfall die Treppe hinaufgegangen ist.

Eine Pause, niemand sagt mehr ein Wort.
BIRD beendet das Gespräch.

| BIRD: | Ich danken Ihnen, Sie waren alle sehr hilfreich! Bitte halten Sie sich alle zu meiner Verfügung! Gute Nacht! |

BIRD nimmt seinen Mantel und setzt seinen
Hut auf und geht. Auch ELLIS verabschiedet
sich, steht auf und geht auf sein Zimmer.

DAS ZIMMER VON JIM ELLIS. INNEN. NACHT.

Im Zimmer ist es dunkel. ELLIS kommt herein,
schaltet das Licht ein. Da klingelt plötzlich
das Telefon. ELLIS geht zum Telefon, hebt ab
und bleibt neben dem Bett stehen. Während
des Gesprächs wird zwischen ELLIS und BAT-
MAN hin- und hergeblendet. BATMAN steht in
einer Telefonzelle.

ELLIS:	Hier spricht Jim Ellis!
BATMAN:	Hallo, Mr. Ellis?
ELLIS:	Wer spricht?

ELLIS setzt sich aufs Bett.

BATMAN:	Mein Name ist Batman.
ELLS:	(*Interessert*) Ah ja! Was kann ich für Sie tun, Mr. Batman?
BATMAN:	Da Sie sich für mich zu interessieren zu scheinen, Mr. Ellis, dachte ich, wir könnten

	uns einmal verabreden.
ELLIS:	Was bringt Sie auf den Gedanken, dass ich mich für Sie interessieren könnte?
BATMAN:	Sie waren doch gestern in meinem Hotel in Cardiff und haben nach mir gefragt. Oder?
ELLIS:	Ja, das stimmt. Ich sehe mich zur Zeit nach einem Objekt um.
BATMAN:	Mr. Ellis?
ELLIS:	Ja?
BATMAN:	Ich glaube, ich habe das Objekt, das Sie suchen.
ELLIS:	Na wunderbar! Was schlagen Sie vor?
BATMAN:	Ich schlage vor, wir treffen uns morgen Mittag um zwölf?
ELLIS:	Wo?
BATMAN:	Im *Shanghai*!
ELLIS:	Gut, ich komme, 12 Uhr.

ELLIS will schon einhängen, da sagt BATMAN noch etwas.

BATMAN:	Ach … und bevor ich es vergesse, Mr. Ellis … Bringen Sie Ihren Mantel mit!
ELLIS:	(*Versteht nicht*) Meinen Mantel?
BATMAN:	Ganz recht! Ihren Mantel.

BATMAN hängt ein. ELLIS sitzt eine paar Augenblicke nachdenklich da und hängt auch ein. Er versteht nicht, was BATMAN mit dem Mantel gemeint hat. Dann steht ELLIS auf und geht zu seinem Schrank. Er holt seinen Mantel hervor und sieht ihn sich an, er greift in die Taschen, kann aber außer seiner Sonnenbrille nichts Merkwürdiges darin finden. Dann hört er plötzlich Schritte vor seiner Zimmertür. Er geht leise zur Tür, nähert sich ihr und reißt plötzlich die Türe auf.

ENDE VON EPISODE 2.

Episode 3

BATMAN: Ich schlage vor, wir treffen uns morgen Mittag um zwölf?

ELLIS: Wo?

BATMAN: Im *Shanghai*!

ELLIS: Gut, ich komme, 12 Uhr.

ELLIS will schon einhängen, da sagt BATMAN noch etwas.

BATMAN: Ach … und bevor ich es vergesse, Mr. Ellis … Bringen Sie Ihren Mantel mit!

ELLIS: (*Versteht nicht*) Meinen Mantel?

BATMAN: Ganz recht! Ihren Mantel.

BATMAN hängt ein. ELLIS sitzt eine paar Augenblicke nachdenklich da und hängt auch ein. Er versteht nicht, was BATMAN mit dem Mantel gemeint hat. Dann steht ELLIS auf und geht zu seinem Schrank. Er holt seinen Mantel hervor und sieht ihn sich an, er greift in die Taschen, kann aber außer seiner Sonnenbrille nichts Merkwürdiges darin finden. Dann hört er plötzlich Schritte vor seiner Zimmertür. Er geht leise zur Tür, nähert sich ihr und reißt plötzlich die Türe auf.

Vor der Tür steht JULIE ANDREW mit unschuldigem Blick. JIM ELLIS ist offensichtlich erleichtert. Er hatte sich etwas Anderes erwartet. Er lächelt erleichtert.

JULIE: Was ist denn mit Ihnen los?

JULIE kommt ins Zimmer.

JULIE: Sind Sie nervös?

ELLIS: Ja … Schrecklich nervös!

JULIE: (*Charmant*) Meinetwegen?

ELLIS gibt keine Antwort.

ELLIS: Ich habe ein Problem mit meinem Mantel.

Er holt den Mantel und zeigt ihn ihr.

JULIE: Mit ihrem Mantel?

ELLIS: Gefällt Ihnen mein Mantel?

JULIE: (*Lacht*) Machen Sie eine Umfrage oder was?

ELLIS: Ist da irgendwas, dass Ihnen daran auffällt?

JULIE nimmt den Mantel und sieht ihn sich an.

JULIE: Moment einmal … Ja, der Aufhänger ist ab. (*Zeigt auf eine Stelle am Ärmel*) Er ist da ein bisschen zerfetzt. … Aber sonst …

ELLIS nimmt den Mantel und legt ihn weg.

ELLIS: (*Wechselt das Thema*) Haben Sie Hunger?

JULIE: Nein, eigentlich nicht, warum?

ELLIS: Ich habe einen schrecklichen Hunger! Hier kriegen wir heute doch nichts mehr. Fahren wir nach Melynfforest und gehen anständig essen?

JULIE: (*Überlegt*) Ja … Eigentlich habe ich auch ein wenig Hunger. Übrigens dürfte ein Abend mit Ihnen ungefährlicher sein, als alleine auf meinem Zimmer zu sitzen. (*Sie lächelt kokett*)

ELLIS: Sie unterschätzen mich!

JULIE: (*Kokett*) Hoffentlich!

JULIE und ELLIS gehen. ELLIS sperrt die Türe ab.

IM HOTEL *IVANHOE*. EMPFANG. INNEN. NACHT.

JULIE und ELLIS gehen die Treppe hinab. In der Eingangshalle stehen MRS. CORBY, DR. HALL und COOPER und unterhalten sich aufgeregt.

COOPER: (*Verärgert*) Es ist wirklich ärgerlich Mrs. Corby, nicht einmal die Polizei hat etwas …

MRS. CORBY: (*Unterbricht*) Die Polizei! Die Polizei! … Inspektor Bird mag ein fähiger Mann sein, wenn es um Kaninchendiebstähle geht, aber hinter diesen Mord steht eine Organisation! Oder ein Wahnsinniger!

DR. HALL: (*Nickt zustimmend*) Sehr richtig! Ein Wahnsinniger (*Sieht* ELLIS *die Treppe herunter-kommen, zu* ELLIS) Meinen Sie nicht auch, Mr. Ellis?

ELLIS: Ich verstehe davon wirklich nichts.

DR. HALL: Die Handschrift eines Einzelgängers, sage ich. Kein erkennbarer Plan, kein System.

JULIE: Mr. Ellis und ich gehen noch etwas essen.

MRS. CORBY bemerkt, dass sie vergessen hat, das Abendessen zu richten. Es ist ihr offensichtlich peinlich.

MRS. CORBY: Ach entschuldigen Sie, das habe ich ganz vergessen!

ELLIS und JULIE *gehen ohne Antwort.* MRS. CORBY *geht in die Küche.* COOPER *und* DR. HALL *bleiben allein zurück.*

DR. HALL: Mr. Cooper, Sie verstehen doch, dass ich Mrs. Corby unter diesen Umständen nicht alleine lassen kann … Das verstehen Sie doch?

COOPER: Ich verstehe gar nichts. Was wollen Sie damit sagen?

DR. HALL: Nichts, nichts. Überhaupt nichts.

HOTEL *IVANHOE.* VERANDA. AUßEN. TAG.

Auf der Veranda stehen TOM CLIFFORD *und* MRS. CORBY. *Sie verabschieden sich gerade.* ELLIS *kommt aus dem Haus.*

ELLIS: Guten Morgen, Mrs. Corby!

MRS. CORBY: (*Freundlich*) Guten Morgen!

ELLIS: (*Zu* CLIFFORD) Schon so früh auf den Beinen, Mr. Clifford?

CLIFFORD: (*Nickt grüßend*) Mr. Ellis! Ja … Früh ins Bett und früh bei der Arbeit: Das ist meine Devise. Ich hatte mit Mrs. Corby noch eine geschäftliche Angelegenheit zu besprechen und außerdem wollte ich Ihnen die versprochenen Unterlagen vorbeibringen. (*Er zeigt auf seinen Aktenkoffer, den er in der Hand trägt.* CLIFFORD *wird nachdenklich*) Aber … Das

129

	ist jetzt wohl nicht der richtige Zeitpunkt. Grässlich, diese Sache mit Miller. Er war so ein netter Kerl. Ich habe ihn immer gemocht.
ELLIS:	Ach, Sie haben ihn gekannt?
CLIFFORD:	Hier auf dem Land kennt jeder jeden.
MRS. CORBY:	Alle haben ihn gemocht. Alle.
CLIFFORD:	(*Zu ELLIS*) Sagen Sie, es war doch das gleiche Messer, mit dem auch Miss Jones ermordet wurde? (*Versteht nicht*) Aber die Polizei hatte es doch sichergestellt!
ELLIS:	Ach … Davon gibt es eine ganze Menge. (*Interessiert zu CLIFFORD*) Waren Sie schon mal in Hongkong?
CLIFFORD:	(*Überrascht*) Ich? Nein. (*Versteht die Frage nicht*) Warum?
ELLIS:	Die Messer werden dort wohl hergestellt. Ein weiter Weg bis Melynfforest.
CLIFFORD:	Tja, für Mr. Cooper muss es besonders unangenehm sein. Hat sich sein Messer wiedergefunden?
ELLIS:	Ich glaube nicht.

MRS. CORBY steht nachdenklich neben den Männern und sagt kein Wort. Sie ist mit den Gedanken woanders. ELLIS richtet jetzt die Frage an sie.

ELLIS:	(*Zu MRS. CORBY*) Oder?

MRS. CORBY wird aus den Gedanken gerissen.

MRS. CORBY:	Ich habe Mr. Cooper heute noch gar nicht gesehen.
ELLIS:	Die Polizei wird das schon klären … (*Wechselt das Thema*) Entschuldigen Sie, ich glaube, ich habe Ihre Besprechung unterbrochen!

ELLIS will gehen.

MRS. CORBY:	Nein, nein, wir waren gerade fertig. Ich muss sowieso ins Haus. (*Zu CLIFFORD*) Auf Wiedersehen, Mr. Clifford!

MRS. CORBY geht.

CLIFFORD	Auf Wiedersehen, Mrs. Corby. (*Ohne Pause,*

130

gleich zu ELLIS) Tja, das Leben geht weiter, wie man so sagt. (*Zeigt auf den Aktenkoffer*) Ich habe Ihnen hier die versprochenen Unterlagen mitgebracht. Ich habe auch andere Angebote dazugelegt – kleinere Grundstücke –, man weiß ja nie.

Beide setzen sich auf zwei Gartensessel. CLIF-FORD holt die Akten mit den Grundstücksangeboten aus dem Koffer und gibt sie ELLIS in die Hand.

ELLIS: Danke.

ELLIS blättert die Akten durch, während CLIF-FORD weiterspricht.

CLIFFORD: Aber es wäre ja auch gelacht, wenn wir nichts fänden …

ELLIS: (*Blättert Akten durch, als Nebensatz*) Ich habe übrigens gestern Abend versucht, Sie zu erreichen, aber Sie waren wohl nicht da …

CLIFFORD: (*Denkt nach*) Gestern Abend? … Warten Sie mal … Aber da hätten Sie mich eigentlich erreichen müssen. Ich habe noch Akten aufgearbeitet. Das mache ich immer nach Feierabend, weil man da am wenigsten gestört wird. (*Denkt kurz nach, dann*) Vielleicht war ich mal einen Augenblick lang nicht im Zimmer …

ELLIS: (*Beschwichtigt*) Es ist nicht so wichtig. (*Kommt zum Thema Immobilien zurück*) Ich werde mir heute mal etwas Anderes ansehen, in Cardiff.

CLIFFORD: (*Versteht das nicht*) Cardiff?

ELLIS: Ja. Tiger Bay.

CLIFFORD: In Tiger Bay? Also das hätte ich Ihnen nicht anzubieten gewagt.

ELLIS: Ich will ja nur einen Blick darauf werfen. Ich habe da so ein Angebot, ein Hotel. Das *Shanghai*.

CLIFFORD: (*Sprachlos*) Das *Shanghai*! … Ich habe das

	Objekt an der Hand. Aber nachdem so viele andere Makler es nicht verkaufen konnten … Hat mit Ihnen deshalb schon jemand Verbindung mit Ihnen aufgenommen?
ELLIS:	Ein gewisser Frank Batman. Er ist offenbar der Besitzer.
CLIFFORD:	Ja, dem gehört sehr viel da unten in Cardiff.
ELLIS:	Kennen Sie ihn persönlich?
CLIFFORD:	Flüchtig. Ich bin noch nie zu einem Abschluss mit ihm gekommen. Ich hatte mehrfach Objekte von ihm auf meinen Listen geführt, aber da wird nie etwas daraus. Das Meiste ist in zu schlechtem Zustand und außerdem will er immer viel zu viel dafür. (*Zwinkert ELLIS zu*) Das *Shanghai* habe ich mir noch nicht einmal selber angesehen.
ELLIS:	Ich habe ihm auch nur versprochen, dass ich heute mal vorbeikomme und anschließend wollte ich mir mal das Nachtleben von Cardiff ansehen.
CLIFFORD:	(*Lacht*) Da sind Sie bei Frank Batman auf jeden Fall an der richtigen Adresse. Er hat seine Finger in fast allen einschlägigen Etablissements.
ELLIS:	Klingt vielversprechend. (*Uninteressiert*) Sagen Sie, könnte sich auch Mrs. Corby für das *Shanghai* interessieren?
CLIFFORD:	(*Lacht*) Mein Gott, wie kommen Sie denn darauf?
ELLIS:	Ich dachte nur, als Kapitalanlage. Es ist ja schließlich die selbe Branche.
CLIFFORD:	Ja, das schon, aber in Wirklichkeit ist da doch ein Unterschied wie zwischen Tag und Nacht.

Aus dem Park nähert sich JULIE ANDREW den beiden Männern.

CLIFFORD:	Ich bin mir sicher, dass Mrs. Corby das *Shanghai* nicht einmal dem Namen nach kennt … (*Sieht jetzt, wie JULIE auf sie zu-*

kommt und lacht erfreut) Oh …

ELLIS dreht sich um und sieht JULIE jetzt auch.
JULIE ist jetzt bei den beiden Männern ange-
kommen.

JULIE: (*Keck*) Störe ich?

ELLIS: Keineswegs.

CLIFFORD: (*Steht auf*) Ich wollte ohnehin gerade gehen.

ELLIS: (*Zu CLIFFORD, deutet auf die Akten*) Ich gebe sie Ihnen morgen zurück.

CLIFFORD: (*Nickt, zu JULIE*) Auf Wiedersehen, Miss Andrew. Sie sehen heute Morgen mal wieder ganz besonders bezaubernd aus!

JULIE: Danke, Mr. Clifford, Sie können ganz besonders reizende Komplimente machen.

CLIFFORD: (*Lacht*) Auf Wiedersehen, Ellis!

ELLIS: Auf Wiedersehen, Mr. Clifford.

CLIFFORD geht. ELLIS ist auch aufgestanden
und steht jetzt neben JULIE. Erst als CLIFFORD
weg ist, spricht JULIE weiter.

JULIE: (*Über CLIFFORD*) Ein grässlicher Quatsch-kopf! (*Zu ELLIS*) Hast du gut geschlafen?

ELLIS: Wie ein Bär! … Es war sehr hübsch gestern Abend. Trotz allem.

JULIE: Trotz allem …

JULIE setzt sich, ELLIS auch.

JULIE: Es war jemand in meinem Zimmer!

ELLIS: Ich nicht! Du hast mich ja nicht gelassen.

JULIE: (*Lächelt*) Es war jemand in meinem Zimmer, als ich nicht da war.

ELLIS: (*Interessiert*) Was kann er da gesucht haben?

JULIE: Was er gesucht hat, weiß ich nicht. Gefunden hat er jedenfalls Fotomaterial. Er hat alles mitgenommen, belichtet und unbelichtet.

ELLIS: Das ist natürlich meine Schuld.

JULIE: Warum denn das?

ELLIS: Vergiss nicht, ich hatte dir doch geraten allen zu erzählen, dass du noch einen alten Film hast, wo dieser Higgins drauf ist.

JULIE:	Und du meinst …?
ELLIS:	Wer sonst! Ich meine … Wer sonst könnte Interesse an deinen Fotos haben?
JULIE:	(*Ist verärgert*) Danke. So blöd, wie ich dachte, bist du eigentlich gar nicht. (*Sie lacht*)

EINE SPIELHALLE. INNEN. TAG.

COLONEL GREEN und JIM ELLIS treffen sich hier, um unbeobachtet miteinander sprechen zu können. Während des gesamten Gesprächs stehen sie zwischen zwei Flipperautomaten und spielen damit. Jemand, der sie beobachtet, kriegt dabei gar nicht mit, dass sie sich unterhalten, so unauffällig sprechen sie dabei miteinander. Im Hintergrund übertönt laute Musik ihr Gespräch für alle anderen. ELLIS trägt den Mantel, den er zu BATMAN mitbringen soll, über den Arm.

GREEN:	Miller muss irgendjemandem lästig geworden sein …
ELLIS:	Zu lästig! So ein Hausdiener sieht ja fast alles. Aber vergessen Sie nicht, dass John auch das *Shanghai* kannte.
GREEN:	Mr. Batman hat Sie doch gleich nach dem Mord angerufen. Halten Sie das für einen Zufall?
ELLIS:	Das weiß ich in einer halben Stunde.
GREEN:	Mir ist schleierhaft, warum Inspektor Bird diesen Mr. Cooper nicht verhaftet hat.
ELLIS:	Cooper hat ein einwandfreies Alibi, was man von den anderen nicht sagen kann. Außer wir misstrauen der Aussage von Julie Andrew.
GREEN:	(*Lacht*) Miss Andrew ist Ihnen aber nicht lästig, nicht wahr?
ELLIS:	Nicht unbedingt.
GREEN:	(*Nickt vielsagend, dann*) Wie viel weiß sie eigentlich?
ELLIS:	Eine ganze Menge, aber sie kriegt noch weni-

ger Ordnung in die ganze Sache als wir. Außerdem hat sie das mit den gestohlenen Fotos und Filmen ziemlich irritiert.

GREEN: Diese Higgins-Geschichte habe ich übrigens überprüfen lassen. In der fraglichen Zeit ist kein Mann dieses Namens von London in die Vereinigten Staaten oder sonst wohin geflogen. Es hat auch keiner in einem Londoner Hotel übernachtet. Der Bursche ist einfach verschwunden oder er muss hier in der Gegend untergetaucht sein. Verdammt nochmal, wir drehen uns im Kreis! … Miss Andrew steht auf unserer Seite, nicht wahr?

ELLIS: Auf meiner! (*Lacht, als Nachsatz*) Nach Feierabend.

ELLIS zieht jetzt den Mantel an, den er über den Arm trug.

ELLIS: Green, fällt Ihnen an meinem schönen Mantel irgendetwas auf?

GREEN: (*Versteht die Frage nicht*) Warum?

ELLIS: Sehen Sie ihn sich doch mal an. Ist da irgendetwas daran zu sehen? … (*Erklärt jetzt*) Batman hat nachdrücklich darauf bestanden, dass ich ihn heute mitbringe.

GREEN: Wenn er Ihnen weniger als fünf Pfund bietet, behalten Sie ihn!

Beide lachen. ELLIS geht.

CARDIFF. TIGER BAY. VOR DEM CAFÉ *SHANGHAI*.
AUßEN. TAG.

ELLIS fährt mit seinem Wagen vor dem Café Shanghai vor. Er parkt direkt vor der Tür und betritt das Café. Über seinem Arm trägt er seinen schwarzen Ledermantel.

CAFÉ *SHANGHAI*. INNEN. TAG.

SMITH kommt ELLIS entgegen, als dieser das Café betritt und begrüßt ihn.

135

ELLIS: Ist Mr. Batman schon da?

SMITH: Nein, leider. Er hat angerufen, dass er eine halbe Stunde später kommt.

ELLIS: Eine halbe Stunde?

SMITH: Ja, es ist ihm etwas Wichtiges dazwischen gekommen. Es tut ihm wirklich leid. (*Er zeigt auf einen Tisch, auf dem Zeitungen liegen*) Sie können inzwischen hier Platz nehmen. Zeitungen sind auch hier.

ELLIS setzt sich, SMITH geht hinter die Theke. Er denkt nach und spielt dann mit seinem Satz auf den Vortag an, an dem er ELLIS einen Tee mit Betäubungsmittel geben wollte.

SMITH: Sind Sie noch sauer?

ELLIS: (*Lacht*) Bin ich nicht.

SMITH: Wollen Sie vielleicht einen Tee?

ELLIS lacht und schüttelt den Kopf. Er nimmt die Zeitung und liest demonstrativ. Seinen Mantel hat er über seine Beine gelegt. SMITH kommt wieder hinter der Theke hervor und geht auf ELLIS zu.

SMITH: Ich hänge in der Zwischenzeit Ihren Mantel auf!

ELLIS gibt SMITH den Mantel. SMITH verlässt damit den Raum und tut so, als ob er den Mantel aufhängen will. ELLIS steht auf und beobachtet die folgende Szene. SMITH schleicht sich durch eine Nebentür auf die Straße, wo er den Mantel durch die Fensterscheibe in einen wartenden Wagen wirft, den ein gewisser STOUT – ein korpulenter, kräftiger, ungepflegt wirkender Mittdreißiger – lenkt. Als der Mantel auf dem Beifahrersitz liegt, fährt der Wagen ab. Diese Szene spielt sich ohne Worte ab. SMITH geht zurück ins Café. ELLIS hat alles beobachtet und sitzt wieder an seinem Platz. Er liest demonstrativ die Zeitung. SMITH geht hinter die Theke und poliert Gläser.

EIN DACHBODEN. INNEN. TAG.
STOUT steigt eine Treppe in einem Wohnhaus hoch und klopft mit einem markanten Klopfzeichen an die Dachbodentür. Es ist offenbar ein Erkennungssignal. BATMAN öffnet die Tür. Wortlos gibt STOUT den Mantel an BATMAN weiter und geht. BATMAN nimmt den Mantel und geht in den Dachbodenraum, in dem sich keine Möbel befinden. Er sieht sich den Mantel an. Jetzt erkennen wir, dass in einer Ecke ein FOTOGRAF steht. Dieser gibt ein Zeichen an MICK, einen kräftigen Ganoven Ende 30, der einen alten Mann hereinführt. Es handelt sich dabei um RICHARD HAMILTON. Er wirkt alt und schwach, ist um die 70. Er trägt einen Schnurrbart und hat graue Haare. HAMILTON hat einen leeren Blick, wirkt verwirrt, scheint völlig willenlos zu sein. Offenbar hat man ihm ein Medikament gegeben, das seinen Zustand bewirkt hat. MICK führt HAMILTON vor eine weiße Wand. BATMAN nähert sich HAMILTON und zieht ihm den Mantel von Jim Ellis an. HAMILTON lässt alles mit sich wortlos geschehen. Sein Blick ist verloren. BATMAN positioniert HAMILTON vor der Wand, richtet den Mantel. Als er damit fertig ist, macht der FOTOGRAF mehrere Fotos von Richard Hamilton. Als die Aufnahmen gemacht sind, führt BATMAN HAMILTON aus dem Raum. Der FOTOGRAF beginnt sofort mit der Arbeit und entwickelt die Bilder in einem kleinen Labor nebenan.

CAFÉ *SHANGHAI*. INNEN. TAG.
SMITH steht noch immer hinter der Theke und poliert Gläser. ELLIS sitzt gelangweilt an sei-

nem Tisch. Da erblickt er die Musikbox, die in einer Ecke steht. ELLIS steht auf und nähert sich der Box. Er sieht sich die Musiktitel durch, die man abspielen kann. Sein Blick bleibt an einem Titel stehen. ELLIS ist überrascht. Dort ist zu lesen: »Gwenadine« von »The Welsh Academy«. ELLIS denkt nach.

CARDIFF. TIGER BAY.
VOR DEM CAFÉ *SHANGHAI*. AUßEN. TAG.

Der Mercedes von FRANK BATMAN rast die Straße herab und hält knapp nach dem Shanghai vor dem Wagen von Jim Ellis. BATMAN steigt aus und mustert den Wagen von Ellis. In der rechten Hand trägt er einen Umschlag, in der linken den Mantel von Jim Ellis. Er betritt das Shanghai.

CAFÉ *SHANGHAI*. INNEN. TAG.

FRANK BATMAN betritt das Café. ELLIS steht immer noch an der Musikbox. Als er BATMAN erblickt, bringt er die Musikbox zum Laufen. BATMAN nähert sich ELLIS und der Musikbox.

BATMAN: (*Höflich*) Mr. Ellis?

ELLIS: Guten Morgen, Mr. Batman.

BATMAN: Guten Morgen.

ELLIS: (*Sieht auf die Uhr*) … falls man noch von »Morgen« sprechen kann.

BATMAN: Es tut mir leid, dass ich mich verspäten musste.

ELLIS: Es tut mir auch leid, dass Sie sich verspäten mussten.

BATMAN gibt ELLIS den Mantel zurück. ELLIS nimmt ihn wortlos und lehnt sich an die Musikbox, die jetzt zu spielen beginnt. Es ertönt das Lied »Gwenadine«. BATMAN ist überrascht.

BATMAN: Woher wissen Sie, dass das meine Lieblings-

	platte ist?
ELLIS:	(*Überrascht*) Tatsächlich?
BATMAN:	Es ist das schönste Waliser Lied, das ich kenne.
ELLIS:	(*Lacht*) Das finden ein paar andere Leute in Hongkong auch.

ELLIS lässt BATMAN an der Musikbox stehen und setzt sich zur Theke. BATMAN folgt ihm und setzt sich neben ihn. Er nimmt seinen Hut ab. Hinter der Theke steht SMITH. Während des folgenden Gesprächs hört man im Hintergrund die komplette Platte mit dem Lied »Gwenadine«.

BATMAN:	(*Zu ELLIS, auf SMITH zeigend*) Ich muss mich für sein dummes Benehmen beim letzten Mal entschuldigen.

SMITH sieht zu Boden, ihm ist es peinlich.

BATMAN:	(*Zu ELLIS*) Er hatte nicht kapiert, wer Sie sind!
ELLIS:	Im Gegensatz zu Ihnen.
BATMAN:	Richtig!

SMITH geht in den hinteren Raum.

BATMAN:	Mr. Ellis, Sie haben einen ziemlich extravaganten musikalischen Geschmack. Es gibt nicht viele Gäste, die diese Platte wählen.
ELLIS:	Woher wussten Sie, wo ich zu erreichen bin?
BATMAN:	(*Eine Pause*) Gute Bekannte, Mr. Ellis, die mir einen Tipp gegeben haben.
ELLIS:	Warum haben Sie dann mit Ihrem Angebot so lange gezögert?
BATMAN:	Mr. Ellis, Sie werden verstehen, dass es noch andere Interessenten für dieses wertvolle Objekt gibt.
ELLIS:	Was nennen Sie wertvoll?
BATMAN:	Fünfzigtausend Pfund!
ELLIS:	(*Ohne mit der Wimper zu zucken*) Fünfzigtausend.
BATMAN:	Richtig, Mr. Ellis.

ELLIS:	Finden Sie das nicht ein bisschen überhöht?
BATMAN:	(*Lacht*) Die Nachfrage bestimmt den Preis.
ELLIS:	Mein Limit ist leider sehr viel niedriger. Ich müsste natürlich erst einmal mit meinen Auftraggebern sprechen.
BATMAN:	Lassen Sie sich nicht zu lange Zeit, die Konkurrenz schläft nicht.
ELLIS:	Woher weiß ich überhaupt, dass wir vom gleichen Objekt sprechen?

Es gibt eine Pause. Dann drückt BATMAN JIM ELLIS den Umschlag in die Hand, den er mitgebracht hat. ELLIS nimmt und öffnet ihn. Darin sind mehrere Fotos, die RICHARD HAMILTON zeigen. Es sind jene Fotos, die in der vorhergehenden Szene aufgenommen wurden.

ELLIS:	Wann haben Sie die Fotos gemacht?
BATMAN:	Vor einer halben Stunde.
ELLIS:	Wie wollen Sie das beweisen?
BATMAN:	Hamilton trägt Ihren Mantel.

BATMAN geht die Treppe hoch und verschwindet wortlos in seinem Büro. ELLIS bleibt alleine an der Theke sitzen und sieht sich das Foto mit RICHARD HAMILTON in seinem Mantel nochmals an.

EINE LANDSTRAßE IN MELYNFFOREST. AUßEN. TAG.

Der Kleinwagen von JULIE ANDREW braust über die Landstraße. JULIE sitzt hinter dem Steuer, ihr Beifahrer ist DR. HALL.

DR. HALL:	In meinem Alter hat man ja nicht so oft das Vergnügen, von einer so hübschen, jungen Dame mitgenommen zu werden …
JULIE:	Sie Charmeur!
DR. HALL:	(*Interessiert*) Wie ist eigentlich Ihr Handicap, wenn ich fragen darf?
JULIE:	Ich habe keines, warum?
DR. HALL:	Ach du lieber Himmel, die Jugend scheint heutzutage doch andere Interessen zu haben.

	Manchmal glaube ich, dass ich der einzige Golfspieler auf der Welt bin. … Sagen Sie, treiben Sie überhaupt keinen Sport?
JULIE:	Ich habe keine Zeit dazu. Ich bin neugierig. Das ist mein Sport.
DR. HALL:	Oh, dann muss man sich ja vor Ihnen in Acht nehmen! Wen bespitzeln Sie denn gerade?
JULIE:	(*Lächelt*) Sie! Und Mr. Ellis, Mr. Corby, Mr. Clifford … Alle eigentlich! Wissen Sie, man muss …
DR. HALL:	(*Unterbricht*) Wer ist denn Ihr Hauptverdächtiger, wenn ich fragen darf? Ich?
JULIE:	(*Lacht*) Nein … (*Überlegt*) Das wäre zu einfach. Ich habe mich zwar noch nicht festgelegt, aber das wäre zu einfach. Ich glaube, der Fall liegt etwas komplizierter.
DR. HALL:	(*Zufrieden*) Dann komme ich nicht in Frage. Kompliziert bin ich wirklich nicht. Ich spiele lieber Golf … (*Bemerkt, dass sie am Golfplatz vorbeikommen*) Ach bitte, lassen Sie mich hier aussteigen!
JULIE:	Ich kann Sie gerne auch zum Eingang fahren.
DR. HALL:	Nein, nein, bitte lassen Sie mich hier aussteigen!

JULIE hält. Auf dem Rasen steht STARR, den wir früher schon einmal an dieser Stelle gesehen haben. Er ist der Golfpartner von Dr. Hall.

| DR. HALL: | Ach, da ist ja auch schon mein Partner! Dieser Starr, ein fabelhafter Golfspieler! |

DR. HALL steigt aus.

| JULIE: | Welches Handicap hat er denn? |
| DR. HALL: | Was? Sein Handicap? Wie? … Ach so … Vier! |

Er holt seine Golfausrüstung vom Rücksitz und schlägt die Wagentür zu. Er geht um den Wagen herum und spricht mit JULIE noch ein paar abschließende Worte durch das geöffne-

141

te Fenster an der Fahrerseite.

DR. HALL:	Sagen Sie, wohin geht eigentlich Ihre Reise?
JULIE:	Ich will nach Tiger Bay.
DR. HALL:	Nach Cardiff? Kein schöner Ort …
JULIE:	Sie wissen ja, in den schlimmsten Gegenden findet man die aufregendsten Geschichten. Wollen Sie nicht mitkommen?
DR. HALL:	Nein, nein, lieber nicht!
JULIE:	Und denken Sie immer an Ihr Handicap!
DR. HALL:	(*Erfreut*) Ja, ja.

Sie verabschieden sich. JULIE fährt ab, DR. HALL winkt seinem Golfpartner zu und geht auf ihn zu.

VORZIMMER BÜRO CLIFFORD. INNEN. TAG.

JIM ELLIS sitzt im Vorzimmer von Tom Clifford. Er blättert eine Zeitschrift durch, während FRED, der Sekretär, am Schreibtisch sitzt und arbeitet. ELLIS klappt ungeduldig die Zeitschrift zu und wirft sie auf das kleine Tischchen neben dem Sessel. FRED bemerkt die Ungeduld von ELLIS und dreht sich zu ihm.

FRED:	Es tut mir leid, Mr. Ellis. Es kann wirklich nicht mehr lange dauern. Normalerweise telefoniert er immer nur kurz.
ELLIS:	Ich habe mir in Cardiff so einen alten Kasten angeguckt, das *Shanghai*. Also die haben vielleicht Nerven, so einen alten Schuppen »Hotel« zu nennen.

FRED öffnet eine Schublade und sucht eine Akte.

FRED:	Das habe ich doch kürzlich auf dem Tisch gehabt. (*Hat die Akte gefunden und zieht sie aus der Lade*) Hier ist es!
ELLIS:	Ach, Sie haben das auch?
FRED:	Ja! (*Er sieht sich die Akte an*) 7.300 Pfund ist die Forderung.
ELLIS:	Wie viel?

FRED:	7.300!
ELLIS:	(*Überrascht, hat keine Worte*) So viel!
FRED:	Das Gebäude ist ziemlich alt, das stimmt. Aber denken Sie nur an den Wert des Grundstücks!

In diesem Moment geht die Tür zu Cliffords
Büro auf und TOM CLIFFORD steht in der Tür.

CLIFFORD:	(*Freundlich*) Entschuldigen Sie, Mr. Ellis, dass ich Sie schon wieder warten lassen musste.

ELLIS steht auf und geht zur Tür. Zuvor hebt
er die Akten auf, die Clifford ihm geliehen
hatte und trägt sie in seiner rechten Hand.

ELLIS:	Kein Problem, guten Tag, Mr. Clifford.
CLIFFORD:	Guten Tag.

ELLIS und CLIFFORD verschwinden im Büro.

BÜRO CLIFFORD. INNEN. TAG.

ELLIS und CLIFFORD stehen im Büro. ELLIS
vermittelt während des gesamten Gesprächs
den Eindruck, als ob er in Eile wäre.

ELLIS:	Ich bin nur vorbeigekommen, um Sie rasch zu informieren. (*Gibt CLIFFORD ein paar Akten*) Diese Unterlagen hier brauche ich nicht mehr, ich kann sie Ihnen zurückgeben!
CLIFFORD:	(*Nimmt die Akten*) Das ist sehr nett von Ihnen. Einen kleinen Cognac?
ELLIS:	Danke, ich bin in großer Eile.
CLIFFORD:	(*Neugierig*) Wie war es in Cardiff? Das Nachtleben?
ELLIS:	Das habe ich ausfallen lassen.
CLIFFORD:	(*Interessiert*) Und wie war Tiger Bay? Das *Shanghai*?
ELLIS:	Dieser Mr. Batman ist ein außerordentlich interessanter Gesprächspartner.
CLIFFORD:	(*Überrascht*) Ach?
ELLIS:	Allerdings fallen seine Preisvorstellungen sehr aus dem Rahmen.

CLIFFORD: (*Interessiert*) Was hat er denn gefordert?
ELLIS setzt sich jetzt.
ELLIS: Fünfzigtausend.
CLIFFORD: (*Kann nicht glauben, was er gehört hat*) Was?
                 ... (*Schüttelt den Kopf*) Das ist ja Wahnsinn!
                 (*Eine Pause, ELLIS sagt nichts*) Das haben Sie
                 ihm hoffentlich gesagt!
ELLIS: Nein.
CLIFFORD: (*Versteht nicht*) Was, nein?
ELLIS: Ich werde meinen Auftraggebern empfehlen,
                 den Forderungen nachzugeben.
*CLIFFORD ist entsetzt und sprachlos. Er muss
sich setzen.*
ELLIS: (*Eine Pause*) Auf Wiedersehen, Mr. Clifford.
*ELLIS steht auf und geht. Er lässt CLIFFORD
sprachlos zurück.*

CAFÉ *SHANGHAI*. INNEN. TAG.

*JULIE ANDREW sitzt gelangweilt auf einem
Barhocker. Neben ihr steht STOUT. SMITH
steht hinter der Theke und stellt STOUT ein
Glas Bier hin. Das Café ist leer. Außer den
drei Personen ist niemand da. Es ist alles
düster.*
STOUT: (*Zu JULIE*) Auf Ihr Wohl, Miss!
*JULIE greift nach ihrem Glas und prostet
STOUT zu.*
STOUT: Cheers!
*Beide trinken und stellen die Gläser wieder
auf die Theke. Keiner sagt ein Wort. Es ent-
steht eine lange Pause. Plötzlich bricht JULIE
die Stille. Sie sieht sich im leeren Lokal um
und spricht dann zu SMITH.*
JULIE: Nicht viel los hier, was?
SMITH: (*Lacht, dann knapp*) Mal so, mal so. (*Er leert
                 einen Aschenbecher aus*)
JULIE: (*Zu SMITH*) Gehört Ihnen der Laden hier?
SMITH: Nein, leider nicht.

144

JULIE:	(*Hakt nach*) Der Brauerei?
STOUT:	Nein, Mr. Batman. Er ist der Besitzer.
JULIE:	Ach ja …

BÜRO BATMAN IM *SHANGHAI*. INNEN. TAG.

Wir sehen nun FRANK BATMAN hinter seinem Schreibtisch sitzen. Durch einen Lautsprecher kann er jedes Wort hören, das im Lokal gesprochen wird. Er belauscht JULIE und die beiden Männer während des folgenden Gesprächs und sitzt dabei ruhig hinter seinem Schreibtisch.

STOUT:	(*Nur die Stimme aus dem Lautsprecher*) Kennen Sie ihn?
JULIE:	(*Nur die Stimme*) Leider nein.
STOUT:	(*Nur die Stimme*) Es gibt nicht viele, die ihn hier nicht kennen.
JULIE:	Ah ja. Das ist interessant. Ich bin nämlich von einer Londoner Zeitung hierher geschickt worden. Ich soll etwas schreiben über Cardiff und vor allem über das Tiger-Bay-Viertel.
STOUT:	Tja, da könnte Mr. Batman eine Menge erzählen …

CAFÉ *SHANGHAI*. INNEN. TAG.

Wie vorhin: JULIE, STOUT, SMITH. SMITH unterbricht verärgert Stouts Gerede.

| SMITH: | (*Zu STOUT*) Halt doch die Schnauze! Sprich doch nicht über Dinge, von denen du nichts verstehst! … (*Zu JULIE*) Ist ja eigentlich nicht viel los hier … Meist ein paar Geschäftsleute, manchmal ein paar betrunkene Matrosen … Wie es eben so üblich ist in einer Hafenstadt. |
| JULIE: | Aha … (*Lächelt*) Ja, man hat so bestimmte Vorstellungen von einer Hafenstadt. Das sind alles nur Vorurteile. |

BÜRO BATMAN IM *SHANGHAI*. INNEN. TAG.

Wie vorhin. BATMAN sitzt hinter seinem
Schreibtisch und belauscht das Gespräch
durch den Lautsprecher.

JULIE: (*Nur Stimme*) Ich wohne gerade in Melynfforest …

CAFÉ *SHANGHAI*. INNEN. TAG.

Wie vorhin.

JULIE: … Dort hat man einen Hausdiener namens
John Miller umgebracht und vorher zwei
Frauen. (*An STOUT und SMITH*) Haben Sie da-
von gehört?

STOUT sieht SMITH an und sagt kein Wort.

SMITH: Natürlich, es stand ja ganz groß in der Zeitung.

JULIE: (*Zu SMITH*) Waren Sie schon einmal in Melynfforest? Als ich das erste Mal vor ein paar
Wochen da war, habe ich dort einen Amerikaner kennengelernt. Einen reizenden älteren
Herrn …

BÜRO BATMAN IM *SHANGHAI*. INNEN. TAG.

Wie vorhin. BATMAN hinter dem Schreibtisch,
der das Gespräch belauscht.

JULIE: (*Nur Stimme*) Sein Name war Higgins. Er hat
zu mir gesagt: »Mein Kind, die Verbrechen
mögen auf dem Lande geschehen, aber sie
werden in der Stadt geplant.«

BATMAN hat genug gehört. Er schaltet die
Gegensprechanlage und den Lautsprecher,
durch den das Gespräch kam, aus und steht
auf.

CAFÉ *SHANGHAI*. INNEN. TAG.

Wie vorhin.

JULIE: Das hat mir sehr imponiert!

Plötzlich öffnet sich im ersten Stock die Tür

146

von FRANK BATMANS *Büro.* BATMAN *kommt heraus und lacht bemüht.*

JULIE: Sind Sie Mr. Batman?
BATMAN: Ja, ich bin Mr. Batman.
JULIE: Ich hätte gerne mit Ihnen gesprochen!
BATMAN: Dann kommen Sie doch herauf!
JULIE: Danke schön, gerne. Einen Moment noch.

JULIE öffnet ihre Tasche und holt ihren Foto-
apparat heraus. Dann geht sie die Treppe zu
FRANK BATMAN *hoch. Als sie oben ist, hebt sie*
den Fotoapparat und will ein Foto von Bat-
man machen. BATMAN *dreht sich weg und*
zeigt ihr den Weg ins Büro.

BATMAN: Bitte schön.

JULIE geht voran in das Büro. Als sie drinnen
ist, gibt BATMAN *den beiden Männern* STOUT
und SMITH *ein Zeichen, dass sie auch hoch-*
kommen sollen. STOUT *und* SMITH *steigen die*
Treppe hoch.

BÜRO BATMAN IM *SHANGHAI.* INNEN. TAG.

JULIE betritt das Büro mit dem Fotoapparat in
der Hand. BATMAN *folgt ihr und setzt sich*
hinter seinen Schreibtisch. JULIE *hält den*
Fotoapparat wieder hoch und will weitere
Fotos von BATMAN *machen.* BATMAN *lächelt,*
aber sein Lächeln ist gefährlich.

BATMAN: (*Mit falschem Lächeln*) Sehr nett …

JULIE macht einige Fotos. BATMAN *lächelt,*
aber es ist ihm unangenehm.

BATMAN: Sie sind aber sehr neugierig, Miss!
JULIE: (*Macht weitere Fotos*) Ja, das ist mein Beruf,
                 wissen Sie?

SMITH *und* STOUT *lehnen in der Tür.* JULIE
geht um BATMAN *herum und macht weitere*
Fotos.

BATMAN: (*Freundlich*) Ich kann es nicht leiden, wenn
                 man mich fotografiert.

147

JULIE: (*Lächelt, macht weitere Fotos von* BATMAN)
                       Sie würden sich wundern, wie viele Leute
                       sich nicht gerne fotografieren lassen. Das ist
                       ganz erstaunlich.

Plötzlich fährt BATMAN *hoch und stößt* JULIE
mit voller Kraft brutal auf das Sofa zurück,
das hinter ihr steht. JULIE *erschrickt. In ihren*
Augen zeichnet sich Angst ab. BATMAN *stellt*
sich drohend vor ihr auf.

JULIE: Sie sind wohl irre!

BATMAN *zeigt mit einer Handbewegung, dass*
er den Fotoapparat will. JULIE *versteckt ihn*
hinter sich. BATMAN *fordert sie erneut stumm*
auf, den Fotoapparat herauszugeben. JULIE
hält ihn hinter ihrem Rücken fest. BATMAN
knöpft sich sein Jackett zu, dreht sich zu
SMITH *und* STOUT *um, die stumm in der Tür*
stehen, nickt ihnen zu und fordert sie damit
auf, sich um die Sache zu kümmern. SMITH
und STOUT *betreten das Büro, packen* JULIE,
die sich wehrt. Während STOUT JULIE *festhält,*
holt SMITH *den Fotoapparat hinter Julies*
Rücken hervor und hält ihn dann triumphie-
rend vor BATMANS *Gesicht.*

BATMAN: Zieh ihn aus dem Verkehr!

SMITH *grinst, dreht sich zu* JULIE *um, hält den*
Fotoapparat hoch und wirft ihn dann zu Bo-
den. Dann tritt er mit den Füssen so lange
drauf, bis der Fotoapparat kaputt ist.

EINE AUTOFÄHRE. AUßEN. TAG.

Der Wagen von JIM ELLIS *nähert sich der*
Fähre. Der Wagen von COLONEL GREEN *steht*
bereits dort. ELLIS *und* GREEN *fahren auf die*
Fähre und stehen mit ihren Wägen nebenei-
nander. Das gesamte Gespräch in dieser Sze-
ne spielt sich auf der Überfahrt über den
Fluss ab. ELLIS *und* GREEN *unterhalten sich*

durch die geöffneten Seitenfenster ihrer Wä-
gen.
JIM ELLIS reicht COLONEL GREEN das Foto,
auf dem RICHARD HAMILTON zu sehen ist.
GREEN sieht es sich an und erkennt den Mann
sofort.

GREEN: Das ist Richard Hamilton, der berühmte Phy-
           siker.

ELLIS: Sind Sie sicher?

GREEN: Ja, absolut sicher. Trotzdem werde ich das
           Bild nach London funken lassen und in ein
           paar Stunden haben wir die Antwort.

ELLIS: Das hat Zeit bis morgen.

GREEN: (*Nachdenklich*) Richard Hamilton, der Atom-
           forscher. Er setzte sich ins andere Lager ab,
           arbeitete für die Chinesen. Zwanzig Jahre
           später ändert er seine Meinung und will wie-
           der zurück. – Warum?

ELLIS: (*Nimmt GREEN das Foto wieder aus der
           Hand*) Das können Sie ihn immer noch fra-
           gen, wenn wir ihn haben.

GREEN: (*Denkt nach*) Wie kommt Hamilton aber in
           die Hände von Batman? Dieser Mann handelt
           doch schlimmstenfalls mit Opium.

ELLIS: … und mit Pässen!

GREEN: Sie meinen, Hamilton gelingt es auf irgendei-
           ne Weise, sich nach Hongkong durchzuschla-
           gen. Er will weiter nach England. Unter sei-
           nem Namen kann er nicht einreisen, deshalb
           braucht er einen falschen Pass. Diesen be-
           kommt er von Batman. Richtig?

ELLIS: Richtig!

GREEN: Wer aber stellt den Kontakt her? Wer zahlt
           für den Pass? Wer bringt ihn nach Hongkong?
           Anders gefragt: Wer kann Interesse daran ha-
           ben, Hamilton nach England zurückzuholen?

ELLIS: Sie legen Ihren Finger genau auf die Stelle,
           wo es weh tut.

149

GREEN:	Lassen Sie mich mal nachdenken. … Irgendwo hier in Wales lebt ein Mann, der Hamilton nahesteht. Ein Freund. Er kauft den Pass und zahlt den Flug nach London. (*Überlegt*) Es muss aber eine sehr dicke Freundschaft sein, wenn man bedenkt, was dieser Mann auf sich nimmt.
ELLIS:	Haben Sie die Familienverhältnisse von Hamilton schon einmal nachprüfen lassen?
GREEN:	(*Nickt*) Das habe ich. Nichts, absolut nichts. Die ganze Sippe ist ausgestorben. Allerdings gab es einen Bruder, aber der ist schon vor dem Zweiten Weltkrieg nach Fernost gegangen und dort verschwunden. Man hat nie mehr etwas von ihm gehört.
ELLIS:	(*Interessiert*) Aha …
GREEN:	Ja! Aber bleiben wir trotzdem einmal bei unserer Theorie. Ein Freund bringt Hamilton in Wales unter …
ELLIS:	… wo ihn unsere verblichene Kollegin Mildred Beaty aufstöbert.
GREEN:	Richtig. Sie hat von der Sache Wind bekommen und ihn unter dem Namen Elaine Belton bis nach Melynfforest verfolgt. Leider ohne uns zu verständigen.
ELLIS:	Ende Mildred Beaty.
GREEN:	(*Nickt*) Ja. Und nun kommt Mary Jones. Sie durchsucht die Wohnung von Mildred Beaty in Hongkong, findet das Tonband mit dem Waliser Volkslied, nimmt es mit und fliegt zurück.
ELLIS:	Warum das Tonband?
GREEN:	Vielleicht um die Stimme identifizieren zu können?
ELLIS:	(*Denkt nach*) Möglich … Möglich, aber warum hat sie Ihnen dann das Tonband übergeben?
GREEN:	Weil sie mich für ihren Kontaktmann gehal-

150

ten hat. Nehmen wir einmal an, ihre Parole sei »Mildred Beaty« gewesen. Ich habe Sie doch am Flughafen über Lautsprecher ausrufen lassen. »Miss Mildred Beaty bitte zum Informationsschalter!« … Mary Jones findet das Blackwood Cottage leer. Sie kann es benutzen, wann sie will. Sie bekommt ihre Anweisungen per Telefon unter der Parole »Mildred Beaty«. – Richtig?

ELLIS: Richtig!

GREEN: Weiter: Irgendwann geht Mr. Batman ein Licht auf. Er erkennt, wem er den falschen Pass besorgt hat. Allerdings wäre das noch kein Grund, unsere Agentin umzubringen.

ELLIS: (*Denkt nach, schüttelt den Kopf*) Nein!

GREEN: Aber auf alle Fälle bringt Batman Hamilton in seine Gewalt. Er versteckt ihn. Er weiß, dass er einen Goldfisch an der Angel hat. Er verlangt Lösegeld: Batman ist zum Kidnapper geworden.

ELLIS: … und dieser unbekannte Freund will nicht zahlen?

GREEN: Vielleicht kann er auch nicht. Würde er aber deshalb Mildred Beaty umbringen, nur weil er annimmt, sie arbeitet für Batman?

ELLIS: (*Schüttelt den Kopf*) Nein.

GREEN: Das ist ziemlich unwahrscheinlich.

ELLIS: Dieser Freund ist kein Mörder.

GREEN: Eben. Aber wer von all den Leuten hier in Melynfforest kann Interesse daran haben, Mildred Beaty, Mary Jones und John Miller umzubringen?

ELLIS: Ein Profi. Einer von der Konkurrenz, die Hamilton unbedingt zurückhaben will.

GREEN: (*Überlegt*) Dann hätte Mary Jones auch für die Konkurrenz gearbeitet …

ELLIS nickt.

GREEN: … und nach dem Zusammenprall mit Ihnen in

151

Blackwood Cottage ist sie zum Risikofaktor geworden.

ELLIS: (*Nickt*) Genau.

GREEN: Der Profi musste sie umbringen, das klingt logisch, aber warum hat der Hausdiener daran glauben müssen? Hat er auch für die Konkurrenz gearbeitet?

ELLIS: Das ist mir noch unklar.

GREEN: Wenn der Profi unsere Konkurrenz ist, warum befreit er Hamilton dann nicht gewaltsam?

ELLIS: (*Lacht*) Versuchen Sie das einmal bei der Leibgarde!

GREEN: (*Nachdenklich*) Tja ... Aber unterstellen wir einmal, die Konkurrenz sei bereit, das Lösegeld zu bezahlen. Warum hat sie das noch nicht getan?

ELLIS: Vielleicht warten die Jungs noch auf den Kurier mit dem nötigen Kleingeld ...

GREEN: Batman muss Sie auch für einen Käufer halten. Sie haben Ihr Interesse an dem »Objekt« telefonisch bekundet, sie haben die Erkennungsmelodie in der Musikbox laufen lassen, Sie haben bei 50.000 nicht mit der Wimper gezuckt ... und Sie haben das Foto mit Hamilton in Ihrem Ledermantel ohne Überraschung entgegengenommen.

ELLIS: (*Lächelt*) So ist es.

GREEN: Was haben Sie vor?

ELLIS hält das Foto von Hamilton nochmals hoch.

ELLIS: Ich werde mit diesem Foto von Hamilton ein bisschen hausieren gehen. Vielleicht verliert die Konkurrenz dann die Nerven.

GREEN: Oder die Geduld ... und Sie haben ein Messer zwischen den Rippen.

Die Fähre ist am anderen Ufer angekommen.
Die beiden Männer fahren wortlos herunter
und über die Landstraße davon.

152

BÜRO CLIFFORD. INNEN. TAG. /
BÜRO BATMAN IM *SHANGHAI*. INNEN. TAG.

TOM CLIFFORD sitzt an seinem Schreibtisch.
Vor ihm liegt auf einem Aktenstapel das Foto,
auf dem RICHARD HAMILTON im Ledermantel
von Jim Ellis zu sehen ist. CLIFFORD ist rat-
los, hebt den Hörer ab und wählt.

CLIFFORD: Hallo? … Hier spricht Tom Clifford. … Mr.
             Batman?

BATMAN: (*Durchs Telefon*) Am Apparat. Was kann ich
             für Sie tun?

CLIFFORD: (*Ernst*) Ich bin sehr verwundert über Sie Mr.
             Batman. Wir hatten einen Verhandlungspreis
             von 7.300 Pfund ausgemacht und jetzt höre
             ich von einem Kunden, dass Sie 50.000 ver-
             langen! Wie darf ich das verstehen?

BATMAN: (*Durchs Telefon*) Sie wollen sich wohl über
             mich lustig machen? Soviel ist doch das gan-
             ze Tiger-Bay-Viertel nicht wert.

CLIFFORD: … aber es kommt noch besser! Der Kunde
             sagt mir, er habe die Summe akzeptiert.

BATMAN: (*Durchs Telefon*) Wenn Sie mir jetzt auch
             noch sagen, mit wem ich diese fabelhafte Ge-
             schäft abgeschlossen habe?

CLIFFORD: Mit einem gewissen Mr. Ellis.

BATMAN: (*Lacht*) Wie bitte?

CLIFFORD: Ja, mit Mr. Jim Ellis vom Beratungsbüro In-
             dustrieansiedlung.

Jetzt sieht man BATMAN in seinem Büro. Das
Gespräch wird hin- und hergeblendet.

BATMAN: Da hat Sie einer reingelegt! Dieser Herr ist
             mir nicht bekannt. Leider, kann ich da nur sa-
             gen.

CLIFFORD: Sind Sie sicher?

BATMAN: Absolut. Ein Hochstapler vermutlich.

Man sieht JULIE auf dem Sofa sitzen. Sie
lauscht dem Gespräch verängstigt.

CLIFFORD: Haben Sie herzlichen Dank. Das war sehr

aufschlussreich für mich.

BATMAN: Ganz meinerseits.

BATMAN hängt ein. JULIE sitzt wortlos da. BATMAN wendet sich jetzt an JULIE, die während der folgenden Fragen stumm dasitzt und keine Antwort auf BATMANs Fragen gibt.

BATMAN: Sie wohnen in Melynfforest?

Keine Antwort.

BATMAN: Im *Ivanhoe*?

Keine Antwort.

BATMAN: Wer ist Mr. Ellis?

Keine Antwort.

BATMAN: Sagen Sie es doch bitte.

JULIE schweigt.

BATMAN: Arbeiten Sie mit ihm zusammen?

Keine Antwort.

BATMAN: Ich habe Zeit … Sehr viel Zeit …

JULIE sagt nichts.

VERANDA DES HOTELS *IVANHOE*. AUSSEN. TAG.

PHILIP COOPER liegt auf einer Liege. Er raucht seine Pfeife und blättert die Zeitungen durch. JIM ELLIS kommt auf die Veranda. Er trägt einen tragbaren Kassettenrecorder in der Hand. Auf dem Tischchen neben COOPER liegen die Akten mit den Angeboten von Häusern, die CLIFFORD ELLIS gegeben hat. ELLIS hatte sie wohl schon vorhin dort liegen gelassen.

ELLIS: Guten Tag!

COOPER: (*Erfreut*) Ach, guten Tag!

ELLIS: Wie geht's?

COOPER: Danke! Ich genieße noch die letzten Sonnenstrahlen.

ELLIS: Sie haben es gut! (*Er hebt den Kassettenrecorder hoch*) Ich mache jetzt meine eigene Musik.

COOPER: Ist was passiert? Verärgert?

154

ELLIS: Müde.

ELLIS setzt sich auf die Bank.

COOPER: Hören Sie mal, Sie führen doch ein schönes
              Leben, haben einen interessanten Beruf,
              kommen überall herum, lernen Land und Leu-
              te kennen … Beneidenswert!

ELLIS zeigt auf die Akten mit den Immobilien.

ELLIS: Dann sehen Sie sich das einmal an! Hässliche
              Altstadtviertel, abbruchreife Häuser, Wald-
              grundstücke … Das ist alles, was Mr. Clifford
              zu bieten hat.

*ELLIS schließt demonstrativ die Augen und
genießt die letzten Sonnenstrahlen, während
COOPER den Stapel nimmt und ihn durchblät-
tert.*

ELLIS: Ich fahre dann herum, sehe mir die Sachen an
              und manchmal spreche ich mit den Besitzern.
              Das sind übrigens nicht immer angenehme
              Leute. Heute hat doch tatsächlich einer von
              mir 50.000 Pfund verlangt für ein vergammel-
              tes Hotel, das *Shanghai.*

*COOPER wird hellhörig bei dem Namen und
blickt hoch, er sagt jedoch kein Wort und blättert die Akten weiter durch.*

ELLIS: Im miesesten Viertel von Cardiff!

*Jetzt fällt zwischen den Akten ein Foto heraus.
Es ist jenes, auf dem RICHARD HAMILTON im
Mantel von Jim Ellis zu sehen ist. COOPER
hält es hoch, sieht es sich an, sagt aber kein
Wort und steckt es wieder zurück in die Akten.
ELLIS tut so, als ob er es nicht gesehen hätte.
Mit geschlossenen Augen genießt er weiter die
Sonnenstrahlen.*

ELLIS: Fünfzigtausend! … Lächerlich!

*MRS. CORBY betritt die Veranda mit einem
Tablett, auf dem sich Tassen und ein Känn-
chen befinden.*

MRS. CORBY: Ihr Tee, Mr. Cooper!

155

Sie stellt das Tablett auf das Tischchen.

MRS. CORBY: Nehmen Sie auch eine Tasse, Mr. Ellis?

ELLIS: Sehr gerne, ja danke!

MRS. CORBY schenkt den Tee ein und sieht,
wie COOPER die Akten mit den Immobilien in
der Hand hält.

MRS. CORBY: Ach! Sind das die Angebote von Mr. Clifford? ... Interessant! Ich kenne die Gegend ja
ziemlich gut. (*Schenkt Tee ein, zu ELLIS*) Zucker?

ELLIS: Einen Löffel.

COOPER blättert die Akten durch, MRS. CORBY
sieht dabei zu.

MRS. CORBY: Dieses Grundstück gehört Dawson. Er will
verkaufen, weil er keine Erben hat, habe ich
gehört. (*Zeigt auf ein Foto*) Und das ... das
müsste in Cardiff sein ... Kenne ich nicht.

MRS. CORBY bringt ELLIS den Tee. COOPER ist
unbeobachtet und steckt das Foto von HAMIL-
TON ganz hinten in den Stapel und legt ihn auf
das Tischchen.

ELLIS: (*Nimmt die Tasse, zu MRS. CORBY*) Danke!

MRS. CORBY dreht sich um, geht zum Tisch-
chen, nimmt die Akten hoch und beginnt sie
durchzublättern.

MRS. CORBY: Ach ja ... Das hier liegt südlich hinter Melynfforest. ... Und das hier ... (*Jetzt hat sie*
das Foto von RICHARD HAMILTON entdeckt,
das COOPER vorhin ganz hinten in den Akten-
stapel gesteckt hat) Was ist denn das? (*Sie*
zieht das Foto hervor, ist völlig überrascht)
Das ist doch Higgins!

ELLIS blickt überrascht hoch.

ELLIS: Wer?

MRS. CORBY: Na, der alte Herr, der in Blackwood Cottage
gewohnt hat.

MRS. CORBY legt den Stapel auf das Tischchen
und hält das Foto in der Hand. Sie zeigt es

COOPER.

MRS. CORBY: (*Zu COOPER*) Haben Sie ihn denn nicht wiedererkannt? … Das ist er.

COOPER: (*Nimmt das Foto*) Das habe ich gar nicht gesehen. … Sie haben recht, tatsächlich … Eine gewisse Ähnlichkeit ist da.

MRS. CORBY: Ach was, das ist er! Er sieht ein bisschen älter aus oder krank ... aber sonst gibt es keinen Zweifel. Das ist Higgins!

BÜRO BATMAN IM *SHANGHAI*. INNEN. ABEND.

Es ist dunkel geworden. BATMAN sitzt wortlos hinter seinem Schreibtisch. JULIE sitzt da und sagt kein Wort. Sie raucht eine Zigarette. Dann spricht sie.

JULIE: (*Monoton*) Ich bin Journalistin … Ich arbeite für eine Londoner Zeitung … Mr. Ellis sucht Grundstücke hier in der Gegend … Er arbeitet für das Beratungsbüro Industrieansiedlung … Wir haben uns erst im Hotel kennengelernt … (*Genervt*) Das alles habe ich Ihnen schon zwanzig Mal gesagt.

BATMAN schweigt. Dann steht er genervt auf und geht zur Gegensprechanlage.

BATMAN: Jetzt habe ich genug! (*In die Sprechanlage*) Mick? Komm doch bitte mal herein!

BATMAN setzt sich wieder. Von draußen hört man Schritte.

DAS ZIMMER VON JIM ELLIS IM *IVANHOE*. INNEN. ABEND.

JIM ELLIS geht unruhig in seinem Zimmer auf und ab. Dann geht er zu seinem tragbaren Kassettenrecorder und startet ihn. Wir hören vom Band das Lied »Gwenadine« und die Aufnahme von MILDRED BEATY, wie sie mit den Schülern das Lied einstudiert. JIM ELLIS öffnet die Tür und geht auf den Gang. Die Tür zu PHILIP COOPERs Zimmer steht offen, es

brennt Licht. ELLIS klopft, keine Antwort. Er
betritt das Zimmer.

<u>DAS ZIMMER VON PHILIP COOPER IM *IVANHOE.*</u>
<u>INNEN. ABEND</u>
Der Plattenspieler in COOPERs Zimmer dreht
sich, es ist jedoch keine Musik zu hören. Die
Platte ist zu Ende. COOPER ist nicht da. ELLIS
geht wieder zurück in sein Zimmer.

<u>DAS ZIMMER VON JIM ELLIS IM *IVANHOE*. INNEN. ABEND.</u>
ELLIS ist wieder in seinem Zimmer und setzt
sich gelangweilt auf das Bett. Da hört er
plötzlich ein Geräusch aus dem Bad. Er steht
auf und geht zur geöffneten Badezimmertür.
Durch die Tür sieht er, wie MRS. CORBY gera-
de ein Handtuch auf den Sims legt.
<u>ELLIS</u>:   Entschuldigung!
MRS. CORBY erschrickt und schreit.
<u>MRS. CORBY</u>:   Mein Gott, haben Sie mich erschreckt! ... Ich
                 dachte, Sie sind nebenan bei Mr. Cooper. ...
                 Ich habe Ihnen noch rasch frische Handtücher
                 gebracht.
<u>ELLIS</u>:   Mr. Cooper ist nicht auf seinem Zimmer.
<u>MRS. CORBY</u>:   Er sitzt immer schrecklich lange vor dem
                 Fernseher, vielleicht ...
Von unten hört man die Türklingel.
<u>MRS. CORBY</u>:   Das wird Miss Andrew sein. Sie hat sicherlich
                 ihren Hausschlüssel vergessen.
<u>ELLIS</u>:   Ich mache das schon ...
Beide gehen.

<u>FLUR IM HOTEL *IVANHOE*. INNEN. ABEND.</u>
ELLIS kommt die Treppe herunter, MRS.
CORBY folgt ihm. ELLIS geht zur Tür und öff-
net. Es ist DR. HALL. Er trägt seine Golfaus-
rüstung bei sich
<u>DR. HALL</u>:   (*Freundlich*) Das ist aber nett von Ihnen, Mr.

158

Ellis. Ich habe doch tatsächlich meinen Schlüssel vergessen! … Ach herrje, das war vielleicht ein Tag … Was glauben Sie, wie viele Schläge ich gebraucht habe für das sechste Green?

MRS. CORBY strahlt DR. HALL freudig an.

ELLIS: (*Genervt*) Hunderteinunddreißig?

DR. HALL: (*Perplex*) Nein … aber neun!

ELLIS geht zur Tür des Aufenthaltsraums und sieht, dass der Fernseher läuft, eine Teetasse dasteht und COOPER vor dem Fernseher sitzt.

DR. HALL: Mrs. Corby, was ist denn mit dem Abendessen?

MRS. CORBY: Alles ist vorbereitet, in einer halben Stunde können Sie essen!

DR. HALL: Sehr gut!

MRS. CORBY: Erinnern Sie sich an Mr. Higgins, Dr. Hall?

Das Telefon klingelt.

DR. HALL: Den Amerikaner? … Ja, wir sprachen doch neulich von ihm. Was ist mit ihm?

MRS. CORBY geht zum Telefon.

MRS. CORBY: (*Ins Telefon*) Hallo? Ja, einen Moment!

ELLIS geht gerade die Treppe hoch.

MRS. CORBY: (*Ruft ELLIS*) Mr. Ellis, ein Anruf für Sie! (*Zu DR. HALL*) Nichts, aber Mr. Ellis hat ein Foto von ihm.

DR. HALL: (*Gleichgültig*) So?

ELLIS kommt die Treppe herunter und geht zum Telefon. MRS. CORBY gibt ihm den Hörer.

MRS. CORBY: (*Zu ELLIS*) Er wollte seinen Namen nicht nennen.

MRS. CORBY und DR. HALL gehen in den Aufenthaltsraum und sind während des Telefongesprächs nicht anwesend.

ELLIS: (*Ins Telefon*) Hallo?

MICK: (*Durchs Telefon*) Ist da Mr. Ellis? … Einen Augenblick bitte …

JULIE: (*Durchs Telefon*) Jim? … Hier ist Julie …

159

ELLIS: (*Freut sich*) Ja?

JULIE: Du sollst sofort nach Cardiff kommen … In
                    die John Street. … Sie sagen, es sei meine
                    letzte Chance …

ELLIS ist ernst geworden. Das Telefonge-
spräch ist zu Ende.

ELLIS: Hallo?

Am anderen Ende wurde eingehängt. ELLIS
blickt in den Aufenthaltsraum. COOPER sitzt
schweigend und Pfeife rauchend vor dem
Fernseher. MRS. CORBY und DR. HALL stehen
dahinter.

MRS. CORBY: … und stellen Sie sich vor, das Foto war mit-
                    ten in den Unterlagen, die Mr. Clifford Mr.
                    Ellis gegeben hat. … Mr. Cooper hat ihn erst
                    gar nicht wiedererkannt.

DR. HALL: So? Merkwürdig.

ELLIS geht zur Tür, blickt hinein. COOPER hält
seine Kappe in der Hand, so als ob er noch
einmal fortgehen würde.

ELLIS: Ich muss leider noch einmal weg. Es kann
                    später werden.

ELLIS geht.

CARDIFF. JOHN STREET. AUßEN. NACHT.

JIM ELLIS biegt in die John Street. Es handelt
sich dabei um eine äußert unheimliche und
dunkle Straße, in der verlassene, herunterge-
kommene Gebäude stehen. Hier scheint nie-
mand mehr zu wohnen. ELLIS fährt langsam
bis zum Ende der Straße. Er sieht sich um.
Jetzt erkennt er, dass es sich um eine Sack-
gasse handelt. Plötzlich hört er ein Geräusch
hinter sich. In die Gasse biegt eine große
Schubraupe mit einer Baggerschaufel. ELLIS
dreht um, kommt aber an dem Fahrzeug nicht
vorbei. Es nähert sich bedrohlich. ELLIS zieht
seine Pistole und entlädt sie. Er fährt langsam

auf die Schubraupe zu. Der FAHRER lässt die
Baggerschaufel herunter. Es handelt sich
dabei um MICK. ELLIS leuchtet ihm mit der
Taschenlampe ins Gesicht. Er gibt mit der
Pistole zwei Warnschüsse ab. MICK fährt ohne
Reaktion weiter auf den Wagen zu. ELLIS öff-
net die Tür und rollt sich aus dem Wagen.
MICK hat dies nicht bemerkt und drückt den
Wagen jetzt zurück bis an die Wand der Sack-
gasse. Der Wagen wird zerquetscht.

CAFÉ *SHANGHAI.* INNEN. NACHT.
BATMAN steht auf der Treppe. Hinter der The-
ke steht SMITH, vor der Theke MICK.

BATMAN: (*Zu MICK*) Aber du hast ihn bestimmt nicht zerquetscht?

MICK: Nein, nein, er muss sich nur seinen Wagen etwas ausbeulen lassen.

SMITH: (*Macht eine sarkastische Bemerkung über JULIE*) … und sie ihr Gesicht. (*Lacht*)

Im Büro von BATMAN klingelt das Telefon.
BATMAN geht ins Büro.

BÜRO BATMAN IM *SHANGHAI.* INNEN. NACHT.
BATMAN geht zum Telefon. JULIE liegt auf der
Couch und sagt kein Wort. BATMAN antwortet.

BATMAN: (*Ins Telefon*) Ja, Batman hier. … (*Lacht*) Ja … Sie machen mir Spaß … Sie können doch nicht so plötzlich aussteigen! … Ihr letztes Wort? … Aha … Bitte …

BATMAN hängt ein. Er überlegt, sagt kein
Wort. Eine lange Pause. Er holt sein Adress-
buch hervor, sucht nach einer Nummer, dann
hebt er den Hörer ab und wählt.

BATMAN: (*Ins Telefon*) Batman hier! Sie können ihn haben!

CAFÉ *SHANGHAI*. INNEN. NACHT.

MICK und SMITH sind allein im Raum. Plötz-
lich klirrt Glas. JIM ELLIS hat mit den Füßen
ein Seitenfenster eingetreten und schwingt
sich in den Raum. Er überrascht damit beide
Männer komplett. Es kommt zu einem Hand-
gemenge zwischen ELLIS, MICK und SMITH.
Sie prügeln sich abwechselnd, auch mit Hilfe
von herumstehenden Stühlen. Schließlich ge-
lingt es SMITH, ELLIS festzuhalten und MICK
kann ELLIS seine Pistole abnehmen. FRANK
BATMAN wurde von dem Lärm in den Raum
gelockt. Er steht auf der Treppe im ersten
Stock vor seiner Bürotür und beobachtet die
gesamte Szenerie vergnüglich. Als SMITH EL-
LIS festhält und MICK ihm seine Pistole abge-
nommen hat, wendet er sich an ELLIS.

BATMAN: (*Vermeintlich freundlich*) Aber, Mr. Ellis, wo
            bleiben denn Ihre Manieren? ... Sie wollten
            doch sicherlich nur Ihre Freundin abholen ...

Er gibt SMITH ein Zeichen, dass er ELLIS los-
lassen soll. BATMAN dreht sich um und ruft in
sein Büro.

BATMAN: (*Ins Büro, zu JULIE*) Kommen Sie! (*Un-*
            freundlich, forsch, brüllt im Befehlston) Na,
            los, los, los, kommen Sie!

JULIE kommt aus dem Büro und BATMAN
greift sie unsanft an, er stößt sie die Treppe
hinunter in die Arme von JIM ELLIS.

BATMAN: (*Zu ELLIS, bedrohlich*) Ich glaube, Sie haben
            das Maul etwas zu voll genommen, Mr. Ellis.
            ... Und noch etwas: Ich hoffe, Sie haben jetzt
            endlich verstanden, wozu wir fähig sind. ...
            (*Droht*) Also, hauen Sie ab! Wenn ich Sie
            noch einmal zu Gesicht bekomme, könnte ich
            mich wirklich vergessen!

ELLIS und JULIE gehen wortlos zum Ausgang.
BATMAN wendet sich an MICK, der an der

Theke steht und grinst. Er hat immer noch die
Pistole von JIM ELLIS in der Hand.
BATMAN: (*Zu MICK*) Gib ihm seine Pistole zurück!
MICK wirft die Pistole in Richtung ELLIS. Sie
kommt auf dem Boden vor dem Eingang zu
liegen. ELLIS bückt sich, hebt sie auf, steckt sie
ein. Dann geht er mit JULIE, die offensichtlich
völlig erschöpft und fertig ist.

EINE STRAßE IN CARDIFF. AUßEN. NACHT.
Ein Taxi fährt die Straße mit hoher Ge-
schwindigkeit entlang. JIM ELLIS und JULIE
ANDREW sitzen auf der Rückbank. JULIE ist
offenbar bewusstlos, ihr geht es gar nicht gut.
ELLIS: (*Zum TAXIFAHRER*) Fahren Sie schneller!
TAXIFAHRER: Das kann mich meine Lizenz kosten!
ELLIS: Ich kaufe Ihnen eine neue!
Das Taxi braust noch schneller die Straße
hinab.

IM HOTEL *IVANHOE*. EMPFANG. INNEN.
MRS. CORBY sitzt hinter dem Schreibtisch und
schreibt offensichtlich eine Rechnung. JIM
ELLIS kommt herunter. Er trägt einen Koffer.
ELLIS: Haben Sie das Taxi bestellt?
MRS. CORBY: Ja, es muss gleich da sein. (*Sieht, dass ELLIS*
             das Gepäck alleine heruntergetragen hat)
             Entschuldigen Sie, dass Sie das Gepäck allei-
             ne tragen mussten.
ELLIS: Ist schon gut, Mrs. Corby.
MRS. CORBY: (*Besorgt*) Hoffentlich ist ihr wirklich nichts
             passiert …
ELLIS: Wem?
MRS. CORBY: Julie Andrew. Wissen Sie, wenn sie bis heute
             Abend nicht zurück ist, dann melde ich sie bei
             der Polizei als vermisst.
ELLIS: (*Nickt*) Ja, das würde ich allerdings auch tun.
             Obwohl … Journalisten! – Verstehen Sie?

163

Vielleicht musste sie dringend nach London und konnte Sie nicht verständigen?

MRS. CORBY reißt die Rechnung vom Block.

MRS. CORBY: Ich hoffe, dass es so ist. (*Sie gibt ELLIS die Rechnung*) Hier ist Ihre Rechnung, Mr. Ellis.

DR. HALL kommt herein. Er trägt seine Golf-ausrüstung bei sich.

DR. HALL: Oh, hier will doch nicht jemand abreisen?

ELLIS: Doch leider.

DR. HALL: So ein Pech. Ich hatte die größte Hoffnung, dass es mir gelingt aus Ihnen doch noch einen Golfspieler zu machen!

ELLIS: (*Lächelt*) Was nicht ist, kann ja noch werden. Vielleicht beim nächsten Mal!

COOPER kommt in den Raum. Er hat es offen-bar eilig.

DR. HALL: (*Zu ELLIS*) Ah … Da können Sie sich auch gleich von Mr. Cooper verabschieden. Er will nämlich nach Brighton.

COOPER: Hallo, Mr. Ellis, Sie wollen verreisen?

ELLIS: Ja. Nach Schottland.

MRS. CORBY: (*Interessiert*) Nach Schottland?

ELLIS: Meine Firma hat plötzlich ein Angebot be-kommen, das ich dringend überprüfen muss.

COOPER: Tut mir leid, wenn Sie uns verlassen. Ich muss allerdings auch für ein paar Tage ver-schwinden, nach Brighton zu einem Klassen-treffen. (*Gibt ELLIS die Hand*) Also dann, al-les Gute Mr. Ellis …

ELLIS: (*Lächelt*) Mr. Cooper …

COOPER: Sie waren ein sehr verständnisvoller Zimmer-nachbar! Vielen Dank.

DR. HALL und MRS. CORBY lächeln. COOPER geht. Das Taxi fährt vor.

ELLIS: Oh, mein Taxi!

DR. HALL: Was ist denn mit Ihrem Wagen los?

ELLIS: Ach, fragen Sie mich bloß nicht. Es wird Zeit, dass ich mir einen neuen kaufe.

164

DR. HALL: (*Zu MRS. CORBY*) Dann werden wir beide in
                   den nächsten Tagen ganz alleine hier im Haus
                   sein, was Mrs. Corby?
ELLIS: … oder Julie Andrew kommt zurück.
DR. HALL lächelt.
ELLIS: (*Zu beiden*) Mrs. Corby … Dr. Hall … Alles
                   Gute!
ELLIS geht.
DR. HALL: Danke.
MRS. CORBY: Danke, Mr. Ellis.

VOR DEM HOTEL *IVANHOE*. AUSSEN. TAG.
*JIM ELLIS kommt aus dem Hotel und steigt mit
seinem Koffer in das Taxi ein. MRS. CORBY
und DR. HALL beobachten ihn durch das
Fenster. Der Wagen fährt ab. DR. HALL und
MRS. CORBY winken hinterher.*

EINE STRAßE IN MELYNFFOREST. AUSSEN. TAG.
*Das Taxi fährt die Straße entlang. Es ist ein
getarnter Polizeiwagen. Es hält an einer Bus-
haltestelle, an der INSPEKTOR BIRD auf den
Wagen wartet. BIRD steigt in den Wagen zu
JIM ELLIS. Der FAHRER ist eigentlich auch
Polizeibeamter.*
BIRD: (*Zum FAHRER*) Zum Flugplatz, Sergeant, aber
                   schnell! (*Zu ELLIS*) Was ist mit Julie Andrew?
Der Wagen fährt weiter.
ELLIS: Sie ist im Krankenhaus und hat einen Nerven-
                   schock. (*Befehlston*) Dieser »Unfall« wird mit
                   Diskretion behandelt!
BIRD: Jawohl. Und Sie geben mir Ihr Wort, dass
                   hier nicht ein Polizeidelikt verschleiert wird?
ELLIS: Sagen wir: Ich nehme die Verantwortung auf
                   meine Kappe.
BIRD nickt.
ELLIS: Und noch etwas: Lassen Sie durch Ihre Kol-
                   legen in Cardiff Frank Batman beschatten.

BIRD:	Kein Problem. Meinen Sie, dass er hinter diesen Morden steckt?
ELLIS:	Der Weg zum Mörder führt über ihn.
BIRD:	Was wollen Sie tun?
ELLIS:	Abwarten. Abwarten, bis das Fass überläuft. Wenn die Jungs nicht ganz dumm sind, dann wissen sie jetzt, wer ich bin und müssen raus aus ihren Mäuselöchern.
BIRD:	Die Spur führt nach Cardiff?
ELLIS:	Auch, Inspektor, auch … (*ELLIS sieht auf die Uhr*) Gegen Mittag bin ich aus London zurück, dann sehen wir uns wieder. … Und wo wir uns wiedersehen, überlassen wir den anderen. Ich möchte nämlich, dass Sie in der Zwischenzeit auch hier noch jemanden beschatten.
BIRD:	(*Überrascht*) Hier?
ELLIS:	Ja. Die Spur führt nämlich nicht nur nach Cardiff, sie führt auch nach Melynfforest.

BÜRO GEORGE BAKER. INNEN. TAG.
GEORGE BAKER, der Chef von Jim Ellis,
kommt in seinem Büro die Treppe herunter.
COLONEL GREEN sitzt bereits auf einem Sessel
und wartet auf ihn.

BAKER:	Guten Morgen, Colonel Green! Wann wollte Ellis kommen?
GREEN:	(*Sieht auf die Uhr*) Um neun Uhr fünfundvierzig.
BAKER:	(*In die Gegensprechanlage auf seinem Schreibtisch zu seinem SEKRETÄR*) Wenn Mr. Ellis da ist, lassen Sie ihn sofort herein! Im Übrigen wünsche ich keine Störung! (*Zu GREEN*) So, Green, jetzt noch einmal alles von vorne!
GREEN:	Ja, fangen wir noch einmal bei Null an: Mr. Higgins alias Richard Hamilton ist die zentrale Figur in diesem Spiel …

166

BAKER:	Ja. Vor allem ist er ein sehr interessantes »Objekt«, sowohl für die Chinesen, als auch für die Russen, für die Amerikaner …
GREEN:	(*Unterbricht*) … und für uns!

Beide setzen sich.

BAKER:	… und natürlich auch für uns – und für einige Leute hier, die ein strafrechtliches Interesse an ihm haben. Das ist genau der Punkt: Mildred Beaty konnte ihnen diese Garantie nicht liefern. Deshalb hatte sie sich damals auch hier angesagt, um sich die entsprechenden Vollmachten zu besorgen. Inzwischen blieb sie aber auch Hamilton auf der Spur …
GREEN:	… von Hongkong bis Melynfforest …
BAKER:	… bis Blackwood Cottage, wo Hamilton einen ruhigen Lebensabend zu verbringen hoffte. Aber Mildred Beaty, die sich als Elaine Belton im *Ivanhoe* einquartiert hatte, ließ nicht locker …
GREEN:	Batman riecht den Braten und greift zu.
BAKER:	Genau. Er erkennt, wie wertvoll Hamilton ist und bringt ihn zunächst einmal in seine Gewalt …
GREEN:	… nachdem er Mildred Beaty aus dem Weg geräumt hat.

Unbemerkt steht jetzt JIM ELLIS in der Tür. Er hat das Gespräch schon eine Zeitlang belauscht.

ELLIS:	Falsch! (*Grüßt BAKER*) Guten Morgen, Chef … (*Grüßt GREEN*) Colonel!
BAKER:	Wieso?
ELLIS:	Diesem Batman traue ich so gut wie alles zu, ganz besonders nach den Ereignissen der letzten Nacht – nur keinen Mord! Der Mörder, mit dem wir es zu tun haben, ist eine Nummer größer.
BAKER:	(*Interessiert*) Ach? Vielleicht wollen Sie uns auch Name, Wohnort und Straße nennen?

ELLIS:	(*Scherzt*) Und die Telefonnummer!
BAKER lacht.	
ELLIS:	Ich glaube, ich kenne ihn. ... Würden Sie mir erlauben, Ihre Geheimkartei einzusehen?
BAKER zögert einen Moment. Dann drückt er	
den Knopf der Gegensprechanlage.	
BAKER:	(*In die Gegensprechanlage*) Mr. Ellis hat Zutritt zum Geheimarchiv! (*Zu ELLIS*) Was wollen Sie konkret unternehmen?
ELLIS:	Nichts. Ich schlage vor, das wir nichts unternehmen. Die Dinge sind letzte Nacht dermaßen in Fluss geraten, dass ich denke, wir sollten uns so verhalten wie der Profi von der Konkurrenz: Abwarten und zusehen, wie sie sich entwickeln.
GREEN:	Ist das nicht zu riskant?
ELLIS:	Kaum. Stellen Sie sich eine fette Spinne vor, die in ihrem Netz sitzt. Natürlich tötet sie gelegentlich dieses oder jenes Insekt, das das Netz zu zerstören droht, aber im Grunde wartet sie nur unbeweglich auf ihr Opfer, für das sie das Netz gebaut hat: Hamilton.
BAKER:	Tja, Ellis, wenn Sie meinen, dass es so ist, dann sollten wir keine Zeit verlieren.
ELLIS:	Genau.
BAKER:	Wen lassen Sie überwachen?
ELLIS:	Alle und einige ganz besonders.
ELLIS sieht auf die Uhr.	
BAKER:	Haben Sie alle Fluchtwege unter Kontrolle? Den Flughafen in Cardiff? Eine Liste der auslaufenden Schiffe?
ELLIS:	Ja. Es ist alles organisiert. Ab heute geschieht nichts mehr zwischen Melynfforest und Cardiff, von dem wir nichts erfahren. Das ist unser Netz!
GREEN:	Die Maschine steht für uns bereit, sobald Sie im Archiv fertig sind.
ELLIS:	Sehr gut!

168

ELLIS geht zur Tür. BAKER sagt noch etwas,
ELLIS dreht sich um.

ELLIS: Und Ellis … Passen Sie auf sich auf!

ELLIS: Das tue ich immer.

BAKER: Und noch etwas: Wenn das klappt, rücken Sie eine Stufe nach oben!

ELLIS: Sie verwöhnen mich!

BAKER lacht, ELLIS geht.

CARDIFF. HAUPTBAHNHOF. AUßEN. TAG.

Der Haupteingang zum Bahnhof in Cardiff. Aus dem Gebäude kommt PHILIP COOPER. Er trägt einen großen Aktenkoffer in der Hand und geht die Straße entlang. Im Hintergrund hören wir die Stimme aus einem Polizeifunkgerät. COOPER wird aus einem Wagen observiert.

STIMME: (*Aus dem Funkgerät*) Wagen 12 an Einsatzleitung! Wagen 12 an Einsatzleitung! Cooper verlässt soeben den Hauptbahnhof und geht in Richtung Innenstadt. Er trägt einen schwarzen Aktenkoffer. Ich nehme die Verfolgung auf. Ende.

Wir sehen nun das Innere eines großen Polizeiwagens in Zivil. Im hinteren Bereich sitzen BIRD, ELLIS und GREEN und hören mit, was über Funk berichtet wird.

CARDIFF. HAFENGELÄNDE. AUßEN. TAG.

Ein Krankenwagen steht auf einem verlassenen Gelände. Hinter dem Steuer sitzen zwei MÄNNER, die als Krankenwagenfahrer getarnt sind. Sie haben über Funk auch mitgehört, was eben gesagt wurde. Sie blicken nach hinten in den Krankenwagen und lächeln jemandem zu.

CARDIFF. VOR DER NATIONAL WESTMINSTER BANK.
AUßEN. TAG.

COOPER verlässt die Bank mit seinem Koffer und versucht ein Taxi anzuhalten.

STIMME: (*Aus dem Funkgerät*) Cooper hat soeben die National Westminster Bank in der Main Street verlassen. Er trägt den schwarzen Aktenkoffer. Wagen 14, übernehmen.

Ein Taxi hält und COOPER steigt ein. Ein ziviles Polizeifahrzeug fährt auf die Straße und folgt dem Taxi. Im Wagen sitzen ZWEI POLIZISTEN in Zivil.

POLIZIST: (*Ins Funkgerät*) Wagen 14 an Einsatzleitung! Cooper hat das Taxi bestiegen. Wir folgen ihm in Richtung alter Industriehafen.

EIN POLIZEIFUNKWAGEN. INNEN. TAG.

BIRD, GREEN und ELLIS sitzen vor dem Funkgerät und haben alles mitangehört.

GREEN: Na also! Wenn wir richtig gerechnet haben, dann wäre jetzt Mr. Batman am Zug!

BIRD: Das muss er ja, wenn er das Geld haben will.

CARDIFF. EIN VERLASSENES HAUS. AUßEN. TAG.

Eine heruntergekommene Gegend. Abbruchreife Häuser. Vor einem der Häuser steht FRANK BATMANS Mercedes. Aus dem Haus kommen BATMAN, SMITH, NICK und HAMILTON. NICK führt HAMILTON, der offenbar krank und völlig geistesabwesend ist. SMITH hält die hintere Wagentür auf. MICK setzt HAMILTON auf den Rücksitz. Dann steigen er, BATMAN und SMITH ein. BATMAN fährt. Der Wagen fährt ab. Von den Männern unbemerkt folgt ihnen jetzt ein Polizeiwagen in Zivil. SERGEANT BLAIN sitzt am Funkgerät und spricht hinein.

BLAIN: (*Ins Funkgerät*) Wagen 17 an Einsatzleitung!

170

Wir nehmen die Verfolgung von Batmans Mercedes auf. Der Wagen fährt Richtung Hafen. Ende.

EIN POLIZEIFUNKWAGEN. INNEN. TAG.

BIRD, GREEN und ELLIS sitzen vor dem Funkgerät. Wie zuvor. BIRD spricht ins Funkgerät.

BIRD: (*Ins Funkgerät*) Einsatzleitung an alle! Die Operation wird wahrscheinlich im alten Industriehafen stattfinden. Weitere Anweisungen folgen. Ende. (*Zum FAHRER*) Los!

ELLIS schließt die Tür und der Wagen fährt ab.

CARDIFF. HAFENGELÄNDE. AUßEN. TAG.

Die MÄNNER im Krankenwagen haben den Funk belauscht. Auch sie fahren jetzt los. Als der Wagen wegfährt, sieht man ZWEI GEFESSELTE SANITÄTER in der Unterwäsche im Graben liegen. Man hat ihnen die Uniformen ausgezogen und den Krankenwagen weggenommen. Man hat mit Klebeband ihren Mund verklebt und sie an Händen und Beinen gefesselt.

CARDIFF. ALTER INDUSTRIEHAFEN. AUßEN. TAG.

Das Taxi mit PHILIP COOPER nähert sich und hält im Hafen. COOPER steigt aus und sieht sich um. Nichts zu sehen. Er geht auf und ab. Da nähert sich plötzlich FRANK BATMANs Mercedes der Szenerie.

EIN POLIZEIFUNKWAGEN. INNEN. TAG.

BIRD, GREEN und ELLIS sitzen im hinteren Teil des Kombis.

STIMME: (*Aus dem Funkgerät*) Batman hat die Zollbrücke passiert und fährt in Richtung alter Industriehafen. Ende.

BIRD: (*Ins Funkgerät*) Einsatzleitung an alle! Wa-
                         gen 23 und 26 riegeln den alten Industrieha-
                         fen ab. Die anderen Fahrzeuge beziehen ihre
                         Position nach Plan. Ende.

KRANKENWAGEN. INNEN. TAG.

*Die beiden FALSCHEN SANITÄTER sitzen hinter
dem Steuer und haben alles mitangehört.
Nachdem BIRD gesagt hat, man solle die Posi-
tion beziehen, dreht sich der BEIFAHRER um
und spricht durch die Trennscheibe nach hinten, in das Innere des Krankenwagens. Dort
sitzt offenbar noch jemand. Wir sehen aber
nicht, wer.*

BEIFAHRER: (*Sarkastisch*) Haben Sie gehört, Chef? Wir
                         sollen unsere Position beziehen! … Nach
                         Plan!

Die Ambulanz fährt in den alten Industriehafen.

ALTER INDUSTRIEHAFEN. AUßEN. TAG.

*Der Funkwagen mit ELLIS, GREEN und BIRD
fährt in den Hafen, weit an COOPER vorbei
und versteckt sich hinter einigen alten, aus-
rangierten Autobussen.
BIRD steigt aus und delegiert den heranfah-
renden Wagen mit SERGEANT BLAIN in eine
Ecke. ELLIS und GREEN steigen aus. BIRD folgt
ihnen. Sie begeben sich in sichere Entfernung
zu COOPER und verstecken sich hinter den
alten Autobussen, um die folgenden Szenen in
Ruhe beobachten zu können.*

ALTER INDUSTRIEHAFEN. ANDERES UFER. AUßEN. TAG.

*Am gegenüberliegenden Ufer der Stelle, an
der COOPER wartet, hält nun der Krankenwagen mit den FALSCHEN SANITÄTERN. Der DRIT-
TE MANN im Wagen, dessen Identität wir nicht
kennen, öffnet die hintere Tür und blickt durch*

172

*die Tür auf die Stelle, an der COOPER auf und
ab geht. Er beobachtet COOPER. Wir sehen
das Gesicht des Unbekannten nicht.*

ALTER INDUSTRIEHAFEN. AUßEN. TAG.

*COOPER geht weiter unruhig auf und ab. Da
biegt der Mercedes von BATMAN um die Ecke
und hält. BATMAN steigt aus.*

ALTER INDUSTRIEHAFEN. VERSTECK. AUßEN. TAG.

*ELLIS, GREEN und BIRD beobachten die Szene.
BIRD hält ein Funkgerät und spricht hinein.*

BIRD: Planstufe Null. Warten Sie das Signal ab!
        Ende!

ALTER INDUSTRIEHAFEN. AUßEN. TAG.

*COOPER öffnet die hintere Türe des Mercedes.
HAMILTON sitzt reglos und mit starrem Blick
auf dem Rücksitz. COOPER rüttelt ihn. HAMIL-
TON zeigt keine Reaktion. Er ist zwar bei Bewusstsein, aber offenbar hat man ihm ein
Medikament verabreicht. COOPER rüttelt verzweifelt an HAMILTON. Dann wendet er sich
an BATMAN.*

COOPER: (*Zu BATMAN*) Was haben Sie mit ihm ge-
          macht?
BATMAN: (*Freundlich, lacht*) Gar nichts.
COOPER: Er atmet kaum noch.
BATMAN: Keine Sorge, Mr. Cooper … Ein leichtes Be-
          ruhigungsmittel! … Haben Sie das Geld?
COOPER: (*Entsetzt*) Er stirbt doch! Er stirbt … Sie ha-
          ben ihn umgebracht.
BATMAN: (*Lacht*) Wir bringen niemanden um! <u>Wir</u>
          nicht.
COOPER: (*Verzweifelt*) Ich bin unschuldig. … Ich habe
          nichts damit zu tun, das wissen Sie ganz ge-
          nau.
BATMAN: Ja … (*Nickt SMITH zu, der HAMILTON aus dem*

173

Wagen hieven soll) Ja, klar, Mr. Cooper.

SMITH holt HAMILTON aus dem Wagen. MICK
hilft ihm dabei.

BATMAN: Ich weiß das. Sie wissen das. Außer uns bei-
           den gibt es nur noch einen, der das weiß: der
           Mörder!

COOPER: Kennen Sie ihn?

BATMAN: Nein. Aber wenn Sie es nicht selbst sind,
           dann tun sie mir leid, Cooper. … Haben Sie
           das Geld?

COOPER: Natürlich, hier!

COOPER gibt BATMAN den Aktenkoffer. Dieser
nimmt ihn, öffnet ihn. Es sind viele Banknoten
darin. BATMAN schließt den Koffer.

COOPER: Sie brauchen nicht nachzuzählen, ich bin kein
           Betrüger!

BATMAN: Eben, Mr. Cooper … Ich habe sogar das Ge-
           fühl, dass Sie der Betrogene sind.

ALTER INDUSTRIEHAFEN. VERSTECK. AUßEN. TAG.

ELLIS, GREEN und BIRD haben die Szene beo-
bachtet. ELLIS sieht auf die Uhr und will ge-
hen.

ELLIS: Na dann … Bis später!

BIRD: (*Versteht nicht*) Was ist denn mit Ihnen los?

ELLIS: Ich habe noch eine Verabredung!

GREEN lacht.

ALTER INDUSTRIEHAFEN. ANDERES UFER. AUßEN. TAG.

Im Krankenwagen hat man die Szene auch
mitbeobachtet. Der BEIFAHRER dreht sich
nach hinten zum DRITTEN MANN im Wagen.

BEIFAHRER: Es klappt doch prima! Es läuft alles nach
            Plan. Ich glaube, wir können dann, Chef …
            das Finale!

Man sieht jetzt, wie der MÖRDER ein Gewehr
mit Zielfernrohr in der Hand hält und es mit
einem Betäubungspfeil lädt. Die beiden FAL-

174

SCHEN SANITÄTER sehen gespannt zu.

ALTER INDUSTRIEHAFEN. VERSTECK. AUSSEN. TAG.
GREEN und BIRD sind im Versteck zurückge-
blieben. Es ist jetzt der Moment gekommen,
an dem die Polizei eingreifen muss. BIRD holt
eine Trillerpfeife hervor und gibt damit das
Signal zum Zugriff.

ALTER INDUSTRIEHAFEN. AUSSEN. TAG.
COOPER, HAMILTON, BATMAN, MICK und
SMITH stehen im Hafen. Das Geschäft wurde
fertig abgewickelt.
Ein Fenster eines angrenzenden Hauses öffnet
sich. Ein Megaphon erscheint. Ein POLIZIST
macht eine Durchsage.

POLIZIST: Halt! Polizei! Das Gelände ist umstellt! Wi-
derstand ist zwecklos.

Von allen Seiten rennen nun BEWAFFNETE
POLIZISTEN auf die Stelle zu, an der COOPER,
HAMILTON, BATMAN, MICK und SMITH stehen.
Sie nehmen die Hände hoch. Auch INSPEKTOR
BIRD und COLONEL GREEN betreten nun die
Szene. COLONEL GREEN geht auf den verzwei-
felten COOPER zu.

GREEN: (*Zu COOPER*) Pech gehabt, Mr. Cooper!

COOPER: (*Verzweifelt*) Ich habe damit nichts zu tun! …
Ich bin unschuldig. Ich wollte doch nur …

Im Hintergrund hilft ein UNIFORMIERTER PO-
LIZIST dem wieder im Wagen sitzenden RI-
CHARD HAMILTON auszusteigen und führt ihn
weg.

COOPER: Hamilton …

GREEN: … ist Ihr Bruder. Ich weiß, Mr. Cooper. (*Eine*
Pause) Ich muss Sie leider vorläufig festneh-
men. Kommen Sie.

GREEN nimmt COOPER am Arm. BIRD spricht
unterdessen mit BATMAN.

175

BATMAN: (*Zu BIRD*) Inspektor Bird ... Sie können mir doch gar nichts nachweisen!

BIRD: (*Nimmt BATMAN den Koffer mit dem Geld ab*) Oh doch, das können wir. Mr. Cooper wird uns sicherlich dabei helfen! Menschenraub, Menschenhandel ...

GREEN: (*Ergänzt*) Passfälscherei. (*Zu COOPER*) Zu der Sie ihn veranlasst haben, Mr. Cooper.

COOPER blickt zu Boden. Er sagt kein Wort.

GREEN: (*Zu BATMAN*) Vorwärts, Mr. Batman, ab geht die Post!

BATMAN lacht.

BATMAN: Da hat uns einer reingelegt ... Und Sie auch, Colonel Green!

ALTER INDUSTRIEHAFEN. ANDERES UFER. AUßEN. TAG.

Durch die hintere Tür des Krankenwagens wird jetzt das Gewehr geschoben. Der MÖRDER zielt damit auf HAMILTON, der gerade zum Polizeiwagen geführt wird. Er drückt ab und HAMILTON sinkt zu Boden.

ALTER INDUSTRIEHAFEN. AUßEN. TAG.

HAMILTON liegt am Boden. COOPER ist erschrocken und verzweifelt. Er beugt sich zu seinem Bruder hinunter. Auch COLONEL GREEN beugt sich hinunter und will HAMILTON helfen. INSPEKTOR BIRD steht daneben.

COOPER: (*Verzweifelt*) Richard!

GREEN: (*Zu einem SERGEANT*) Eine Ambulanz, schnell!

Der SERGEANT läuft zum Funkgerät.

SERGEANT: (*Ins Funkgerät*) Eine Ambulanz sofort zum alten Industriehafen, schnell!

ALTER INDUSTRIEHAFEN. ANDERES UFER. AUßEN. TAG.

Die beiden FALSCHEN SANITÄTER sitzen hinter dem Steuer und haben über Funk die Anforde-

176

rung einer Ambulanz mitangehört.

BEIFAHRER: (*Zum* FAHRER) Hast du nicht gehört? Das war
ein Befehl!

Der FAHRER *grinst und startet den Wagen.*
Die Ambulanz fährt mit eingeschalteter Sirene
weg.

ALTER INDUSTRIEHAFEN. AUßEN. TAG.

Die Ambulanz fährt im Hafen ein. Die beiden
FALSCHEN SANITÄTER *steigen aus. Sie holen*
die Bahre aus dem hinteren Bereich des Wa-
gens. Dabei halten sie eine der beiden Türen
so zu, dass man nicht sehen kann, dass der
MÖRDER *auch im hinteren Bereich des Wa-*
gens sitzt. Die beiden FALSCHEN SANITÄTER
legen HAMILTON *auf die Bahre.*

GREEN: (*Zu den* FALSCHEN SANITÄTERN) Ins Polizei-
krankenhaus!

Die FALSCHEN SANITÄTER *laden Hamilton in*
den hinteren Bereich des Krankenwagens ein.
Ein UNIFORMIERTER SERGEANT *steht daneben.*
COLONEL GREEN *sieht den* SERGEANT *und gibt*
ihm einen Befehl.

GREEN: (*Zum* UNIFORMIERTEN SERGEANT) Sie fahren
mit!

Der SERGEANT *nickt und steigt in den Wagen.*
Der BEIFAHRER *schließt die Tür, der Wagen*
fährt mit Sirenengeheul ab. Als er um die
Ecke, etwas entfernt von der Stelle ist, an der
die Polizei sich aufhält, hält der Wagen kurz.
Jemand stößt den toten UNIFORMIERTEN POLI-
ZISTEN *auf die Straße. Die Leiche liegt auf der*
Straße, der Wagen fährt mit Sirenengeheul
weiter.

FLUGHAFEN. AUßEN. TAG.

Die Ambulanz fährt auf das Flughafengelände
und hält vor einem Hubschrauber, der mit

laufendem Propeller bereit steht. Er dient
offensichtlich dazu, HAMILTON und den MÖR-
DER wegzubringen. Der Wagen hält unweit
des Hubschraubers. Die hintere Tür öffnet
sich. Jetzt sehen wir, dass der DRITTE MANN
im Krankenwagen DR. RICHARD HALL ist. Er
trägt einen weißen Mantel, den er nun aus-
zieht. Die beiden FALSCHEN SANITÄTER hieven
die Bahre mit Hamilton aus dem Wagen. In
der Ferne erscheint ein Polizeiwagen. DR.
HALL hat es nun eilig. Er lässt alle stehen,
rennt zum Hubschrauber und steigt ein. Als
DR. HALL am Sitz neben dem Piloten sitzt,
stellt dieser den Motor des Hubschraubers ab.

DR. HALL: (*Brüllt den Piloten an*) Was ist denn los, worauf warten Sie noch?

Der Pilot, der einen Helm trägt, dreht sich
jetzt zu DR. HALL. Jetzt erkennen wir, dass es
sich dabei um JIM ELLIS handelt.

ELLIS: Auf nichts mehr. (*ELLIS zückt eine Pistole und*
richtet sie auf DR. HALL) Wir sind komplett.

DR. HALL schaut erschrocken. Er sagt kein
Wort. Er weiß, dass das Spiel vorbei ist.

ELLIS: Dr. Richard Hall … alias Jeff Mason. Ehemaliger Agent des CIA in Hongkong, seit 1958
auf eigene Rechnung im internationalen
Agentengeschäft: Ich verhafte Sie wegen
Mordes in drei Fällen, Menschenraub … und
den Rest der Liste kann Ihnen der Staatsan-
walt vorlesen. Für wen haben Sie gearbeitet?
(*Eine Pause, DR. HALL sagt nichts und sieht*
zu Boden) Doch nicht etwa für den Golfclub
von Peking?

DR. HALL: (*Eine Pause*) Woher wussten Sie, …?

ELLIS: Sie waren zu gut, Mason. So gut, wie es nur
einer aus unserer Branche sein kann. Nachdem wir das wussten, konnten wir Ihre Stra-
tegie wie in einem offenen Buch nachlesen.

DR. HALL:	Ich dachte …
ELLIS:	(*Unterbricht*) Wir auch, Herr Kollege, wir auch. Cooper – ein alter Mann, der sich ständig verdächtig macht und dann doch ein Alibi hat … Da muss doch einer nachgeholfen haben, oder? Allerdings etwas schäbig von Ihnen: Erst lassen Sie den armen Cooper das Lösegeld zahlen und dann reißen Sie sich die Beute selbst unter den Nagel …

*DR. HALL will aussteigen. ELLIS zwingt ihn mit
der Pistole, sitzen zu bleiben.*

ELLIS:	Nicht doch … Bleiben Sie sitzen! Gewöhnen Sie sich daran! Das werden Sie noch ein ganzes Leben lang tun können.

*Vor dem Hubschrauber hält ein Polizeiwagen.
Ein SERGEANT steigt aus und fordert mit der
Waffe in der Hand DR. HALL zum Aussteigen
auf. DR. HALL steigt aus. Der SERGEANT führt
ihn ab.
JIM ELLIS steigt auch aus und will in den Polizeiwagen einsteigen. Da erblickt er plötzlich,
wie JULIE ANDREWs Wagen um die Ecke biegt.
Er steigt wieder in den Hubschrauber ein und
hebt ab. JULIE hält vor dem Streifenwagen,
steigt aus und steht neben dem Wagen. Sie
spricht mit dem SERGEANT.
JIM ELLIS beobachtet die Szene und spricht
über Funk mit dem SERGEANT.*

ELLIS:	(*Ins Funkgerät*) Charlie … Geben Sie der langbeinigen Dame doch einmal das Mikrophon!

JULIE nimmt das Mikrophon.

JULIE:	(*Ruft zum Hubschrauber hoch*) Jim, Jim, komm herunter, ich muss mit dir sprechen!
ELLIS:	(*Ins Funkgerät*) Sprich doch …
JULIE:	Ich muss einfach ein Interview mit dir machen. Komm doch mal runter!
ELLIS:	Drei Fragen hast du frei.

JULIE:	(*Sarkastisch, ins Mikrophon*) Schönen Dank. ... Was passiert mit Cooper, wird er bestraft?
ELLIS:	(*Ins Funkgerät*) Wofür denn? Passvergehen oder Irreführung der Polizei? Verschiedene Leute in diesem Land werden ganz froh sein, dass er seinen Bruder wieder zurückgebracht hat.
JULIE:	(*Brüllt ins Funkgerät, weil es durch den Helikopter so laut ist*) Und warum hat Hall die chinesischen Messer benutzt?
ELLIS:	(*Ins Funkgerät*) Um den Verdacht auf Cooper zu lenken, du kluges Kind ...
JULIE:	(*Keck*) Danke. ... (*Ins Funkgerät*) Und was hat Mrs. Corby mit der ganzen Sache zu tun?
ELLIS:	(*Ins Funkgerät*) Sie war verliebt, so etwas kann ja vorkommen. Sie war in Hall verliebt und Hall hat sie ausgenutzt. Als John Miller dahinter kam, musste auch er weg vom Fenster.
JULIE:	Ja, allerdings. ... Weißt du, dass du ein Ekel bist ... Wenn du mich liebst, dann komm herunter ...
ELLIS:	(*Lacht ins Funkgerät*) War das eine Frage?
JULIE:	Nein ... Warum hat mir Hall die Filme geklaut?
ELLIS:	Das hat er ja gar nicht ...
JULIE:	Wer denn dann?
ELLIS:	Ich ...
JULIE:	Bist du wahnsinnig, warum denn du?
ELLIS:	Ich wollte mich nicht so gerne in einem Sensationsartikel im *Daily Mirror* wiederfinden.
JULIE:	Ich arbeite für den *Guardian*. Das weißt du ganz genau! <u>Ich</u> verheimliche nicht, für wen ich arbeite.
ELLIS:	Ich auch nicht ...
JULIE:	Für wen denn?
ELLIS:	Na, für das Beratungsbüro Industrieansiedlung ...

JULIE lacht ins Funkgerät. ELLIS fliegt noch
eine Runde mit dem Hubschrauber.

ENDE.

Wer wissen möchte, wie der ursprüngliche Fall mit Tim Frazer aussah, kann im nächsten Band von Williams & Whiting
nachlesen:

Tim Frazer
und das Rätsel von Melynfforest

erscheint als Band 22 der Durbridge-Edition und enthält erstmals in deutscher Übersetzung das Originaldrehbuch zum
dritten und in der BRD unverfilmten Tim-Frazer-Abenteuer
inklusive zahlreicher Hintergrundinformationen und dem
Filmtreatment *Tim Frazer und die Melvin-Affäre*, das
Durbridge für einen deutschen Produzenten als Auftakt einer
potentiellen und nie realisierten Frazer-Kinoserie schrieb.

Presseberichte, Kritiken und Leser- briefe: Reaktionen auf *Das Messer*

Nachwort
zusammengestellt von Georg Pagitz

Auf den folgenden Seiten finden Sie zeitgenössische Berichte, die im Vorfeld des Mehrteilers, während dessen Ausstrahlung und danach publiziert wurden. Sie spiegeln einerseits die Euphorie wieder, die eine Durbridge-Serie damals auslöste, andererseits, wie sehr die von der Presse hochgespielten Erwartungen bei Presse und Publikum zur Enttäuschung führten.

Alle großen TV-Zeitschriften und Zeitungen kündigten die Serie schon wochenlang vorher mit vermeintlich »exklusiven« Berichten an, während der Ausstrahlungswoche wurden die Figuren und ihre Motive dargestellt, sodass jeder bestens auf die Mörderjagd vorbereitet war. Erscheinungen am Rande waren von Zeitschriften und ARD (SR) organisierte Gewinnspiele, bei denen diejenigen, die auf den richtigen Messermörder tippten, lukrative Preise erwarteten.

Wir starten jedoch mit einem Brief von Rolf von Sydow, der in der *Bild und Funk* (18/1971, Seite 3) abgedruckt wurde. Die Zeitschrift hatte dem Regisseur folgende Frage gestellt:

> »Lieber Rolf von Sydow! Nachdem Sie im vorigen Jahr den Durbridge-Krimi *Wie ein Blitz* inszeniert haben, machen Sie jetzt mit *Das Messer* Ihren zweiten Durbridge. Warum? Soll der Durbridge-Regisseur der Zukunft nur noch Sydow heißen?«

Der Regisseur antwortete darauf wie folgt:

183

»Liebe Redaktion!

Gegenfrage: Warum soll ich den Durbridge nicht machen? Er ist nach wie vor – mit Abstand – die erfolgreichste Sendung des deutschen Fernsehens. Und man hätte ihn mir gewiss nicht wieder angeboten, wäre der vorige (für Publikum und Auftraggeber) nicht so geworden, wie man das erwartete.

Dann: Es macht mir Spaß, mich mit großen Produktionen und „Stars" auseinanderzusetzen. Mein „Selbstverständnis" als Regisseur erfüllt sich damit.

Mein einziger Auftrag bei Durbridge heißt: möglichst viel Spannung mit möglichst lauteren Mitteln für möglichst viele Menschen. Nicht mehr und nicht weniger. (Nebenbei, es ist sehr viel!)

Durbridge ist kein pseudodokumentarischer Krimi, der dem Zuschauer durch falsche Realitätsbezüge gefährlich werden könnte. Er ist ein „reißerisches Spiel" mit verabredeten Regeln. Ich habe diesen Stoff nicht „umzufunktionieren", bis er die unverwechselbare (immer gleiche) Handschrift des Regisseurs zeigt oder in die einseitigen Kriterien einer sich fortschrittlich dünkenden Mafia von Feuilletonisten passt.

Ich betrachte mich – sicher weit mehr als viele meiner Kollegen – in erster Linie als Vermittler, als Interpret, der die Geschichte eines Autors zu inszenieren hat. Und nicht sich selbst. Das hat etwas mit „Werktreue" zu tun und noch mehr mit Ehrlichkeit. Zwei Dinge, die heute nicht allzu gefragt erscheinen, da sie wenig Nachrichtenwert besitzen. Und darauf muss es – verständlicherweise – den meisten Zeitungen ankommen. So

wird im Fernsehen sehr häufig nicht aus Bedürf-
nis gehandelt, sondern aus Spekulation. Mag sie
sich auch noch so modisch geschickt mit „gesell-
schaftlicher Relevanz" tarnen. Und Angst vor
dem „Abgestempeltwerden" habe ich nicht. Dazu
bin ich viel zu neugierig. Das heißt, ich werde
mich immer wieder an den verschiedensten Din-
gen versuchen. Selbst, wenn ich damit auf die
Nase fallen sollte. Ich kann mich und meine Arbeit nicht so wichtig nehmen.

Und: Ich fühle mich nicht so anmaßend sicher, als dass ich durch meine Sendungen die
Umwelt verändern wollte. Das überlasse ich Be-
rufeneren. Ich habe genug damit zu tun, sie zu
verstehen. Die Umwelt!

Warum also nicht wieder der neue Durbridge?
Ihr
Rolf von Sydow«

Sehen wir uns nun an, was die Presse damals berichtete.

Westfälische Nachrichten, 17. April 1971
Der kahlköpfige Nachfahre von Edgar Wallace möchte mit
dem Messer, das in Wirklichkeit ein chinesischer Dolch ist,
einmal mehr unsere Straßen leerfegen. An drei spannungsge-
ladenen Abenden sollen mehr Fernsehzuschauer als jemals
zuvor das nervenkitzelnde Geschehen auf der Mattscheibe in
Hochspannung und mit angehaltenem Atem verfolgen. Und
das, obwohl Spannungsmacher Durbridge bereits einige
Schleier weggezogen und munter ausgeplaudert hat: »Gleich
in der allerersten Minute wird es eine Leiche geben, anschlie-
ßend zwei weitere Morde und einen Beinahe-Mord.«

WDR-Chefdramaturg Günter Rohrbach versichert, *Das
Messer* sei nicht nur der spannungsstärkste, sondern auch der
logischste aller bisherigen Durbridge-Thriller: »Die Fernseh-

zuschauer dürfen sich darauf verlassen, dass diesmal keine Leiche plötzlich wieder lebendig wird!«

Die eigentliche Hauptrolle aber spielt ein dreißig Zentimeter langer Dolch mit schwerem Bronzegriff, in den geheimnisvolle chinesische Schriftzeichen eingeritzt sind. Dazu ein Notizbüchlein mit Namen und Adressen, das neben der ersten Leiche liegt – neben einer Frau, in deren Rücken der chinesische Dolch steckt.«

Bild und Funk, November 1971: *Bei Durbridge werden die Leichen knapp*

Wenn Nervenzerrer Durbridge sparen muss, wird es teuer fürs Fernsehen. In seinem neuen Thriller *Das Messer* sollten nach Wunsch der Fernsehgewaltigen nicht mehr so viele Leichen die Handlung beleben. […] An den übrigen notwendigen Zutaten wurde jedoch nicht gespart. Reichlich vorhanden sind: Mordanschläge, Prügeleien, Verfolgungsjagden, zwielichtige Typen. Und man geizte auch nicht mit großen Namen. Noch nie haben in einem Krimi so viele Klassemimen mitgespielt wie diesmal. Um nur ein paar Namen zu nennen: Sonja Ziemann, Eva Renzi, Karin Hübner führen die Damenriege an. In der Abteilung Männer stehen: Hardy Krüger, Charles Regnier, Alexander Kerst, Peter Mosbacher, Hans Jürgen Diedrich, um nur die Wichtigsten zu nennen. Also Schauspieler, die es nicht mehr nötig haben, sich durch die Wirkung in einem Straßenfeger einen Namen zu machen. Im Gegenteil: Bei Durbridge kann man auf die Nase fallen, man kann so auf eine Rolle abgestempelt werden, dass man keine anderen mehr bekommt.

»Das kann diesmal nicht passieren«, winkt Rolf von Sydow ab. »Bei diesem Durbridge ist alles ganz anders. Keine unnötige Irreführung des Zuschauers. Weniger Tote. Außerdem wird die Geschichte logischer sein. Und sich selbst nicht ganz ernst nehmen. Wir machen alles mit einem Augenzwinkern.«

Diese neue Art von Durbridge-Krimi scheint es auch gewesen zu sein, die die Stars zum Mitwirken veranlasste. Su-
pergagen waren es bestimmt nicht. Es wurde ganz normal
honoriert. […] Auch Eva Renzi schätzt die Fernsehpublicity
nicht gering ein: »Die Gage von 12.000 Mark verdiene ich
beim Film in drei Tagen.«

Funkuhr, November 1971, *Wer ist der Messer-Mörder?*
Funk Uhr gibt Tipps, auf welche Szenen Sie achten müssen
und wer sich warum verdächtig macht …

Wie ein Blitz schlägt Durbridge zu: Nach 100 Sekunden
beschert er in seinem neuesten Krimi-Dreiteiler *Das Messer*
die erste Bildschirmleiche: Eine Frau. Und erst nach 200 Minuten soll das jüngste Durbridge-Geheimnis platzen: In den
allerletzten Sekunden wird diesmal der Täter entlarvt. Nur
eine einzige Frage soll Millionen Zuschauer an drei Fernseh-
abenden beschäftigen: Wer ist der Messer-Mörder?

[…] Wir stellen die Verdächtigen des neuen Durbridge-
Reißers vor. Ein Rat: Lesen Sie diesen Artikel auf jeden Fall
noch einmal, wenn Sie die ersten Teil gesehen haben.

Der erste Kreis der Verdächtigen: Hardy Krüger, Charles
Regnier und Alexander Kerst können Sie nur dann von der
Liste der Verdächtigen streichen, wenn Sie nicht annehmen,
dass bei Durbridge auch drei Geheimagenten in eine Mordse-
rie verwickelt sind. Hardy, alias Jim Ellis, erstmals in einer so
großen Fernsehproduktion, jagt den Durbridge-Mörder, das ist
klar. Regnier alias George Baker mimt Hardys Chef, Kerst
alias Colonel Green ist Hardys Kollege und Vertrauter auf der
Suche nach dem Mörder.

Der zweite Kreis der Verdächtigen: Die Gäste im Hotel
Ivanhoe gehören zum engsten Kreis der Verdächtigen. Sonja
Ziemann (Ivanhoe-Besitzerin Mrs. Corby) kannte die Tote
gut. Sie wohnte als Gast im Hotel Ivanhoe. Ein besonderer
Tipp: Achten Sie auf Mrs. Corbys Liebesaffären. René Delt-
gen (Philip Cooper) ist der Besitzer des berüchtigten Messers

(chinesische Inschrift: »Tod dem Verräter«!) Besonderer Tipp: Achten Sie darauf, welch merkwürdige Schallplatten dieser Mann spielt. Peter Mosbacher (Dr. Hall) ist als Arzt mit dem Tod auf sehr vertrauten Fuß und scheint die ganzen Tage im Ivanhoe mit Golfspielen zu verbringen. Unser besonderer Tipp: Achten Sie darauf, wann er wohin mit wessen Auto gefahren wird und wo er sich absetzen lässt! Eva Renzi (Julie Andrew) gibt sich als Journalistin aus und fotografiert alles, was ihr vor die Linse kommt. Warum? Besonderer Tipp: Achten Sie darauf, wen sie fotografiert! Hans-Jürgen Diedrich (John Miller) arbeitet als Hausdiener bei Mrs. Corby. Ein mürrischer Zeitgenosse, höflich, aber verschlossen. Weiß er zuviel? Der besondere Tipp: Achten Sie darauf, wo Miller sich herumtreibt!

Der dritte Kreis der Verdächtigen: Die Leute im Makler-büro des Mr. Tom Clifford (gespielt von Kurt Beck) gehören ebenfalls zum engsten Kreis der Verdächtigen. Tim Clifford selbst hat vielfältige Beziehungen. Unser Tipp: Achten Sie darauf, welche Grundstücke er verkaufen will. Karin Hübner (Mary Jones) arbeitet als Sekretärin bei Clifford. Achten Sie auf diese Frau! Unser besonderer Tipp: Schauen Sie genau im Programmteil der Funkuhr, welchen Namen Karin Hübner im Krimi führt.

Der vierte Kreis der Verdächtigen findet sich im berüch-tigsten Viertel der Hafenstadt Cardiff. Klaus Löwitsch (Mr. Batman) führt dort ein zweifelhaftes Hotel und ist auch noch an vielen anderen Geschäften interessiert. Unser Tipp: Dieser Mann ist ein harter Mann. Aber achten Sie darauf, wie weit er geht. Herbert Fux (Smith) spielt Batmans Gehilfen, den Kell-ner in Batmans Hotel. Sehen Sie genau darauf, ob er wirklich nur der Gehilfe des mysteriösen Mr. Batman ist.

Der letzte *Funkuhr*-Tipp: Achten sie auf das walisische Volkslied! Achten Sie darauf, aus welcher Stadt das Messer kommt! Achten Sie darauf, wer diese Stadt kennt – und wer verschweigt, dass er sie kennt.

Noch ein Geheimtipp: Erinnern Sie sich einmal daran, dass in einem guten Krimi, in dem die Zuseher von Anfang an mitdenken können, der Mörder schon in der ersten Hälfte des Films auftreten sollte. Das würde in diesem Fall bedeuten: der Mörder muss am Dienstag zu sehen sein! Um Ihnen den Spaß nicht zu nehmen, kann Ihnen die Funkuhr nicht mehr verraten. Aber vielleicht haben Sie mit diesen Tipps noch mehr Spaß am neuen Durbridge-Dreiteiler – weil Sie dem Täter besser auf die Spur kommen.

Gong, November 1971: *Wer ist der Täter?*
Jetzt können Sie Detektiv spielen und gewinnen: Eine der hier abgebildeten Personen ist Messer-Täter. Wen verdächtigen Sie? Schreiben Sie uns den Namen. Was und wie Sie gewinnen, steht auf Seite 4.

Jim Ellis ist Spezialagent, der in diesem Falle nach eigener Art mitmischt. Bombenrolle für Hardy Krüger. – George Baker: Woher hat dieser Mr. Baker die teuren Büromöbel? Leitender Beamter – korrupt? (Charles Regnier) – Colonel Green: Warum trägt der Mann eigentlich keine Uniform, wenn er sich im Dienst befindet? (Alexander Kerst) – Mary Jones: Eine zwielichtige Sekretärin. Sie könnte doch im Vorzimmer einige Drähte ziehen (Karin Hübner) – Tom Clifford: Ein Makler, der viel herumkommt und etliche Kontakte zu haben scheint (Kurt Beck) – Frank Batman: Vorsicht! Dieser clevere Herr betreibt das zweifelhafte Hotel *Shanghai* (Klaus Löwitsch) – Julie Andrew: Hat lange Beine und gibt an, Journalistin zu sein. Ist sie nur beruflich neugierig? (Eva Renzi) – Dr. Hall: Ein merkwürdiger Arzt. Und was tut er mit dem Golfschläger? Nur spielen? (Peter Mosbacher) – Mrs. Corby: Was hat die schöne Frau mit ihrem früheren Mann angestellt? Sehr undurchsichtig! (Sonja Ziemann) – John Miller: Ein verdrossener Zeitgenosse, der unberechenbar ist. Kein bequemer Mitmensch (Hans Jürgen Diedrich) – Philip Cooper: Ehemaliger Bankbeamter, der ständig nur laut Schallplatten abspielt. Warum nur? (René Deltgen) – Inspektor Bird: Macht Dienst bei der Melynfforest Polizei und tut sich dabei schwer (Heinz Schubert) – Smith: Gibt sich als Mitarbeiter von Batman aus. Anscheinend ein unangenehmer Bursche (Herbert Fux).

Hamburger Abendblatt, 30. November 1971
Nach *Harry Brent* wurde Durbridge totgesagt. Heute sieht man sein neues Opus: *Das Messer.*

[…] Francis Durbridge, seit langem eine Fernsehinstitution […], wird weiter alle zwei Jahre mit einem dreiteiligen Krimi im deutschen Fernsehen vertreten sein.

Drei Gründe zwingen den WDR den Schriftsteller weiter zu beschäftigen: Erstens gibt es in Deutschland keinen Autoren, dessen Name eine solch hohe Erwartung auslöst und für so viele Zuschauer (beim letzten Male 84% Zuschauer) sorgt. Zweitens gibt es weder bei uns noch in England oder sonstwo einen besseren Fortsetzungskonstrukteur. Und drittens kann der WDR diesen Trumpf schon deshalb nicht aus der Hand geben, weil ihn sich dann sofort das ZDF schnappen würde.

Bei Durbridge haben die Personen nur Funktionen für die Handlung. Während in Romanen die Spannungskurve stetig von unten nach oben verläuft, muss Durbridge umgekehrt konstruieren, muss gleich mit Paukenschlägen beginnen, um die Zuschauer am Apparat zu halten. Dadurch muss er sich früh verausgaben. Durbridges Schwächen rühren aber auch zum Teil von der Produktionsökonomie der Londoner BBC her, für die er hauptsächlich schreibt: Die Briten nehmen fast alles im wirtschaftlichen Studio (nicht an Originalplätzen) auf, müssen also mit geringeren Mitteln, mit wenig Aktionsaufwand auskommen.

Wie bei allen bisher gesendeten Durbridge-Krimis ist auch diesmal die deutsche Fassung anders als das Original, das in Großbritannien bereits gelaufen ist. Wie das Urbild des deutschen *Messer* dort hieß, wann es gesendet wurde, ob gar schon eine Taschenbuchausgabe dieses Krimis vorliegt, verrät beim WDR aus verständlichen Gründen niemand. Die Tarnung soll perfekt sein. So bleibt auch ein Rätsel, was und wieviel an der Vorlage verändert wurde.

Hamburger Abendblatt, 1. Dezember 1971 (nach Ausstrahlung von Episode 1)
So ratlos hat uns Francis Durbridge nach der ersten Folge seiner Dreiteiler noch nie zurückgelassen. In 60 glänzend fotografierten und inszenierten Minuten (Rolf von Sydow vermied erfreulicherweise fast alle branchenüblichen Klischees) stellte der Serien-Altmeister seiner Krimigemeinde nur die allernotwendigsten Puzzle-Steinchen einer Geheimdienststory vor, die mit ihrer seltsamen Verquickung chinesischer und walisischer Motive zu den wildesten Spekulationen einlädt. Geradezu gemein, dass Karin Hübner als undurchsichtige schießfreudige Sekretärin am Schluss erdolcht wird! War sie – doch die Figur, um die sich die meisten dunklen Aktionen rankten. So rätseln wir denn mit dem britisch kühl spielenden Hardy Krüger, ob und wie die zwei Frauenmorde mit der beabsichtigten Rückkehr eines nach China übergelaufenen britischen Wissenschaftlers zusammenhängen. Hat René Deltgen selbst das Messer benutzt, das »Tod den Verrätern« androht? Handelte die ermordete Karin Hübner im Auftrag ihres scheinbar harmlosen Maklerchefs? Peter Mosbacher nimmt man sein ausschließliches Interesse für Golf und Sonja Ziemann ebenfalls nicht ab. Fragen, Rätsel, Mutmaßungen. *Das Messer* wäre nicht von Durbridge, wenn es sich nach der ersten Folge anders verhielte.

Westfälische Nachrichten, 2. Dezember 1971
Das Durbridge-Rezept ist noch immer das alte. Möglichst viele Verdächtige, möglichst viele »hintergründige« Andeutungen und Spuren – und wenn es dann nach 60 Minuten spannend wird: Fortsetzung folgt.

Hamburger Abendblatt, 2. Dezember 1971

In Verbindung mit den Durbridge-Krimis hat sich die Wort-schöpfung vom »Straßenfeger« eingebürgert […]. Neben und nach dem Krimi lauter Wiederholungen, sogar beim ZDF, das zur Hauptsendezeit mitten in der Woche unseres Wissens noch nie etwas wiederholt hat. Warum die Ausnahme? Hat man eine Originalsendung ausgespart, weil man beim ZDF damit rechnet, dass sie sowieso niemand anschauen würde?

Hamburger Abendblatt, 3. Dezember 1971 (nach Ausstrah-lung von Episode 2)

So spannend der zweite Teil von Francis Durbridges Geheim-dienst-Krimi war, handfeste Zusammenhänge gab es auch diesmal noch nicht. Trotz Hardy Krügers sehr sympathischen Einsatzes blieben viele Fragen offen. So zum Beispiel: Welch merkwürdige Bewandtnis es mit dem walisischen Volkslied und dem chinesischen Mordmesser hat. Oder: Wieso die er-mordete Agentin Miss Belton schon längst in England war, ohne dass der sonst so clevere englische Geheimdienst davon wusste. Auch Eva Renzi als hübsche burschikose Journalistin und der »Shanghai«-Besitzer Batman geben vorerst nur zu Spekulationen Anlass. Klar ist jedoch eines geworden: Fran-cis Durbridge scheint sich die wirklichen Knüller wieder bis zum Schluss aufgehoben zu haben.

Hamburger Abendblatt, 6. Dezember 1971 (nach Ausstrah-lung von Episode 3)

Da hat sich Francis Durbridge aber einen schlechten Scherz mit den Zuschauern erlaubt! Über drei Stunden musste man an einer reichlich konfusen Geschichte herumrätseln, um dann auch noch eine völlig unbefriedigende Auflösung der Jagd nach dem Messer-Mörder präsentiert zu bekommen. Und dabei hatte Regisseur Rolf von Sydow in Vorberichten vom »logischsten« aller Durbridge-Reißer gesprochen. Woran lag es nun im einzelnen, dass dieser Dreiteiler »in die Binsen«

ging? Bestimmt nicht an der Schar ausgezeichneter Darsteller. Sicher auch nicht an der etwas hektischen Kameraführung, die unter anderen Umständen eine Bereicherung gewesen wäre. Und wohl auch nicht daran, dass nicht immer blutiger Krimi-Ernst demonstriert wurde, sondern ein wenig Persiflage ins Spiel kam. Aber ein Dreiteller hat eben seine Gesetze, die man auch beim neunten [sic!, korrekt: zehnten] Durbridge beachten muss. Der Zuschauer will irgendwann im Verlauf der ersten beiden Folgen einen, wenn auch noch so verdeckten Hinweis auf Story und Täter. Irrwege müssen im Verlauf der Geschichte aufgeklärt werden und dürfen nicht einfach im Sande verlaufen. Und schließlich war es noch nie eine Schande, Krimi-Figuren als Charaktere zu zeichnen, die sich von Folge zu Folge weiterentwickeln.

Flimmerkiste, Dezember 1971
Dieser Durbridge geriet zum Fernsehereignis, dank der Mitwirkung des in Hollywood erfolgreichen Hardy Krüger, der erstmals für das deutsche Fernsehen tätig wurde und prominente Kollegen wie Eva Renzi, Sonja Ziemann, Karin Hübner, Charles Regnier und Alexander Kerst beigestellt bekam. Rolf von Sydow, von ihm stammte ferner der spektakuläre *Tatort*-Beitrag *Kressin stoppt den Nordexpress*, inszenierte deutlich moderner, auch aktionsreicher als seine Vorgänger in den sechziger Jahren.

Hörzu, Dezember 1971: *Ein stumpfes Messer*
[Name des Täters] war's also! Für den Fall, dass Sie es schon vergessen haben. Kein erlösendes Aufatmen, kein bewunderndes »Wer hätte das gedacht«, allenfalls ein müdes »Aha«. Am Ende steht nicht die Abrechnung mit dem Mörder, sondern mit dem Autor. *Das Messer* (ARD Köln) hat wieder mal gezeigt, dass dieser Durbridge gewaltig überschätzt wird und dass es auch bei uns Autoren gibt, die das Metier besser beherrschen als der Vater von Paul Temple und Tim Frazer.

Was Durbridge macht, ist Krimi paradox. Auf der einen Seite konzentriert sich bei ihm alles auf die Frage nach dem Mörder. Damit steht und fällt die Spannung. Auf der anderen Seite deckt er diesen dürftigen Spannungsreiz mit einem Wust von irreführenden Situationen selber wieder zu, was dem Zuschauer das Interesse an der Story und die Lust zum Kombinieren frühzeitig verleidet. In dem Bemühen, diesmal logischer und glaubwürdiger zu sein (auch das gelang nur teilweise), ist dann die Spannung endgültig auf der Strecke geblieben.

Der Stoff an sich war auch nicht gerade originell. Eine ziemlich dünne Geschichte aus dem Agenten-Milieu, die schon unzählige Male besser vorempfunden wurde, eine Anhäufung von Klischees und Szenen, die wegen ihrer deutlichen Abkehr von der Wirklichkeit eher zur Spottlust reizten als zur Gänsehaut.

Trotz einiger guter Schauspieler, trotz Hardy Krüger, in seiner ersten Fernsehrolle, zurück bleibt auch diesmal das Gefühl, dass man zum x-ten Mal auf einen Gauner an der Wohnungstür hereingefallen ist oder, präziser: dass man einer von den vielen Millionen Zuschauern ist, die dem Durbridge wieder voll ins Messer gelaufen sind, das obendrein noch stumpf war.

Und doch: Es gibt immer mehr Leute, die an Durbridge-Abenden Partys feiern oder ins Konzert gehen und den Begriff Straßenfeger wieder im städtischen Fuhrpark-Betrieb ansiedeln. Und das sind vermutlich die ersten Anzeichen für eine beginnende Durbridge-Dämmerung.

Bild und Funk, Leserbriefe, Dezember 1971
Dr. H., Hamburg: »Dieser Durbridge enttäuschte. Er war verwirrend, viel zu langatmig, unglaubwürdig und deshalb ohne Spannung.«
Karl S., Gießen [enthält Spoiler]: »Regisseur von Sydow vergaß, wozu ein Messer ist: zum Schneiden! Die drei Teile

des Krimis radikal auf höchstens 90 Minuten zusammenge-
schnitten, dann wäre ein spannendes Spiel daraus geworden.
Außerdem bleibt uns Durbridge (oder die Regie) eine Erklärung über die Rolle der Mary Jones (Karin Hübner) schuldig.
Stand sie auf der Seite des Dr. Hall oder der Asiaten?«

Ernst L., Lörrach: »Man soll doch diesen Unsinn mit
„Stotter-Krimis" aufgeben. Wer kann schon vorher wissen, ob
er alle drei Folgen sehen kann?«

M. S., Schwetzingen: »*Das Messer* war endlich mal ein
richtiger Knüller. Hardy Krüger spielte seine Rolle besonders
gut. So einen Krimi sollte man öfter senden!«

Franz W., Berlin: »Drei Menschen wurden mit dem Messer beseitigt. Weshalb sie umgebracht wurden, ist mir heut'
noch unklar.«

Georg H., Journalist, Herford: »Das Messer war stumpf –
nie wieder Durbridge!«

Ernst W., Quickborn: »Kein Messer, sondern ein Dolch,
kein Krimi, sondern ein die Zuschauer beleidigender Kla-
mauk.«

Bernd M., Hoisbüttel: »Während der Mörder mit dem
Messer seiner Pflicht nachging, habe ich geschlafen und vom
„Halstuch" geträumt.«

Ursula G., Detmold: »Tausche zehn dreiteilige Durbridge
gegen den 1. Teil von *Der Seewolf*!«

Dr. med. Wigbert F., Neuwied: »Der Krimi hat mir und
meiner Familie ausgezeichnet gefallen. Die Schauspieler –
allen voran Hardy Krüger – verdeckten mit ihren großartigen
Leistungen die manchmal etwas schwache Handlung.«

Leonie S., Rotterdam: »Es wird an der Zeit, dass man einmal eine andere Formel findet. Wenn alles so einfach wäre,
wie es in den Krimis gezeigt wird, gäbe es wohl keine unge-
klärten Fälle mehr.«

Walter H., Worms: »Mit diesem „Krimi" hat nun – nach
dem ZDF – auch die ARD ihren Millionenreinfall erlebt.«

D. E., Ravensburg: »So viele und so unverdiente Vorschusslorbeeren hat wohl noch kein Fernsehkrimi bekommen und – keine der gespannten Erwartungen wurde erfüllt.«

Abschließend noch ein unterhaltsamer, aber unbeabsichtigter Schreibfehler, mit dem die *Bild* am Abend des 30. Novembers 1971 *Das Messer* bewarb: »Straßenfeger Durbridge kommt wieder: Heute pünktlich um 20.15 Uhr sollten Sie <u>einschlafen</u>, sonst versäumen Sie den ersten Knaller im Durbridge-Krimi *Das Messer.* Nach 30 Sekunden gibt's die erste Leiche.«

Francis Durbridge
in verschiedenen Zeitungsinterviews
von Georg Pagitz

Francis Durbridge ging es nie alleine um die Frage, wer der Täter war. Er fand nicht einmal, dass die Suche nach dem Mörder das Entscheidende in seinen Krimis sei. So meinte er in einem Interview einmal (Österreich-*Hörzu* 2/1968): »Das allein genügt nicht. Dieser Faktor wird schwer übertrieben. Wenn nämlich das Publikum zur Hälfte das Interesse verloren hat, weil das Stück in anderer Hinsicht nicht lebendig genug ist, dann will gar keiner mehr wissen, wer der Mörder war. Das Problem ist, die Zuschauer von Anfang bis Ende zu fesseln.« Dementsprechend waren seine Straßenfeger eine Ansammlung an überraschenden Wendungen, mysteriösen Anrufen und harmlosen Gegenständen, die im konkreten Fall irgendeine geheimnisvolle Bedeutung hatten. Aus diesen Faktoren bezog Durbridge seine Spannung und nicht aus der Anzahl der Leichen. Der Autor (Österreich-*Hörzu* 53/1967): »Ich interessiere mich überhaupt nicht für Morde. Wenn in meinen Stücken ab und zu ein Mord vorkommt, dann nur, weil es sich aus der Handlung so ergibt.« Auf Kritiker angesprochen, die ihm den Vorwurf machten, in seinen Krimis zu bluffen und zu viele Fragen unbeantwortet zu lassen, meinte er (Österreich-*Hörzu* 2/1968): »Dieser Vorwurf wird auch gegen Agatha Christie und Edgar Wallace erhoben. Nicht, dass ich mich mit ihnen vergleichen will, aber: Wenn jemand den Täter nicht herausgefunden hat, dann sucht er oft Zuflucht in der Ausrede, der Autor habe geblufft.« In der Tat kann man Durbridge nicht gerade vorwerfen, nicht alles aufzulösen. Im Gegenteil, in der letzten Folge jeder Serie wird alles bis ins Detail erklärt, meist durch ein Frage- und Antwortspiel zwischen dem Inspektor und einer weiteren Person.

»Die anfängliche Idee für die Handlung ist für niemanden besonders aufregend, außer für mich«, meinte Durbridge, der seine Themen niemals in Polizeiakten und spektakulären Zeitungsartikeln fand, in einem Interview mit der *Radio Times* (2502/1971) im Vorfeld der Ausstrahlung von *The Passenger / Die Spur mit dem Lippenstift* in England. Über die Art, wie ihm die Geschichten einfielen, ergänzte er (Österreich-*Hörzu* 2/1968 »Ich setze mich an den Schreibtisch und tüftele sie aus. Eine gute Zeitungsstory ergibt nicht unbedingt ein gutes Fernsehspiel.« Was das Abfassen der Geschichten betrifft sagte der Autor der *Radio Times* (2502/1971): »Jeder hat eine falsche Vorstellung über das Schreiben von Krimis. Leute wollen mich immer mit Pistolen oder Ähnlichem fotografieren. Die Realität ist alles andere als aufregend. […] Ich denke nicht an mein Publikum, wenn ich schreibe. Ich habe nur eine Regel und die hat immer funktioniert: für mich selbst zu schreiben. Wenn ich damit zufrieden bin, dann ist es okay.«

Auf die Frage, ob es irgendwelche Herausforderungen gäbe, einen Whodunit zu schreiben, meinte der Autor in einem Radiointerview mit Jack De Manio (um 1975): »Nein, ich glaube nicht, dass es eine besondere Fähigkeit braucht. Zu einem bestimmten Grad ist es etwas, das man mitbekommen hat […]. Ich glaube, man muss sich für andere Formen der Literatur interessieren, andere Formen des Schauspiels […]. Ich glaube nicht, dass man am Anfang beginnen kann und sagt: „Gut, ich schreibe jetzt einen Whodunit.“ Man muss interessiert sein, man muss ein Gespür für Dramatik haben und man muss sich für andere Aspekte des Unterhaltungsgenres interessieren. […] Es ist keine Sache, die man lernen kann. Ich denke, es ist ein Instinkt. […] Entweder man wird damit geboren und hat ihn oder nicht.« Auf die Frage, ob er am Beginn des Schreibens stets wisse, wie die ganze Geschichte sein würde, meinte er weiter: »Ja, ich weiß, wie die gesamte Geschichte sein wird. Ich mache am Anfang eine Zusammenfassung. Ich plane es von A bis Z. […] Aber ich folge nicht immer genau dem Weg, den ich vorgesehen hatte. In anderen Worten, machen sich die Charaktere manchmal selbständig und wenn man dies berücksichtigt, dann muss man die Storyline leicht verändern, weil diese nicht immer zu den Charakteren passt, die sich im Laufe des Schreibprozesses entwickelt haben.«

Durbridge war besonders berühmt für seine Cliffhanger am Ende der jeweiligen Episoden, die dafür sorgten, dass ein Millionenpublikum rätselte, wie es wohl weitergehen würde. In einem Radiointerview von 1968 wurde ihm die Frage gestellt, wie er diese konstruiere und ob er zuerst an sie denke und dann zurück zum Anfang arbeite. Durbridge: »Niemals. […] Ich glaube, das würde nicht funktionieren. Ich glaube, man legt zuviel Wert auf das Ende in diesem Zusammenhang. Wenn Sie das Publikum über die Länge der Episode nicht bei Interesse halten können, wenn es langweilig ist, dann werden die Zuseher am Ende nicht mehr interessiert sein, auch wenn es noch so dramatisch oder geheimnisvoll ist. Das Publikum muss durch die ganze Episode getragen werden. […] Das Ende einer Episode ist wichtig, aber es ist nicht so wichtig, dass man damit beginnen und rückwärts arbeiten könnte.« Unglaublich, aber der Hochspannungsmeister war sogar darauf stolz, mit dem Ende des ersten Teils von *Der Andere* etwas erreicht zu haben, was er immer plante, nämlich »einen aufregenden und beliebten Krimi ohne dramatischen Cliffhanger am Ende der ersten Episode.« (*Radio Times* 2502/1971)

In einem Mehrteiler steckte jede Menge Arbeit und je nach dem »wie die Sache läuft«, so der Autor damals, konnte es zwischen drei und sechs Monaten dauern, bis ein neuer Straßenfeger fertig war. Der absolute Perfektionist überarbeitete seine Werke ständig, was auch der Grund dafür ist, dass ausländische Versionen seiner Stoffe oft leicht vom Original-Drehbuch der BBC abweichen. Der Klang der Namen seiner Figuren war für ihn besonders wichtig, so sein Sohn Nicholas Durbridge, der auch erzählt, dass sein Vater stets ein kleines Notizbuch mitführte, um sich Namen und Titel zu notieren. So benannte er etwa eines seiner Theaterstücke nach der häufigen Überschrift auf Sterbeanzeigen (*Suddenly at Home*, dt. *Plötzlich und unerwartet*) oder seinen Mehrteiler *Wie ein Blitz,* auf Englisch *Bat out of Hell* nach der Aussage des Dr.

199

Schiwago-Regisseurs David Lean, der in einem Interview sagte, wie man einige Szenen des Films drehte: »Like a bat out of hell.« (etwa »Wie ein geölter Blitz«)

Inspiration holte sich Durbridge auch auf seinen zahlreichen Auslandsreisen (mit Vorliebe Italien und Frankreich und besonders die Schweiz), so kam ihm die Idee für seinen Mehrteiler *Portrait of Alison* [erscheint als Roman unter dem Titel *Porträt von Alison* als Band 23 dieser Edition], als er in Venedig eine Gemäldegalerie besuchte. Er fand es aufregend, einen Krimi rund um das Gemälde einer jungen Frau zu konstruieren.

Über Erfolg meinte der Schriftsteller (Österreich-*Hörzu* 2/1968): »Man muss hart arbeiten und braucht auch ein bisschen Glück dazu. Ich möchte nicht meine eigene Arbeit loben, aber ich glaube, der Erfolg in so vielen Ländern liegt an den interessanten Charakteren und dem starken Faden, der sich durch meine Storys zieht. Aber ein Rezept? Nein, ich schreibe einfach, was mir Freude macht und hoffe, dass es auch anderen gefällt.« Und es gefiel den Leuten. Ein Kritiker (Österreich-*Hörzu* 5/1966) schrieb diesbezüglich: »Nichts gegen Durbridge. Er kann's. Man könnte sagen: Er kann's wie keiner. Nirgendwo ist einer aufgetaucht – und es wird aller Voraussicht nach keiner mehr auftauchen –, der das Fernsehpublikum so in seinen Bann zu schlagen vermag.«

Auf die Frage, welche seiner Serien für ihn die beste sei, meinte er stets: »Immer die letzte«.

Durbridge war in den frühen Jahren ein glühender Bewunderer von Edgar Wallace, später las er jedoch nicht mehr so viele Kriminalromane. »Ich lese meist ganz andere Bücher. Biographien, Schauspiele oder Bücher übers Theater.« (Österreich-*Hörzu* 2/1968). Ein Blick in die Liste seiner eigenen Bibliothek verrät diesbezüglich, dass er Hunderte Texte zu (großteils nichtkriminalistischen) Schauspielen besaß.

Der *Radio Times* erzählte Durbridge 1971, wie er zum Schreiben kam: »Weil ich nicht Schauspielern konnte. In Birmingham pflegte ich in den Universitätsrevuen zu spielen und ein paar Sketche zu schreiben. Ein Produzent der BBC Birmingham [Martyn C. Webster] sah zufällig eine der Vorstellungen und sagte mir danach, ich sei ein furchtbarer Schauspieler, meinte aber, dass ich ein bisschen schreiben konnte und dass ich – wenn ich wollte – ihm ein paar meiner Werke zusenden sollte […]. In der Tat schickte ich ihnen ein Stück – keinen Krimi – und sie produzierten es. Alle schienen es zu mögen und so schrieb ich eine Fortsetzung […].« Wenig später wurde seine Kultfigur Paul Temple geboren, der in 21 Hörspielen, einem Theaterstück, vier Spielfilmen, über 90 Comicabenteuern, einer 52teiligen TV-Serie sowie in 13 Romanen und 18 Kurzgeschichten zu einem der populärsten Detektive wurde. Später nahm Durbridge von seiner Figur, die er laut *Gong* (15/1978) mal als sein »Lieblingskind« bezeichnete, das »jede Gelegenheit wahrnimmt, um sich vor seiner eigentlichen Arbeit zu drücken«, etwas Abstand. 1971 sagte er diesbezüglich zur *Radio Times*: »Ich bin ihm sehr dankbar. Ich habe durch ihn viel Geld verdient. Aber wir haben uns vor einiger Zeit getrennt. Vor 20 Jahren hat mir ein Produzent in Amerika gesagt, ich würde meine Zeit verschwenden, wenn ich nicht zum Fernsehen wechselte. Das ist das, was ich getan habe. Ich habe versucht, mir einen Namen mit Mehrteilern aufzubauen. Damals habe ich mir geschworen, niemals eine Paul-Temple-Episode für das Fernsehen zu schreiben.«

Dieses Versprechen hat er nicht eingehalten, denn für die Paul-Temple-TV-Serie verfasste er fünf Episoden: drei Treatments und zwei vollständig ausgearbeitete Drehbücher. Die Drehbücher wurden nicht verfilmt und nur ein Treatment realisiert – allerdings nicht unter seinem Namen.

Mein herzlicher Dank gilt JAKOB OBERDACHER für die Recherche in alten TV-Zeitschriften.

201

Die Durbridge-Edition
–Williams & Whiting –

Bei Williams & Whiting sind bisher einundzwanzig Bände von Francis Durbridge erschienen. Sämtliche Bücher enthalten eine umfassende Einleitung und ein Nachwort mit vielen Hintergrundinformationen zu Francis Durbridge, den jeweiligen Geschichten und den Produktionsumständen der Verfilmungen bzw. Vertonungen.

Band 1   FRANCIS DURBRIDGE
Stichtag für Harry
Paul Temple und der vorausgesagte Mord
Vorwort, Nachwort und Übersetzung: Dr. Georg Pagitz

Ein junger Mann namens Peter Gibson sucht Superintendent Max Christian in Scotland Yard auf. Er berichtet, dass er in einem Café in Hampstead arbeitet und ungewollt bei der Arbeit zwei Frauen belauscht hat. Diese sagten, dass ein gewisser Harry Sherwood den Sechzehnten des kommenden Monats nicht überleben würde. Christian geht der Sache nach, muss aber feststellen, dass nichts von dem, was Gibson erzählt hatte, stimmt. Es gibt weder das Café, noch einen Mann dieses Namens. Am Sechzehnten des darauffolgenden Monats wird jedoch in einem Wohnwagen eine Leiche gefunden. Der Täter hat sein Opfer erstochen. Als Superintendent Christian den Toten sieht, glaubt er seinen Augen nicht: Es handelt sich dabei um den angeblichen Peter Gibson, der in Wirklichkeit Harry Sherwood hieß ...

Durbridge schrieb diese Geschichte als Fortsetzungsroman im Jahr 1960. Sie blieb jedoch unveröffentlicht und erscheint nun erstmals posthum.

Der Autor versuchte die Story auch als Filmtreatment deutschen Produzenten anzubieten und schrieb sie später zur Episode für eine *Paul-Temple*-TV-Folge um. Dieses Szenarium ist in dem Buch als *Paul Temple und der vorausgesagte Mord* enthalten, den Abschluss bildet eine Abhandlung über Durbridge und die Temple-TV-Serie.

Band 2   FRANCIS DURBRIDGE
Schritt ins Dunkel
Drehbuch für einen deutschen Spielfilm
Vorwort, Nachwort und Übersetzung: Dr. Georg Pagitz

In Soho geht ein gefährlicher Mörder um, der Barmädchen mit einem Messer tötet. Scotland Yard steht vor einem Rätsel. Zur gleichen Zeit befindet sich der wohlhabende Immobilienmakler Mike Hilton in einer existentiellen Krise: Nach dem Tod seiner Tochter und schwierigen Phasen in seiner Ehe verlässt ihn seine Ehefrau Ruth. Nach einer Reifenpanne nahe eines berüchtigten Pubs in Soho lernt er die attraktive Selby Brooks kennen und verliebt sich in sie. Als er die junge Dame wenig später auf einem Hausboot besuchen will, findet er ihre Leiche. Mike Hilton gerät unter Mordverdacht. Zur Tatzeit half er einem kleinen Jungen dabei, dessen Papierdrachen aus einem Baum zu befreien. Doch dieses Alibi ist nichts wert, denn der Junge scheint spurlos verschwunden zu sein und gar nicht zu existieren. Gleichzeitig erfährt Mike von Scotland Yard, dass nichts von dem, was Selby ihm erzählt hatte, stimmte. Kann er sich aus dem Teufelskreis, in dem er sich befindet, befreien und den wahren Täter finden?

Die Hintergrundgeschichte zu diesem verschollenen Drehbuch ist ebenso spannend wie die Kriminalgeschichte selbst. Francis Durbridge verfasste das Skript 1961 und verkaufte es 1962 an einen deutschen Filmproduzenten. Letztlich wurde daraus der Spielfilm *Piccadilly null Uhr zwölf,* der bis auf vier Namen nichts mehr mit der Originalstory zu tun hatte. Im Vor- und Nachwort werden die Hintergründe analysiert und dank erst kürzlich aufgefundener Originalkorrespondenz von Francis Durbridge auch die Umstände und Gründe der Änderungen rekonstruiert.

Band 3   FRANCIS DURBRIDGE
Paul Temple muss her!
Ein Kriminalstück
Vorwort, Nachwort und Übersetzung: Dr. Georg Pagitz

Scotland Yard steht vor einem Rätsel. Eine gefährliche Verbrecherbande verunsichert London durch Kindesentführungen, Lösegelderpressungen und andererseits durch spektakuläre Juwelenraube. Die Ganoven operieren unter dem Namen »Die Schlagzeilenmänner«. Dies ist gleichzeitig der Titel des Romans einer unbekannten Autorin, deren Identität niemand kennt. Nachdem Sir Graham und seine Ermittler nicht weiter kommen, fordern die Zeitungen nach Unterstützung und titeln: »Paul Temple muss her!« Der erfolgreiche Kriminalschriftsteller und Privatermittler schaltet sich daraufhin ein und weiß bald, dass der große Hintermann ein Superverbrecher namens Max Lorraine ist. Aber wer der Verdächtigen versteckt sich hinter diesem Namen? Wer ist der gefährliche Schlagzeilenmann Nummer 1?

Dieses im Jahr 1943 in Birmingham uraufgeführte Theaterstück wurde seither nie mehr gespielt. Der Autor zeigt darin sein ganzes Können und liefert Drehungen, Wendungen und atemberaubende Cliffhanger im Minutentakt. Vier Personen sterben auf der Bühne, ebenso viele Leichen gibt es aus Erzählungen. Die *Birmingham Post* schrieb damals zur Uraufführung: »Leichen fallen aus Aufzügen, Schreie hallen durch die Nacht, aus einem unverdächtig aussehenden Grammophon kommen Schüsse und Blausäure findet ihren Weg in harmlose Whiskyfläschchen. Eigentlich haben wir A oder B als Täter verdächtigt, aber dann war es plötzlich X.« Bei dem Stück handelt es sich um eine geschickte Mischung aus Paul Temples ersten beiden Hörspielabenteuern.

Band 4   FRANCIS DURBRIDGE
Schöne Grüße von Mister Brix
Kriminalroman
Vorwort und Nachwort: Dr. Georg Pagitz

Geheimnisvolle und höchst mysteriöse Umstände haben den Ex-Inspektor Richard Grant und seine Frau Margret dazu veranlasst, vorübergehend wieder in den Dienst von Scotland Yard zu treten. In einem Fischerdorf namens Shorecombe war zuvor die Leiche einer gewissen Barbara Willis, Tochter eines feinen Londoner Hauses, aus dem Meer gezogen worden. Kurz darauf bekam ihr Verlobter Robert Brown eine Dia-mantenbrosche zugeschickt. Darauf stand: »Schöne Grüße von Mister Brix«. Wenig später finden die Grants in ihrer Garage eine weitere Leiche. Peggy Gillow, die in dem Fall undercover ermittelte, wurde erdrosselt. Auch ihr Vater bekam eine mysteriöse Karte von Mister Brix mit der gleichen sarkastischen Botschaft. Steckt hinter diesem Pseudonym jener gefährliche Ariman, dessen Fall Grant einst bearbeitete? Und wenn ja, wer von den zahllosen Verdäc-htigen ist dieser unheimliche Verbrecher?

Durbridge schrieb diesen Kriminalroman 1962 für den deutschen Markt. Er basiert auf dem legendären Hörspiel *Paul Temple und die Affäre Gregory* und erzählt dieses sehr werkgetreu nach, allerdings wurden die Charaktere umbenannt. Wer schon immer wissen wollte, worum es in diesem Fall geht und ihn in voller Länge erleben wollte, kann dies nun endlich tun.

Band 5   FRANCIS DURBRIDGE
Die gelbe Windmühle
Kriminalroman
Vorwort und Nachwort: Dr. Georg Pagitz

Susan Kelford, die vierjährige Tochter des reichen Sir Cedric Kelford, dem Präsidenten der Londoner Central Bank, wird entführt. Das Mädchen war gerade in einem Londoner Park, als eine kleine gelbe Spielzeugwindmühle ihre Aufmerksamkeit erregte und sie in die Hand ihres Entführers lockte. Dieser zerrte das Kind in seinen Wagen und suchte daraufhin rasch mit seinem Komplizen das Weite. Man fordert 10.000 Pfund Lösegeld von dem Multimillionär Kelford. Inspektor Houston von Scotland Yard macht drei Tage später eine grausige Entdeckung: Sein Sohn Dennis, der in Sir Cedrics Bank arbeitet, sitzt erschossen vor dem Fernsehgerät. In den Bildschirm ist eine gelbe Windmühle eingeritzt ...

Die gelbe Windmühle erschien 1954 als Fortsetzungsroman in England. Im Jahr 1965 verfasste Francis Durbridge eine eigene Fassung für den deutschen Markt, die hier erstmals als Buch vorliegt.

Band 6   FRANCIS DURBRIDGE
Mitten ins Herz
Der Mann, der das Quiz gewann
Paul Temple und die flüchtige Miss Helvin
Vorwort und Nachwort: Dr. Georg Pagitz

Gary Mason, der berühmteste und beliebteste Schauspieler Englands, wird auf dem Gelände eines Londoner Filmstudios erschossen. Wer ist der Täter? Und hatte er tatsächlich Mason als Ziel auserkoren oder war dieser Mord ein Versehen und er galt eigentlich der überaus attraktiven schwedischen Nachwuchsschauspielerin Karin Lund? Diese legt ein seltsames Verhalten an den Tag, vor allem als sie zwei Tage später dem Journalisten Michael Collins begegnet, der Augenzeuge der Tat wurde und sich danach um die junge Frau gekümmert hatte. Diesmal ignoriert Karin den Reporter und ist in Begleitung eines mysteriösen Fremden. Als Journalist Collins in der darauffolgenden Nacht von einem weiteren Mord berichten soll, ist er schockiert, als er in der Leiche Karin Lund wieder erkennt. Sie wurde erstochen ...

Mitten ins Herz wurde 1955 als *The Man Who Beat the Panel* in Großbritannien als Fortsetzungsroman veröffentlicht. Durbridge überarbeitete diese Fassung für den deutschen Markt im Jahr 1962, erweiterte und verbesserte sie um viele Handlungsstränge und machte aus einem Nicht-whodunit einen Whodunit. Später entwickelte er daraus auch ein Skript für die *Paul-Temple*-Fernsehserie namens *The Elusive Miss Helvin*, das aber nie Verwendung fand. In dieser Ausgabe sind neben der deutschen Romanfassung auch erstmals die Übersetzungen der britischen Fortsetzungsgeschichte und des Szenariums enthalten. Titel: *Der Mann, der das Quiz gewann* und *Paul Temple und die vorsichtige Miss Helvin*, beide übersetzt von Dr. Georg Pagitz.

Band 7   FRANCIS DURBRIDGE

Sie wussten zu viel
Das Gesicht der Carol West
Vorwort und Nachwort: Dr. Georg Pagitz

Victor Merton, der Geschäftsführer der Absteige *High Dive* in Belhampton, zieht beim morgendlichen Schwimmsport die Leiche eines jungen Mädchens aus dem Hotelpool. Julia Nagy, eine aus Ungarn stammende Angestellte und Mister Cooper, ein Privatgelehrter, werden Augenzeugen des Vorgangs. Ein Notizbuch der Toten führt zu einer gewissen Carol West. Außerdem findet sich darin die Telefonnummer von Scotland-Yard-Superintendent Christian Stiller, der die Tote allerdings nicht kannte. Stiller übernimmt die Ermittlungen. Immer wieder wird er in deren Verlauf von einem Anrufer mit sanfter Stimme gewarnt. Wenig später wird auf den Superintendent ein Überfall verübt, kurz darauf ein Anschlag in Scotland Yard. Alle Spuren führen erneut in die zwielichtige Absteige *High Dive* ...

Francis Durbridge hatte diesen Roman 1959 als Fortsetzungsroman für die Zeitschrift *News of the World* geschrieben. 1963 überarbeitete er diesen für den deutschen Markt unter dem Titel *Sie wussten zu viel*, führte viele neue Handlungsstränge und Figuren ein und baute die Geschichte erheblich aus. Dieses Ausgabe enthält erstmals beide Fassungen, die deutsche erweiterte Version und die davon erheblich abweichende Originalfassung, die von Dr. Georg Pagitz erstmals unter dem Titel *Das Gesicht der Carol West* ins Deutsche übertragen wurde. In einem Vor- und Nachwort des Übersetzers wird auf die Hintergründe eingegangen sowie auf Durbridges meisterliche Fähigkeiten, alte Stoffe wiederzuverwerten.

Band 8   FRANCIS DURBRIDGE

Paul Temple und der Fall Valentine
Skript für ein achtteiliges Hörspiel
Vorwort, Nachwort, Übersetzung: Dr. Georg Pagitz

London, 1946: Seit einigen Wochen wird das Westend von einer geheimnisvollen Selbstmordserie junger Frauen erschüttert. Scotland Yard ist ratlos und kann nur herausfinden, dass es wohl um Drogen und einen geheimnisvollen Hintermann namens »Valentine« geht. Für Sir Graham Forbes ist eines klar: Das ist ein Fall für Paul Temple! Der bekannte Detektiv und Schriftsteller ist zunächst jedoch gar nicht daran interessiert. Erst als eine junge Frau spurlos aus seinem Wagen verschwindet, lässt er sich doch überreden. Dann geht alles blitzschnell: Auf die Temples wird im eigenen Schlafzimmer ein Mordanschlag verübt, eine geheimnisvolle Botschaft führt Paul und Steve zu einem mysteriösen Kapitän in eine Kneipe am Fluss und schließlich findet sich eine deutliche Warnung von Valentine bei einer Leiche in einer Zahnarztpraxis. Es gibt zahllose Verdächtige und undurchsichtige Gestalten und der gefährliche Unbekannte schlägt immer wieder zu.

Dieses Buch beinhaltet das vom englischen Originalmanuskript übersetzte Temple-Abenteuer, das 2021/22 Grundlage für die neue Pidax-Hörspielproduktion Paul Temple und der Fall Valentine war. In einem Vor- und Nachwort des Übersetzers werden interessante Hintergrundinfos geliefert. Außerdem wird auf die unterschiedlichen Versionen, die im Laufe der Jahre von diesem Stoff entstanden sind, eingegangen.

Band 9   FRANCIS DURBRIDGE
Zwei Fälle für Paul Temple: McRoy/Westfield
Zwei einteilige Hörspiele
Vorwort, Nachwort, Übersetzung: Dr. Georg Pagitz

Der Fall McRoy: Paul Temple und Steve sind in Italien und befinden sich gerade auf der Weiterreise in die Schweiz, als sie auf dem Mailänder Bahnhof zufällig den Ex-Ermittler Harry McRoy treffen. Gemeinsam tritt man die Weiterfahrt an. Im Zug erzählt Harry von einem rätselhaften Auftrag und bittet Paul, einen Koffer mit geheimnisvollem Inhalt an Sir Graham Forbes zu überbringen, wenn ihm etwas zustoßen sollte. Ehe man Basel erreicht, überschlagen sich die Ereignisse und es gibt Tote …

Der Fall Westfield: Vor Jahren wurde aus dem Hause des Herzogs von Westfield Schmuck im Werte einer Dreiviertelmillion Pfund gestohlen. Es gab keine Spuren und Scotland Yard legte den Fall damals auf Eis. Paul Temple interessiert sich für die Sache, zumal es bald auch eine neue Spur zu geben scheint, als man in einem Londoner Hotel eine Leiche findet. Bei den Sachen des Toten werden ein Fahrschein für eine Fähre und ein Rezept eines gewissen Dr. Schumann gefunden. Temple geht der Sache nach …

Dieses Buch enthält die beiden Originalmanuskripte zu den 2021/22 neu produzierten Temple-Hörspielen von Pidax und HNYWOOD. In einem umfangreichen Vorwort werden die Hintergründe beleuchtet, zudem enthält dieser Band vollständige Stab- und Besetzungslisten sämtlicher Adaptionen und einige exemplarische Beispiele, wie im Fall McRoy dramaturgische Anpassungen vorgenommen wurden.

Band 10   FRANCIS DURBRIDGE
Paul Temple und der Fall Dr. Belasco
Skript für ein achtteiliges Hörspiel
Vorwort, Nachwort, Übersetzung: Dr. Georg Pagitz

Als Paul und Steve nach einem Tanzabend anlässlich Steves Geburtstag nach Hause kommen, werden sie schon von Sir Graham erwartet. Dieser hat Philip Kaufman von der Kopenhagener Polizei mitgebracht. Sie erklären, dass der berüchtigte Dr. Belasco seine Aktivitäten vom Kontinent nach England verlegt hat. Niemand kennt das Gesicht dieses gefährlichen Mannes, der das Verbrechen organisiert und für Schutzgelderpressungen aber auch Mord verantwortlich ist. Sir Graham und Kaufman bitten Temple um Hilfe. Bald schon soll der Kanadier Ross Morgan in England ankommen. Er ist ein Handlanger Dr. Belascos. Temple soll ihn im Auge behalten, doch dann gibt es einen unerwarteten Zwischenfall: Bei der Zugfahrt nach London kommt es zu einem Unfall und Morgan stirbt. Der Kanadier kann Temple jedoch noch einen wichtigen Hinweis geben. Bei seinen Sachen findet Temple ein Feuerzeug. Dieses ähnelt jenem, das Steve an ihrem Geburtstag irrtümlich von einem Mr. Nelson eingesteckt hat ...

Francis Durbridge verfasste *Paul Temple and Steve*, so der Originaltitel dieses in der Chronologie gesehenen achten Falls, im Jahr 1947. Dieser band enthält ein informatives Vorwort, einen Artikel über die Paul-Temple-Comic-Serie und Francis Durbridges für die Radio Times geschriebene Einleitung zu dem Fall.

Band 11   FRANCIS DURBRIDGE

Paul Temple und die Marquis-Morde
Kriminalroman
Vorwort, Nachwort, Übersetzung: Dr. Georg Pagitz

In London sorgt ein skrupelloser Mörder, der sich »Der Marquis« nennt, für Angst und Schrecken. Ein halbes Dutzend Personen – lauter renommierte Damen und Herren – musste schon ins Gras beißen und kein Ende ist in Sicht. Scotland Yard in Form von Sir Graham Forbes ist ratlos. Doch diesmal ist es nicht der Chefkommissar, der Paul Temple um Hilfe bittet, sondern das Innenministerium. Ein anonymer Brief des Marquis an Temple sorgt schließlich dafür, dass sich der schreibende Detektiv in die Ermittlungen einschaltet. Er trifft eine Privatdetektivin, die dem selben Unbekannten auf der Spur ist. Doch auch sie wird wenig später tot aus der Themse gezogen. Alle Spuren führen zu einem Ägyptologen namens Sir Felix Reybourn. Ist er der Marquis? Und wenn nicht, wer von den zahlreichen Verdächtigen ist es dann? Temple und seine Frau Steve setzen sich zahllosen Gefahren aus, ehe Paul den gefährlichen Mörder endlich überführen kann ...

Dieser Krimi ist der letzte nicht übersetzte Paul-Temple-Roman und erscheint nun erstmals in deutscher Sprache – fast 80 Jahre nach seinem Entstehen! Ein packender, typischer Temple voller Cliffhanger, Drehungen und Wendungen, verdächtiger Figuren und natürlich mit der obligatorischen Cocktailparty. Das Buch enthält eine informative Einleitung und ein umfassendes Nachwort, in dem die multimediale Auswertung des Stoffs, der auf einem Durbridge-Hörspiel von 1942 beruht, beleuchtet wird. 1952 entstand auch eine Verfilmung mit John Bentley und Christopher Lee.

Band 12   FRANCIS DURBRIDGE

Die Anhalterin
Kriminalroman
Vorwort, Nachwort, Übersetzung: Dr. Georg Pagitz

Der Spielwarenfabrikant David Walker nimmt in seinem eleganten Wagen eine hübsche junge Anhalterin namens Judy Clayton mit. Als das Benzin ausgeht, macht sich Walker zu Fuss auf den Weg zu einer Tankstelle. Als er zurückkommt, ist die junge Frau spurlos verschwunden. Einige Tage später taucht Kriminalinspektor Denson bei Walker auf und teilt ihm mit, dass Judy nur wenige Meter von der Stelle, an der David die Panne hatte, ermordet aufgefunden wurde. Zahlreiche Indizien deuten daraufhin, dass Walker die Frau schon länger kannte, obwohl dieser das bestreitet. Im Laufe der Ermittlungen gibt es weitere Tote und neben einem Lippenstift spielen auch ein Schlüsselbund und eine Sofortbildkamera eine wichtige Rolle ...

Dieser Kriminalroman aus dem Jahr 1977 liegt erstmals in einer deutschen Übersetzung vor. Er basiert auf Francis Durbridges Originaldrehbuch zu dem 1971 gedrehten BBC-Dreiteiler *The Passenger*, der synchronisiert unter dem Titel *Die Spur mit dem Lippenstift* ausgestrahlt wurde. Im ausführlichen Vor- und Nachwort des Übersetzers wird auf die Entstehungsgeschichte eingegangen und auch erklärt, wieso 1971 in der BRD keine deutsche Verfilmung dieses Stoffs entstand. Auszüge aus Durbridge-Interviews, Hintergründe über die Miniserie und deren französische Adaption sowie ein 2015 geführtes, exklusives Interview mit dem Regisseur Michael Ferguson, der *The Passenger* inszenierte, runden diesen Band ab.

Band 13   FRANCIS DURBRIDGE

Die Frau im Hintergrund
Kriminalroman

Vorwort, Nachwort, Übersetzung: Dr. Georg Pagitz

Torcombe, an der Küste von Cornwall. Der ehemals als Kriminalreporter in der Fleetstreet tätige Roy Burton hat sich hierher zurückgezogen, um an einem Buch zu arbeiten. Gemeinsam mit Hund Angus lebt er in einer einfachen Hütte an der Küste. Eines Tages nähert er sich bei einem Spaziergang einer verlassenen Zinnmine und wird niedergeschlagen. Als er wenig später erwacht, erzählt ihm eine gewisse Karen Silvers, dass er sich in der Mine befinde. Sie leitet dort ein geheimes wissenschaftliches Projekt der Regierung. Es geht um den Bau einer Atomrakete, die so stark ist, dass sie ganz London oder New York zerstören könnte. Die Wissenschaftlerin erklärt, dass die Arbeiter in der Mine allerdings nichts davon wissen oder nur soviel als nötig. In der Umgebung scheint sich der gefährliche Kriminelle Fabian Delouris zu befinden, der schon einen Mitarbeiter entführt hat. Gemeinsam mit gefährlichen deutschen Ex-Nazis will er die Rakete stehlen und damit die Weltherrschaft erlangen. Karen und ihr Vorgesetzter, Chefinspektor Leyland, bitten Roy daraufhin um seine Mithilfe bei der Bekämpfung der Organisation. Bald darauf werden auf Roy mehrere Mordversuche verübt und die Ehefrau und Tochter eines Pubbesitzers verschwinden spurlos. Alles deutet daraufhin, dass die kriminelle Organisation ihr Hauptquartier in einer verlassenen Abtei aufgebaut hat, zu der mehrere unterirdische Tunnel führen ...

Die Frau im Hintergrund stellt unter mehreren Gesichtspunkten eine Besonderheit dar und liegt erstmals in deutscher Übersetzung vor. So ist es der einzige Kriminalroman von Francis Durbridge, der nicht nach dem Whodunit-Muster gestrickt und in dem der Täter von Anfang an bekannt ist. Eine spannende Abenteuergeschichte, in der die beiden Protagonisten gegen eine gefährliche, aus brutalen Nazis bestehende Organisation kämpfen, die die Weltherrschaft mit einer Atomrakete erzwingen will. Weltherrschaftsphantasien bewegten damals die Welt. Eine für den Autor untypische, aber spannende Geschichte mit interessanten und überraschenden Wendungen. Das Buch enthält ein interessantes Vorwort mit Hintergrundinformationen. Im Anhang werden sämtliche Bücher und Kurzgeschichten von Francis Durbridge aufgelistet und dessen Wirken als Romanautor beleuchtet. Inhaltsangaben und weitere Infos zu allen Romanen und Kurzgeschichten runden diese Ausgabe ab.

Band 14   FRANCIS DURBRIDGE
Vorsicht vor Johnny Washington!
Kriminalroman
Vorwort, Nachwort, Übersetzung: Dr. Georg Pagitz

Johnny Washington ist ein junger amerikanischer Gentleman, der nach Kent gezogen ist, um das Leben zu genießen. Eigentlich will er nur dem süßen Nichtstun nachgehen und seine Zeit mit Fischen verbringen, doch eine Serie von Verbrechen ruft ihn auf den Plan. Eine Bande Krimineller verübt diese nämlich unter seinem Namen und lässt am Tatort Visitenkarten mit dem Aufdruck »Mit besten Grüßen von Johnny Washington« zurück. Das kann der Amerikaner nicht auf sich sitzen lassen. Die Zeitungsreporterin Verity Glyn ermutigt Johnny dazu, sich auf den Fall zu stürzen. Gemeinsam mit dem geheimnisvollen Horatio Quince, einem pensionierten Lehrer, jagt er den mysteriösen Hintermann, der die Morde und Verbrechen organisiert und der sich hinter dem Decknamen »Grauer Elch« versteckt.

Dies ist der letzte nicht auf Deutsch übersetzte Roman von Francis Durbridge. Die Geschichte hat der Autor von seinem ersten Temple-Abenteuer entlehnt und sie überarbeitet. Neuer Protagonist ist Johnny Washington, der Held einer seiner Radio-serien.

Band 15   FRANCIS DURBRIDGE
Zwanzig Minuten von Rom
Drehbuch für einen Fernsehkriminalfilm
Vorwort, Nachwort, Übersetzung: Dr. Georg Pagitz

Zwanzig Minuten von Rom entfernt liegt der Ort Tolero. Welche Rolle spielt er in einem mysteriösen Fall, in den der Wissenschaftler Geoffrey Ryder verwickelt ist? Der Mann steht unter Mordverdacht und besteht darauf, Alan Quinton vom MI5 zu sprechen. Nur ihm will er seine ganze Geschichte erzählen. Den Mann, den er ermordet haben soll, Walter Smedley, lernte er in einem teuren Pariser Nachtclub kennen. Er half ihm dort aus der Bredouille, woraufhin Smedley ihm anbot, während seiner eigenen Abwesenheit in seiner Londoner Wohnung unterzukommen. Ryder nimmt dankend an. Das ist der Beginn einiger mysteriöser Ereignisse. Welche Rolle spielt das goldene Zigarettenetui, das Smedley unbedingt wiederhaben will? Und warum befanden sich auf einem Mikrofilm Fotos von einer Fahrkarte für den Schlafwagen nach Rom und eine Aufnahme einer Landkarte, auf der der Ort Tolero eingezeichnet ist und auf der oberhalb handschriftlich die Notiz »Zwanzig Minuten von Rom« gemacht wurde?

Dieses unverfilmte Drehbuch stammt aus dem Jahr 1954. Es handelt sich dabei um eine ganz typische Francis-Durbridge-Geschichte mit jeder Menge Verwirrungen. Der Autor beweist hier, dass er nicht nur serielles Erzählen beherrscht, sondern auch innerhalb eines 90-Minuten-Films sein Publikum ganz schön raffiniert verwirren kann. Als übliche Zutaten gibt es einige überraschende Wendungen und die üblichen mysteriösen Gegenstände, wie ein goldenes Zigarettenetui und einen Mikrofilm, auf dem sich unerklärliche Fotografien befinden.

Band 16　　　FRANCIS DURBRIDGE

Das zerbrochene Hufeisen

Drehbuch für einen sechsteiligen Kriminalfilm

Vorwort, Nachwort, Übersetzung: Dr. Georg Pagitz

Dr. Mark Fenton behandelt im Londoner St. Matthews' Krankenhaus einen Mann namens Charles Constance. Er wurde bei einem Autounfall schwer verletzt, der Lenker beging Fahrerflucht. Constance liegt noch im Koma, als plötzlich eine gewisse Miss Freeman bei Fenton auftaucht, die sich für den Gesundheitszustand des Opfers interessiert. Als Constance erwacht, behauptet er, diese Frau nicht zu kennen. Noch erstaunter ist er über das zerbrochene Hufeisen, das sich auf einem Blumengesteck befindet, das sie ihm mitgebracht hat. Als der Mann wenig später entlassen wird und nicht zur Kontrolluntersuchung erscheint, stellt Fenton einen Brief zu, den Constance bei ihm hinterlassen hat. Dabei entdeckt er in einem Appartement die Leiche von Mr. Constance. Auf dem Spiegel befindet sich ein gemaltes zerbrochenes Hufeisen.

　　Mit dem Drehbuch zu diesem Sechsteiler legte Francis Durbridge 1952 den Grundstein als erfolgreicher Fernsehkrimiautor. Es war die erste von insgesamt zwanzig mehrteiligen Serien für die BBC, elf davon wurden auch in Deutschland verfilmt. *Das zerbrochene Hufeisen* war nicht darunter und erlebt somit seine deutschsprachige Premiere.

Band 17　　　FRANCIS DURBRIDGE

Operation Diplomat

Drehbuch für einen sechsteiligen Kriminalfilm

Vorwort, Nachwort, Übersetzung: Dr. Georg Pagitz

Der renommierte Arzt Dr. Mark Fenton wird von einer Unbekannten gebeten, einen Patienten zu behandeln. Fenton steigt in einen Krankenwagen ein und stellt fest, dass der Wagen leer ist. Ein weiterer Mann mit Pistole sitzt darin und erklärt, es handle sich um eine wichtige Operation. Die Reise, die Fenton in dem verdunkelten Wagen absolviert, dauert mehrere Stunden. Er wird in eine mysteriöse Villa gebracht wird. Dort ist in einem Raum ein Operationssaal aufgebaut worden und ein Deutscher namens Schröder erklärt, dass ein kranker Mann dringend operiert werden müsse. Es handelt sich dabei um den bekannten Diplomaten Sir Oliver Peters, der seit einiger Zeit spurlos verschwunden ist. Der Patient spricht im Fieber von einem »Goldenen Tal«. Assistiert wird Fenton von einer bildhübschen Krankenschwester. Nach der erfolgreichen Operation verliert er das Bewusstsein.

　　Operation Diplomat hat Durbridges ersten TV-Serienhelden zum Protagonisten, den Mediziner Dr. Mark Fenton, der bereits in *Das zerbrochene Hufeisen* ermittelte. Das Drehbuch entstand 1952 für einen Sechsteiler der BBC, der wie alle anderen Krimis von Francis Durbridge zum Straßenfeger avancierte.

Band 18　　　FRANCIS DURBRIDGE

Die Teckman-Biographie

Drehbuch für einen sechsteiligen Kriminalfilm

Vorwort, Nachwort, Übersetzung: Dr. Georg Pagitz

Philip Chance, ein junger Schriftsteller erhält einen interessanten Auftrag: Er soll eine Story über Martin Teckman schreiben. Dieser junge Testpilot ist angeblich bei der Erprobung eines neuen Flugzeugmodells verunglückt. Bei seinen Nachforschungen lernt Philip die Schwester Teckmans kennen, die junge und besonders attraktive Helen. Von da an ereignen sich seltsame Dinge, die darauf schließen lassen, dass sich irgendjemand von Teckmans Nachforschungen enorm gestört fühlt. Nicht nur, dass Gangster in seine Wohnung einbrechen, wenig später wird dort auch ein Mann ermordet aufgefunden. Es handelt sich dabei um den Konstrukteur des Versuchsflugzeugs, Mr. Garvin. Wenig später kommt es zu einem weiteren Mord: Ein Informant, der wichtige Informationen beschaffen wollte, wird ebenso von dem großen Unbekannten beseitigt ...

Die Teckman-Biographie erscheint erstmals auf Deutsch und ist die Übersetzung des gleichnamigen Drehbuchs von Francis Durbridge zu dessen dritten Fernsehmehrteiler. Neben einem interessanten Vor- und Nachwort, in dem auch auf den Kinofilm eingegangen wird, enthält das Buch außerdem ein exklusives Interview mit Alvin Rakoff, der den Mehrteiler 1953/54 im Alter von nur 26 Jahren inszenierte.

Band 19   FRANCIS DURBRIDGE

Paul Temple und der Fall Z.4
Skript für ein sechsteiliges Hörspiel
Vorwort, Nachwort, Übersetzung: Dr. Georg Pagitz

Paul Temple schreibt für die bekannte Schriftstellerin Iris Archer ein Theaterstück. Wenige Tage vor der Aufführung des Stücks tritt Iris von der Rolle zurück. Als sich Paul und Steve nach Schottland begeben, um dort Urlaub zu machen, sind beide überrascht, dort auch Iris anzutreffen. Hat ihr plötzliches Auftauchen etwas mit dem geheimnisvollen Brief zu tun, den ein aufgeregter junger Mann Paul Temple übergeben hat, mit der ausdrücklichen Anweisung, ihn John Richmond zu übergeben? Was hat der rätselhafte Dr. Steiner mit den Ereignissen zu tun? Und wer verbirgt sich hinter dem Codenamen Z.4? Auch im Urlaub ist Temple auf der Spur einer geheimnisvollen Spionageorganisation, die vor Mord nicht zurückschreckt.

News of Paul Temple, so der Originaltitel dieses Hörspiels, wurde 1939 ausgestrahlt. Das Manuskript dazu galt lange als verschollen, kann nun jedoch erstmals mit vielen Hintergrundinformationen auf Deutsch veröffentlicht werden.

Band 20   FRANCIS DURBRIDGE

Paul Temple und der Fall Sullivan
Skript für ein achtteiliges Hörspiel
Vorwort, Nachwort, Übersetzung: Dr. Georg Pagitz

Joyce Raymond wendet sich mit einer Bitte an Paul Temple, der gerade nach Kairo reisen will. Er möchte doch einem Mann namens Richard Sullivan, der dort bei einer Ölgesellschaft arbeitet, seine Brille mitzunehmen, die er bei ihr vergessen hat. Temple will der jungen hübschen Dame diesen Gefallen gerne tun und akzeptiert. In Plymouth, wo die Temples am nächsten Tag übernachten, erfährt der Kriminalschriftsteller schließlich, dass Miss Raymond ermordet wurde. Nicht genug damit, auch im Nebenzimmer der Temples findet sich eine Leiche. Von da an bemühen sich alle Personen, die den Temples auf der Reise nach Kairo über Süditalien begegnen um die mysteriöse Brille, an der allerdings von der Polizei nichts Seltsames festgestellt werden kann …

Dieses spannende Originalmanuskript erscheint erstmals auf Deutsch und stammt aus dem Jahr 1947. Die BBC-Aufnahmen aus den Jahren 1947/48 existieren nicht mehr, weshalb der britische Sender 2006 ein Remake produzierte. *Paul Temple und der Fall Sullivan* führt die Temple-Fangemeinde weit weg von der Themse: Durbridge beweist, dass seine Storys auch in Süditalien und Ägypten bestens funktionieren.

Band 21   FRANCIS DURBRIDGE
Das Messer
Drehbuch für einen dreiteiligen Kriminalfilm
Vorwort und Nachwort: Dr. Georg Pagitz

Spezialagent Jim Ellis soll den Mord an einer Mitarbeiterin des Secret Service aus Hongkong klären, deren Leiche in einem walisischen Ort aufgefunden wurde. Alle Spuren führen in das Hotel Ivanhoe, das einer gewissen Mrs. Corby gehört. Dort hat die Ermordete zuletzt gelebt. Ellis bekommt es mit einer Vielzahl von Verdächtigen und einem Mörder zu tun, der für seine Taten einen chinesischen Dolch verwendet…

Diese Ausgabe gibt das Originaldrehbuch zu dem legendären deutschen Krimimehrteiler *Das Messer* von 1971 wider, den Rolf von Sydow mit Hardy Krüger in der Titelrolle inszenierte. Die Edition enthält außerdem ein umfangreiches Vor- und Nachwort, in dem erstmals die Produktionsgeschichte dieses Straßenfegers erzählt wird.

IN VORBEREITUNG

Band 22   FRANCIS DURBRIDGE
Tim Frazer und das Rätsel von Melynfforest
Drehbuch für einen sechsteiligen Kriminalfilm
Vorwort, Nachwort, Übersetzung: Dr. Georg Pagitz

Tim Frazer erhält einen neuen Auftrag. Dieser führt ihn in das beschauliche Melynfforest in Wales, wo die Polizei den Mord an Elaine Bradford untersucht. Charles Ross informiert seinen Mitarbeiter zunächst darüber, dass die Ermordete eigentlich Thackeray hieß und für seine Auslandsabteilung in Hongkong arbeitete. Aber was tat sie in Wales und warum wurde sie ermordet? Die Spuren führen in ein Hotel namens St. Bride. Elaine Bradford (oder besser gesagt: Miss Thackery) verbrachte dort die letzten Tage ihres Urlaubs. Im Verlauf der Ermittlungen spielen ein Brieföffner, ein walisisches Volkslied und ein verschwundener deutscher Wissenschafter namens Kurt Lander eine wesentliche Rolle. Die meisten Verdächtigen sind außerdem im Umkreis von Mrs. Chrichtons Hotel zu finden.

Dieses Buch enthält erstmals in deutscher Übersetzung das Drehbuch zum dritten Tim-Frazer-Abenteuer, das zwar in England, aber nicht in der BRD produziert wurde. Francis Durbridge überarbeitete den Stoff erheblich, änderte Figuren und Ende und machte daraus den 1971 gedrehten Krimiklassiker *Das Messer*. Dank der vorliegenden Ausgabe können Fans erstmals die Urfassung mit der deutschen Variante vergleichen. Das Buch enthält ein informatives Vor- und Nachwort sowie als Bonus das von Durbridge für das Kino geschriebene, unverfilmte Treatment *Tim Frazer und die Melvin-Affäre*.

Band 23   FRANCIS DURBRIDGE

Porträt von Alison
Kriminalroman
Vorwort, Nachwort, Übersetzung: Dr. Georg Pagitz

Die Welt des Kunstmalers Greg Forrester bricht zusammen, als sein Bruder Lewis gemeinsam mit der bildhübschen Alison Ford in Italien in der Nähe von Sorrent tödlich verunglückt. Von da an überschlagen sich die Ereignisse. Alles dreht sich um eine geheimnisvolle Postkarte, die der Tote kurz vor dem Unglück noch verschickt haben soll, um ein mysteriöses Kennwort und um ein Gemälde der Toten, das Greg im Auftrag ihres Vaters malen soll. Bald gibt es auch eine Leiche: Es handelt sich dabei um das Modell Jill Stewart, das im Kleid der verunglückten Alison aufgefunden wird. Von da an gilt Greg für Scotland Yard scheinbar als Hauptverdächtiger …

Dieser Kriminalroman aus dem Jahr 1962 basiert auf einem sechsteiligen Fernsehkrimi von Francis Durbridge aus dem Jahr 1955, der auch für das Kino verfilmt wurde. Erstmals erscheint das Buch, das zuletzt 1967 auf Deutsch aufgelegt wurde in einer ungekürzten Neuübersetzung mit zahlreichen Hintergrundinformationen und einem Vergleich mit Fernsehspiel und Kinofilm.

Band 24   FRANCIS DURBRIDGE

Mein Freund Charles
Kriminalroman
Vorwort, Nachwort, Übersetzung: Dr. Georg Pagitz

Der renommierte Arzt Dr. Howard Latimer schlittert in einen mysteriösen Kriminalfall. Alles beginnt damit, dass er für seinen Freund Charles Kaufmann, einen Filmproduzenten, die Schauspielerin Freda Velden vom Flughafen abholen soll. Diese wird am nächsten Tag ermordet in seiner Wohnung aufgefunden. Für Inspektor William Dane scheint der Mörder recht rasch klar zu sein: Er verdächtigt Dr. Latimer. Dieser schlittert im Laufe der Ermittlungen immer tiefer in einen Sumpf aus Verdächtigungen und in einen Kriminalfall, in dem Rauschgiftschmuggel und Mord an der Tagesordnung stehen. Ein bronzener Kerzenhalter spielt außerdem eine wichtige Rolle. Schließlich stellt sich heraus, dass ein großer Unbekannter hinter allem steckt, ein Mann namens Hitton, dessen Gesicht niemand kennt …

Dieser Kriminalroman aus dem Jahr 1963 basiert auf einem sechsteiligen Fernsehkrimi von Francis Durbridge aus dem Jahr 1956, der 1957 auch für das Kino verfilmt wurde. Erstmals erscheint das Buch, das zuletzt 1967 auf Deutsch aufgelegt wurde in einer ungekürzten Neuübersetzung mit zahlreichen Hintergrundinformationen und einem Vergleich mit Fernsehspiel und Kinofilm.

Bei Williams & Whiting sind im englischen Original auch folgende Werke von Francis Durbridge erschienen:

1   *The Scarf* (Drehbuch für den Mehrteiler)
2   *Paul Temple and the Curzon* Case (Manuskript für die Radioserie)
3   *La Boutique* (Manuskript für die Radioserie)
4   *The Broken Horseshoe* (Drehbuch für den Mehrteiler)
5   *Three Plays for Radio Volume 1* (Originalmanuskripte)
6   *Send for Paul Temple* (Manuskript für die Radioserie)
7   *A Time of Day* (Drehbuch für den Mehrteiler)
8   *Death Comes to The Hibiscus* (Theaterstück)
    The Essential Heart (Manuskript für ein Hörspiel)
9   *Send for Paul Temple* (Theaterstück)
10 *The Teckman Biography* (Drehbuch für den Mehrteiler)
11 *Paul Temple and Steve* (Manuskript für die Radioserie)
12 *Twenty Minutes From Rome* (Drehbuch für ein Fernsehspiel)
13 *Portrait of Alison* (Drehbuch für den Mehrteiler)
14 *Paul Temple: Two Plays for Radio Volume 1* (Hörspielmanuskripte)
15 *Three Plays for Radio Volume 2* (Hörspielmanuskripte)
16 *The Other Man* (Drehbuch für den Mehrteiler)
17 *Paul Temple and the Spencer Affair* (Manuskript für die Radioserie)
18 *Step In The Dark* (Filmdrehbuch)
19 *My Friend Charles* (Drehbuch für den Mehrteiler)
20 *A Case For Paul Temple* (Manuskript für die Radioserie)
21 *Murder In The Media* (Fortsetzungsromane und Kurzgeschichten)
22 *The Desperate People* (Drehbuch für den Mehrteiler)
23 *Paul Temple: Two Plays for Television* (Zwei Fernsehepisoden)
24 *And Anthony Sherwood Laughed* (Manuskript für die Radioserie)
25 *The World of Tim Frazer* (Drehbuch für den Mehrteiler)
26 *Paul Temple Intervenes* (Manuskript für die Radioserie)
27 *Passport To Danger!* (Manuskript für die Radioserie)
28 *Bat Out of Hell* (Drehbuch für den Mehrteiler)
29 *Send For Paul Temple Again* (Manuskript für die Radioserie)
30 *Mr Hartington Died Tomorrow* (Manuskript für die Radioserie)
31 *A Man Called Harry Brent* (Drehbuch für den Mehrteiler)
32 *Paul Temple and the Gregory Affair* (Manuskript für die Radioserie)
33 *The Female of the Species* (*The Girl at the Hibiscus* & *Introducing Gail Carlton*) (Manuskripte für die Radioserien)
34 *The Doll* (Drehbuch für den Mehrteiler)
35 *Paul Temple and the Sullivan Mystery* (Manuskript für die Radioserie)
36 *Five Minute Mysteries* (*Michael Starr Investigates* & *The Memoirs of Andre d'Arnell*) (Manuskripte für die Radioserien)
37 *Melissa* (Drehbuch für den Mehrteiler)
38 *Paul Temple and the Madison Mystery* (Manuskript für die Radioserie)
39 *Farewell Leicester Square* (Manuskript für die Radioserie)
40 *A Game of Murder* (Manuskript für die Radioserie)
41 *Paul Temple and the Vandyke Affair* (Manuskript für die Radioserie)

www.williamsandwhiting.com

www.ingramcontent.com/pod-product-compliance
Lightning Source LLC
Chambersburg PA
CBHW020840260626
47169CB00003B/1071